10|18
12, avenue d'Italie — Paris XIIIe

Sur l'auteur

La vie de Michael Pearce se partage entre l'Égypte, où il est né et où il a grandi alors que le pays était encore sous tutelle de l'Empire britannique, et la ville de Londres qu'il habite aujourd'hui. Œuvre d'un fin connaisseur des traditions et des réalités sociales et politiques de régions du monde où il a non seulement enseigné, mais aussi milité pour la défense des droits de l'homme, la série des aventures du mamour zapt puise aux sources de ces cultures si différentes. En 1992, *The Mamur Zapt and the Spoils of Egypt* a été couronné par le Last Laugh Award décerné par la Crime Writer's Association, comme le roman policier le plus drôle de l'année. En 1997 paraît *Dimitri and the Milk Drinkers*, premier volume d'une nouvelle série mettant en scène Dimitri Kameron, dans la Russie de l'époque du tsar. La quatorzième enquête du mamour zapt, *The Face in the Cemetery*, a paru en Angleterre en 2001.

TROUBLES AU CAIRE

PAR

MICHAEL PEARCE

Traduit de l'anglais
par Michèle VALENCIA

10|18

INÉDIT

« Grands Détectives »
dirigé par Jean-Claude Zylberstein

Du même auteur
aux Éditions 10/18

Titre original :
The Mamur Zapt and the Men Behind

ISBN 2-264-03742-3

1

Fairclough, employé au service des douanes, se rendait chez lui à dos d'âne pour y déjeuner lorsque deux hommes firent feu. Tirés d'une certaine distance, les coups manquèrent leur cible, et un seul dommage résulta de l'incident : l'âne effrayé fonça sur un étal et déversa fruits, légumes et cavalier sur le marchand, qui, compte tenu de l'heure, dormait paisiblement sous son éventaire.

Fairclough tint ensuite salon au bar du Sporting Club, où Owen le rejoignit.

— C'était horrible, déclara-t-il après avoir avalé un long trait d'alcool. Il y avait des tomates écrasées partout. Remarquez qu'elles m'ont sauvé la vie. Vous comprenez, on aurait dit du sang. Le marchand en était couvert, et moi aussi. Ils ont sûrement cru qu'ils m'avaient réglé mon compte.

Un consommateur fit observer :

— Ce que je ne comprends pas, c'est pourquoi on aurait voulu s'en prendre à vous. Reconnaissez-le, Fairclough, vous n'êtes pas précisément quelqu'un d'important, et, si dans le service tout le monde vous trouve un peu rapace, je n'irais pas jusqu'à dire que c'est là une raison suffisante pour pousser un collègue à vous tuer.

— Une femme est peut-être là-dessous, suggéra un autre.

Fairclough, qui était un célibataire endurci, grogna et scruta son verre.

— Voilà qui est peu probable, objecta un troisième. La seule femelle qu'il tolère auprès de lui, c'est sa fichue ânesse.

— Alors c'est peut-être un défenseur des animaux. Après tout, cette bête est vraiment petite, et Fairclough monumental. Une bonne âme qui aurait observé pendant des années ce combat inégal pourrait avoir décidé de prendre le parti de la victime.

— Pourquoi pas Mlle Crispley ?

Un rire général accueillit cette suggestion. Puis quelqu'un remarqua Owen.

— Bonjour ! Vous êtes déjà au boulot ? Je vois que vous avez eu à cœur de démarrer dans un endroit stratégique. Au bar. Nous avons une suspecte à vous proposer. Mlle Crispley, de la Mission.

— Merci bien, répondit Owen. À moins que je ne commence par l'âne ?

Fairclough n'avait pas grand-chose à ajouter à ce qu'il avait raconté à tout le monde au bar. Il allait toujours déjeuner chez lui juché sur sa petite ânesse et empruntait toujours le même chemin. Comme sa monture, il était routinier. Oui, quiconque aurait voulu l'attaquer aurait eu la tâche facile.

— Bien que je ne voie vraiment pas pourquoi quelqu'un voudrait s'en prendre à moi, bon Dieu ! dit-il, chagriné.

— Vous êtes fonctionnaire des douanes, n'est-ce pas ?

— Et alors, qu'est-ce que ça change ? rétorqua Fairclough, vexé.

Le service des douanes était le moins prestigieux de

l'administration, et son personnel en concevait une certaine susceptibilité.

— Je me demandais s'il ne s'agissait pas d'une vengeance à propos d'une affaire ancienne.

Le teint empourpré par la chaleur, l'indignation et sans doute aussi par l'alcool, Fairclough s'écria :

— Écoutez, je ne suis que comptable. Un comptable de haut niveau, peut-être, mais c'est tout. Le relevé des taxes arrive des ports et j'organise les données d'une manière qui soit logique pour les Finances. C'est bien sûr un peu plus compliqué qu'il n'y paraît, mais, au fond, c'est à ça que cela revient. Je n'ai rien, absolument rien à voir avec les activités des douanes en tant que telles, expliqua Fairclough d'un ton insistant. Pour moi, les contrebandiers ne sont qu'une série de chiffres. Et j'aimerais bien qu'ils le restent.

— N'y aurait-il pas eu ces derniers temps une série de chiffres particulièrement importante ?

— Non, pas en ce qui concerne la contrebande. Uniquement du point de vue des Finances. Comme toujours. Mais ces salauds ne sont pas allés jusqu'à engager des tueurs. Du moins pour l'instant.

— S'il ne s'agit pas de votre travail, c'est peut-être sur le plan personnel qu'on vous en veut.

— Vous voulez parler de ma vie privée ?

Fairclough se mit à réfléchir, puis secoua la tête.

— J'ai beau essayer, je ne trouve aucune mauvaise action suffisamment grave pour inciter quelqu'un à me tirer dessus.

— Les femmes ?

— Non, répondit sèchement Fairclough.

— Ou d'autres personnes ?

Owen cherchait le moyen d'aborder l'éventualité de penchants particuliers.

— Le bridge.

— Pardon ? fit Owen, sidéré.

— Le bridge. Je joue beaucoup au bridge. Et bien sûr les esprits s'échauffent parfois. Mais tout de même pas à ce point-là, ajouta Fairclough en considérant la question.

— Oh ! tant mieux.

Fairclough continuait à réfléchir.

— Non, dit-il enfin en secouant la tête. Non, il ne me vient vraiment rien à l'esprit.

— Bon, si jamais vous pensiez à quelque chose, faites-le-moi savoir, d'accord ?

— Ça, comptez sur moi. Je n'ai pas envie que ces salauds fassent une nouvelle tentative.

Owen ne réussit pas à lui arracher grand-chose de plus. Il n'avait même pas vu les tireurs. Le renseignement avait été fourni par un porteur d'eau qui passait par là et avait vu deux hommes sortir de derrière une arabeya en stationnement, tirer, puis courir se remettre à l'abri. Tout s'était passé si vite qu'il avait à peine eu le temps de remarquer l'incident. Il ne pouvait même pas préciser si les hommes portaient des vêtements occidentaux ou une galabieh.

— Pour ma part, j'ai seulement entendu les détonations, et ce bougre d'âne s'est mis à ruer et à tout chambouler, expliqua Fairclough.

Il lança un regard d'envie vers le bar. Owen comprit l'allusion.

— Bon, dit-il. Merci.

Fairclough se leva. Au dernier moment il hésita à s'éloigner.

— C'est une drôle d'affaire, hein ? Pourquoi quelqu'un voudrait-il me tuer ?

— Il pourrait bien sûr s'agir d'une simple erreur.

— On m'aurait pris pour un autre ?

— Peut-être.

Le visage de Fairclough s'éclaira.

— C'est possible. C'est bien possible.

Owen doutait quant à lui qu'on ait pu confondre Fairclough avec quelqu'un d'autre. Il se représenta malgré lui un deuxième homme rubicond ayant pour habitude de se rendre chez lui à dos d'âne. Il repoussa fermement cette vision.

Au bout d'un moment, même Fairclough se mit à douter.

— Je ne crois pas que ça ait pu être le cas, dit-il d'un air inquiet.

— Pourquoi ?

— Il me semble qu'ils savaient très bien ce qu'ils faisaient.

— Pourquoi dites-vous ça ?

Fairclough hésita.

— Vous allez sûrement penser que je me fais des idées. Mais... ces derniers temps j'avais l'impression d'être suivi.

— Suivi ?

— Il y avait quelqu'un derrière moi. Notez bien que je n'ai jamais vu personne. C'était simplement une impression. On a parfois cette sorte de pressentiment.

Il jeta un coup d'œil à Owen.

— Vous pensez probablement que mon imagination m'a joué un tour.

— Non, répondit Owen. Non, pas du tout.

— C'est ce que j'ai moi-même pensé... j'ai cru que je me faisais des idées. Je n'en ai donc pas tenu compte. Je me suis dit qu'il ne fallait pas être aussi bougrement stupide. Mais quand on a tiré sur moi...

Sa voix mourut.

— Ce n'est pas aussi stupide que ça, estima Owen. Il faut bien qu'ils passent à l'action à un moment ou à un autre.

— N'empêche que... vous comprenez, ça signifie alors qu'ils n'agissaient pas au hasard, mais qu'ils savaient à qui ils s'en prenaient.

— Pas nécessairement.

Fairclough ne tint aucun compte de cet avis.

— Et ensuite, les événements qui se sont produits...

— Oui ?

— Il y a eu d'autres affaires similaires, n'est-ce pas ? Ces derniers temps. On en parle beaucoup.

— À votre place, je ne croirais pas tout ce qu'on raconte.

— Ça expliquerait pourtant les choses. Ou plutôt les coups de feu. Ce n'était peut-être pas après moi qu'ils en avaient. Personnellement. S'il s'agissait... bon, vous voyez où je veux en venir.

— Non, pas du tout, répliqua Owen.

— Si ça concernait... euh... la situation... euh... politique actuelle.

— Rien ne le prouve, absolument rien.

— J'ai dû rassurer ce pauvre diable, expliqua Owen.

— Oui, fit Garvin d'un air dubitatif. Mais le problème, c'est que nous voulons au contraire qu'ils aient un peu la frousse en ce moment. Pour qu'ils prennent des précautions.

Commandant de la police cairote, Garvin, un homme imposant à tous égards — il dominait Owen, qui mesurait pourtant un mètre quatre-vingts, et bénéficiait d'une opinion très favorable auprès des Égyptiens —, se trouvait dans le pays depuis longtemps et était connu dans la pègre pour sa vigilance et pour son influence auprès du consul général.

Ils se trouvaient à présent chez le consul général, qui accueillait une délégation d'hommes d'affaires récemment débarquée de Londres, à laquelle il semblait accorder une grande importance. Owen l'apercevait au bout de la salle de réception, plongé dans une conversation avec deux de ses membres, tous deux suant abondamment dans leur costume sombre.

Au moins personne ne pourrait-il plus prétendre qu'il ne parlait pas aux Anglais, songea Owen. Au bar, une blague circulait : « Avez-vous été invité récemment à une réception donnée par le consul général ? — Oh ! non. Vous comprenez, je ne suis pas égyptien. »

Gorst, qui venait de remplacer Cromer à ce poste, était très impopulaire parmi les expatriés britanniques. Bien qu'il eût en fait servi en Égypte par le passé et fût familiarisé avec le pays et ses coutumes, il était un peu perçu comme un perturbateur nommé tout spécialement par le nouveau gouvernement libéral de Londres pour assouplir le régime britannique en Égypte et pour améliorer les relations avec le khédive, le dirigeant héréditaire égyptien.

C'était en réalité Cromer qui avait dirigé l'Égypte, et pendant trente ans les différents khédives et leurs Premiers ministres avaient été obligés de se soumettre à sa volonté de fer. Son régime n'avait nullement été néfaste. Les problèmes économiques désastreux qui avaient amené dans le pays des Britanniques désireux de recouvrer leurs créances avaient été résolus en grande partie, et Cromer avait procédé à des réformes vraiment salutaires.

Mais, au bout de trente ans, les Égyptiens commençaient à avoir envie de résoudre eux-mêmes leurs problèmes. Le nouveau gouvernement libéral de Londres considérait le nationalisme d'un œil plus favorable que le précédent, conservateur, et la manière forte de Cromer n'était plus à son goût. L'une des premières mesures prises avait été la nomination d'un nouveau consul général.

Tout successeur de Cromer était voué à rencontrer des difficultés. Avec ses nouvelles instructions et ses manières différentes de procéder, Gorst s'attira vite des ennuis. On le jugeait trop souple, trop gentil, trop acquis aux Égyptiens. Pour sa part, Owen le trouvait très bien. Mais, comme les fonctions de consul général étaient nouvelles pour Gorst, il n'avait pas l'assurance de son prédécesseur, si bien que ses scrupules et sa circonspection étaient facilement taxés de faiblesse.

Et c'était le cas en ce moment.

Une sorte de crise politique secouait l'Égypte. L'ancien gouvernement était tombé. Malgré ses nombreuses erreurs, il n'avait pas été mauvais du tout. Mais son chef était copte. Dans un pays où la majorité des habitants était musulmane, un Premier ministre chrétien ne pouvait être qu'un intermède.

Patros avait donc dû céder la place. Mais qui devait la prendre ? Parmi les vieux routiers de la politique, les intrigues allaient bon train. À la Cour les factions se formaient et se défaisaient, se livraient à des pressions et à des blocages. Le khédive ne parvenait pas à se décider — il y avait maintenant six semaines qu'il ne réussissait pas à fixer son choix.

— Ne pourriez-vous pas faire bouger cet imbécile ? avait glissé Owen au début de la soirée à l'un des aides du camp du consul général.

— Nous essayons. Le problème est que nous ne pouvons que suggérer. C'est lui qui doit procéder à la nomination. Il s'agit là d'un grand moment pour lui et il ne veut pas en perdre une miette.

— Toujours est-il que ça rend la situation bougrement difficile.

Car, au fil des jours, les politiciens dociles de la Cour n'étaient plus les seuls à manœuvrer. D'autres forces commençaient à s'agiter dans le vide politique créé par cet interrègne.

Pour la première fois, il y avait un parti ouvertement nationaliste, encore petit, certes, mais qui grossissait bien assez vite pour inquiéter les autres formations politiques et les poussait à prendre elles aussi une coloration nationaliste pour se maintenir.

En outre, d'autres formations moins orthodoxes s'agitaient dans l'ombre : groupes fondamentalistes acceptant mal qu'on leur ait imposé un Premier ministre chrétien, et décidés à empêcher qu'une telle chose se reproduise ; groupes révolutionnaires désireux d'en finir avec les titres héréditaires, le système des pachas et la domination étrangère britannique ; clubs politiques extrémistes et sociétés secrètes. En 1909, Le Caire fourmillait de ces formations qui voyaient dans la tension politique croissante une occasion à saisir.

Les incidents commencèrent à se multiplier. Jusque-là paisibles, les manifestations connurent des débordements violents : jets de pierres, agressions de badauds, saccage de véhicules appartenant à des étrangers. De temps à autre, on apprenait que des gens s'étaient introduits dans un magasin, en général celui d'un copte, pour y mettre le feu.

Un élément nouveau était encore plus inquiétant. Un ou deux hauts responsables signalèrent qu'ils avaient été suivis sur le chemin de leur travail. Suivis, voilà tout. Mais, dans l'ambiance de plus en plus tendue, ce fait était déjà amplement suffisant.

De tels témoignages affluèrent. Les Britanniques n'étaient pas les seuls à être suivis, des responsables égyptiens l'étaient aussi. Au bar, on murmurait que la situation n'était plus maîtrisée. Le consul général devait agir sans tarder. Il faisait preuve d'une faiblesse insensée. Heureusement que l'armée était là.

Et finalement ce qu'Owen attendait et redoutait venait de se produire : les premiers coups de feu.

— Ça n'a peut-être aucun rapport, dit Garvin. Pourquoi s'en prendraient-ils à Fairclough ? Il ne manque pas de cibles plus évidentes.

— Elles sont généralement protégées.

— Seuls le consul général et le khédive le sont. Et un ou deux ministres. Il n'y aurait pas besoin de descendre jusqu'à Fairclough. N'importe quel conseiller ferait l'affaire.

Tous les ministères importants étaient chapeautés par un « conseiller » britannique, qui regardait par-dessus l'épaule du ministre. C'était là l'un des moyens qui avaient permis à Cromer de consolider son pouvoir.

— Ce n'est pas forcément l'avis des clubs. À leurs yeux n'importe quel Britannique ferait l'affaire.

— Il faut bien qu'ils aient eu une raison pour choisir Fairclough. Laquelle ? Une raison d'ordre politique, j'entends.

— Ou d'un ordre différent. Pour l'instant tout ce dont je dispose comme semblant de mobile serait une dispute au bridge.

Garvin se mit à rire et agita son verre en direction d'un serveur qui passait. L'un des avantages d'une réception donnée en l'honneur d'une délégation européenne était qu'on y servait de l'alcool.

— Je n'y crois pas. Et je ne crois pas non plus que la raison se révélera d'ordre politique. Continuez à creuser et vous trouverez tout autre chose.

Il y avait un soupçon de condescendance dans le ton de Garvin.

— Même si, dans son cas, vous ne vous trompez pas, la suite des événements vous démentira bientôt, répliqua Owen avec obstination. Ça commence à chauffer. L'explosion n'est plus qu'une question de temps. Ne pourrions-nous pas pousser le khédive à prendre sa décision ?

— Je transmettrai votre avis au consul général, lâcha Garvin avant de s'éloigner.

Façon de remettre Owen à sa place.

Le lendemain, en rentrant chez lui à pied, Owen eut la nette impression d'être suivi.

Il se traita d'imbécile, se dit qu'il se laissait emporter par son imagination. Mais l'impression persista. Il s'arrêta devant une fontaine et, tout en laissant l'eau couler dans ses mains en coupe, jeta un regard furtif derrière lui. Il ne vit personne. La rue longue et poussiéreuse, la sharia Masr el-Atika, était complètement déserte au soleil de midi. L'impression ne céda pourtant pas.

En fait, il n'était pas inhabituel qu'Owen fût suivi. On voulait souvent lui toucher un mot, lui soumettre une pétition, une plainte ou une accusation. Trop timides pour se présenter dans les bureaux imposants de Bab el-Kalk où il travaillait, certaines personnes préféraient en effet l'aborder à la manière orientale traditionnelle, face à face, en public, sur un terrain neutre qui ne gênerait ni l'un ni l'autre.

Pourtant, cette fois, c'était différent. D'ordinaire, les gens qui voulaient lui parler marchaient à quelques pas derrière lui afin que le grand personnage puisse déceler leur présence et s'adresser à eux quand il le jugerait bon. Il ne percevait toutefois aucun pas traînant, réconfortant, derrière lui, et la rue restait vide. Mais un picotement au niveau des omoplates lui indiquait qu'il était suivi.

Assise dans la poussière, sous les arbres, une vieille femme veillait sur un énorme tas d'oranges. Depuis longtemps Owen la traitait en amie, ne manquait pas de la saluer, et s'arrêtait presque toujours pour lui acheter de quoi faire un jus. Verts, de belle taille, les fruits répandaient une odeur acide.

— Tu es un homme étrange, lui dit-elle ce jour-là.

— Pourquoi, mère ?

— C'est un homme étrange que celui qui a deux ombres.

Owen la remercia pour cet avertissement, acheta ses oranges et poursuivit son chemin.

Il laissa les arbres derrière lui pour avancer entre d'anciennes maisons mameloukes. Les murs s'élevaient tout droit de la rue jusqu'à une rangée d'encorbellements, qui projetait le premier étage au-dessus de la tête des passants. Encore plus haut, des moucharabiehs richement sculptés protégeaient les pièces du harem, où vivaient les femmes, et faisaient saillie de soixante centimètres supplémentaires.

Au rez-de-chaussée, on n'apercevait que les murs, interrompus de temps à autre par une lourde porte cloutée, barricadée contre les étrangers. Toutes paraissaient fermées. Il ne semblait pas possible de s'échapper de la rue, mais, bien plus loin, Owen aperçut une brèche dans l'alignement des maisons.

Soudain, le picotement au niveau de ses omoplates se fit plus intense.

Un peu plus loin, une porte n'était pas bien fermée. Il ralentit, hésita.

Le picotement devint insupportable. Owen poussa le battant et, lorsqu'il céda, franchit l'entrée d'un bond.

La porte heurta le mur intérieur avant de se refermer. Owen colla l'épaule dessus et la maintint en place pour pousser les lourdes barres en bois.

Puis, en sueur, se sentant un peu stupide, il jeta un coup d'œil dans la cour intérieure.

À cette heure de la journée, avec le soleil à la verticale, sans aucune ombre projetée par les murs, elle était bien entendu désertée. Un côté comportait cependant un takhtabouche, longue niche au toit en bois sculpté, supportée à l'avant par des piliers, qui donnait une impression de fraîcheur et évoquait un cloître. Il abritait généralement les domestiques principaux, et Owen fut légèrement soulagé de ne voir personne.

Il longea le takhtabouche jusqu'au bout. Comme il l'avait espéré, une petite porte permettait d'accéder à une autre rue. C'était là l'un des vieux stratagèmes qu'utilisaient les voleurs du Caire poursuivis par la police : ils se ruaient sur une porte et ressortaient tout de suite par une autre, pendant que la police était encore en train de demander l'autorisation de franchir la première. Owen avait souvent été victime de ce petit jeu.

Dans cette ruelle de derrière, il n'y avait que deux ânes entravés abandonnés à leur sommeil. Le sable était si fin qu'il en était presque argenté et réfléchissait le soleil d'une façon intolérable.

De nouveau, Owen hésita. Il serait à présent facile de se faufiler dans les venelles. Mais le mamour zapt, le chef de la police secrète cairote, se devait d'être d'une autre trempe. À contrecœur, il tourna à gauche et rebroussa chemin par une voie parallèle à la sharia Masr el-Atika.

Bientôt apparut une étroite ruelle entre les maisons. Il la franchit d'un bond et s'appuya au mur d'en face. Rien ne se produisit. La ruelle était vide.

Il commença à la descendre en cherchant tout ce qui pourrait lui offrir une protection, mais en gardant les yeux fixés sur la lumière qu'il apercevait au bout. Si des gens étaient à l'affût, il les repérerait le premier et, profitant des quelques secondes qu'ils perdraient pour s'habituer à l'obscurité, il se mettrait à l'abri de coups de feu éventuels.

Il n'était pas armé; avec ferveur, il se promit d'y remédier s'il réussissait à se sortir de ce guêpier.

La lumière se rapprochait. Owen se rendit compte qu'il transpirait beaucoup.

Il était maintenant tellement près de l'extrémité de la ruelle que, si quelqu'un surgissait, le mieux serait de lui sauter dessus. Il s'y prépara.

Il arriva au bout. La ruelle débouchait sur la voie bien plus large de la Masr el-Atika.

Il écouta un instant, puis, prudemment, très prudemment, tendit le cou et regarda à droite et à gauche.

D'abord, la rue lui parut déserte. Puis, très loin, il crut distinguer deux hommes, l'espace d'un instant, qui disparurent aussitôt. Il eut toutefois le temps de remarquer qu'ils portaient chemise et pantalon, à l'européenne.

2

« Est-ce ainsi que doivent être traités les serviteurs du khédive ? » demandait la note.

En son for intérieur, Owen se disait que oui. Toutefois, comme la note provenait du khédive en personne, il jugea plus habile d'y répondre d'un ton apaisant, en déplorant l'insulte faite au souverain et les blessures infligées à ses serviteurs, et en assurant Son Altesse qu'il ferait tout son possible pour retrouver les malfaiteurs.

— Vous devriez vous déplacer, suggéra Nikos, l'assistant officiel du mamour zapt. Ça ne changera rien, mais ça fera bon effet.

Owen se rendit donc auprès du serviteur affligé de Son Altesse, Ali Osman Pacha. La veille, en revenant d'une audience accordée par le khédive, il avait été agressé. Son arabeya avait été renversée et il avait lui-même été gravement blessé. Si son cocher n'avait pas réussi à donner l'alerte, il aurait sans aucun doute été tué. Il se remettait à présent de ses blessures à son domicile.

Owen passa devant les gardiens eunuques, qui, selon la coutume, avaient des noms de fleur ou de pierre précieuse, traversa la cour en faisant crisser le gravier, entra dans la salle de réception, la mandar'ah, avec son sol de marbre en contrebas et le jet d'eau de sa fontaine. Au fond se trouvait une estrade pourvue de gros coussins en plume recouverts de soie, sur lesquels était allongé un homme.

Il grogna en apercevant Owen et agita une main. Des esclaves se précipitèrent pour conduire Owen jusqu'à lui.

— Mon cher, dit l'homme allongé. *Mon très, très cher ami** [1] *!*

— Je suis navré de vous voir aussi cruellement atteint, pacha, dit Owen.

— J'ai eu la chance de m'en tirer. Ils étaient prêts à me tuer.

— C'est un scandale!

— *Sauvages! Jacobins*!*

Comme la plupart des Égyptiens de la haute société, le pacha s'exprimait généralement en français. S'il considérait la culture française comme la sienne, il s'identifiait cependant davantage à Louis-Philippe qu'à la République de son temps.

— Ils seront pourchassés.

— Et torturés, ajouta Ali Osman avec délectation. Fouettés et abandonnés au soleil.

— Leur châtiment sera sévère.

— Je souhaite y assister. En personne. Prenez les dispositions nécessaires, je vous prie.

— Certainement. Bien sûr, il faudra patienter un peu... La procédure légale, vous comprenez...

Ali Osman se redressa sur un coude.

— La justice doit être prompte et sûre, recommanda-t-il. Les gens savent alors à quoi ils s'exposent.

— Absolument! Mais, pacha, vous ne désirez sûre-

1. Tous les mots en italique suivis d'un astérisque sont en français dans le texte. *(N.d.T.)*

ment pas qu'elle soit trop prompte ? Vos blessures ne vous empêcheraient-elles pas...

— Malgré la souffrance, je ne reculerai pas devant cet effort, déclara Osman.

Il s'effondra de nouveau, le visage dans un coussin, et un eunuque s'empressa de venir le masser.

— Puis-je m'enquérir de la nature de vos blessures ? demanda Owen.

— Elles sont sérieuses.

— Je n'en doute pas. Mais... superficielles ? demanda Owen en observant le robuste pétrissage auquel se livrait l'eunuque.

— Les contusions sont graves.

— Bien sûr. Mais... vous ne souffrez que de contusions ? Vous n'avez pas reçu de coup de couteau ?

— Certains d'entre eux avaient des couteaux. Ils auraient eu tôt fait de s'en servir.

— Oui. Heureusement que votre cocher...

Ali Osman l'interrompit.

— Ils l'ont laissé s'en tirer à bon compte. Pourquoi s'en sont-ils pris à moi ? Pourquoi ne l'ont-ils pas battu ? Après tout, il y est habitué ; il n'aurait pas senti grand-chose.

Il semblait attendre une réponse.

— Les puissants sont la cible de l'envie universelle, glissa Owen avec diplomatie.

— Ah ! vous avez raison.

Ali Osman Pacha garda un instant le silence, puis reprit soudain :

— Naturellement, ils n'ont pas organisé ça tout seuls. On les y a poussés.

— Vous croyez ?

— J'en suis sûr. Et je sais qui est derrière.

— Vraiment ?

— Abdul Maher.

— Abdul Maher ?

— Oui.

— Mais, pacha...

Abdul Maher était un vieux routier de la politique, un intime du khédive, un personnage en vue. Il avait occupé divers postes dans les douze derniers gouvernements.

Le pacha considérait Owen avec solennité.

— Je le sais, affirma-t-il.

— Vous devez avoir une raison pour...

— Il a un mobile, rectifia Ali Osman.

— Un mobile ?

— Il souhaitait prendre ma place. Me supplanter dans la faveur du khédive.

— Je vois, dit Owen en commençant à comprendre. Et ce serait particulièrement important en ce moment.

— Oui.

Ali Osman lui fit signe d'approcher.

— Ceci ne doit pas parvenir à d'autres oreilles, mon ami, souffla-t-il. Son Altesse est sur le point de se décider. Elle ne va plus tarder. Cette décision était difficile à prendre. Il fallait choisir entre ceux qui, le khédive le sait, lui sont loyaux, l'ont fidèlement servi par le passé, et d'autres qui prétendent...

Ali Osman eut un reniflement de mépris.

— ... prétendent parler au nom des nouveaux courants.

— Mais Abdul Maher ne peut sûrement pas être considéré...

— Vous pensez qu'il appartient à la tradition ? Parce qu'il fait partie de tous les gouvernements depuis vingt ans ? Vous pourriez fort bien vous tromper, mon ami. Car il faut compter avec la ruse de ce personnage. Il prétend représenter les nouveaux courants !

— Je n'arrive pas à croire que le khédive...

— Certes non. Le khédive le connaît beaucoup trop bien. Mais, aux yeux d'autres gens, il demeure fort convaincant, vous comprenez. Il s'exprime habilement et certains peuvent croire ce qu'il dit. De sorte que le khédive... bon, la semaine dernière, il semblait pencher de son côté. Mais hier il... Son Altesse m'a dit de vive voix qu'il n'était absolument plus question d'Abdul Maher.

Le pacha jeta un regard triomphant à Owen.

— Donc, mon ami, si Abdul Maher est éliminé, c'est que quelqu'un d'autre est pressenti.

— Vous ne voulez pas dire que...

Ali Osman sourit d'un air important.

— Je crois, mon ami, que j'ai quelques raisons d'espérer.

Owen se ressaisit.

— Eh bien, pacha, je souhaite seulement que vous ne vous trompiez pas.

— C'est pour le bien du pays, naturellement.

— Naturellement. Alors... alors vous pensez qu'Abdul Maher a peut-être eu vent de ce... retournement de situation et a essayé de vous décourager ?

— Pas de me décourager, répliqua Ali Osman d'un ton de reproche. De m'assassiner.

— En tout cas, de vous attaquer. Abdul Maher serait donc derrière votre mésaventure d'hier ?

— Exactement, déclara Ali Osman avec satisfaction.

Owen se mit à réfléchir.

— Qu'est-ce que vous allez faire ? lui demanda Ali Osman.

— Je vais certainement considérer vos suggestions avec la plus grande attention et me livrer aussitôt à une enquête.

— Parfait, fit Ali Osman, mais son visage s'assombrit légèrement. Dans combien de temps serez-vous en mesure de l'arrêter, à votre avis ? demanda-t-il avec un brin d'inquiétude.

— Oh ! dans une ou deux semaines. Disons deux ou trois. Peut-être quatre.

— Vous ne croyez pas que vous pourriez y arriver plus vite ?

— Il faut que je mène mon enquête à son terme.

— Bien sûr. Bien sûr.

Ali Osman avait toutefois l'air malheureux.

— Ne pensez-vous pas qu'il serait... euh, possible d'ébruiter... disons largement le fait que vous enquêtez sur Abdul Maher ?

— Dans quel but le ferais-je, pacha ?

— Eh bien, dans l'intérêt public. Ce serait dans l'intérêt public. Les gens devraient en être informés.

— Et le khédive ?

— Le khédive devrait lui aussi en être informé, répondit Ali Osman sans ciller.

Owen sourit. Il comprenait parfaitement ses manœuvres politiques.

— Je suis sûr que vous parviendrez vous-même à le mettre au courant avec beaucoup de doigté, dit-il en se levant.

— Ali Osman ? s'écria Nouri Pacha d'un ton incrédule. C'est un imbécile. Il n'a aucune chance.

— Ce n'est pas ce qu'il avait l'air de croire.

— Ce type est un clown !

— Le khédive le lui aurait fait espérer. D'après lui.

— C'est parfaitement absurde !

Nouri paraissait néanmoins un peu troublé.

— Abdul Maher n'est plus en faveur.

— Abdul Maher ne l'a jamais été. Le khédive le déteste.

— Ali Osman le considère comme son principal rival. Il croit qu'il était derrière l'agression dont il vient d'être victime.

— Ali Osman est doué d'une imagination débordante, dit Nouri. Malheureusement, elle se volatilise dès qu'on lui confie des responsabilités.

— N'empêche que son agression était bien réelle.

— A-t-il été sérieusement blessé ? demanda Nouri avec plus de plaisir que d'inquiétude.

— Un peu contusionné.

— Oh ! là, là !

— En fait, c'est pour ça que je suis venu vous voir. Ces temps-ci, ce genre d'attaque s'est multiplié. Je voulais m'assurer qu'il ne vous était rien arrivé.

— Merci. Vous le voyez, je m'accroche à la vie avec la dernière énergie. Comment va Zeinab ?

Zeinab était la fille de Nouri et une amie plus que proche d'Owen.

— Très bien, merci. Elle partage mon inquiétude.

— Avez-vous une raison particulière d'être soucieux ?

— Non. Sauf que ce pourrait être le moment de régler de vieux comptes.

Quelques années plus tôt, Nouri Pacha avait été le ministre chargé de poursuivre et de punir des villageois qui avaient attaqué un groupe d'officiers britanniques, en avaient blessé deux et tué un. À la demande insistante des Britanniques, le châtiment avait été exemplaire ; et on ne l'avait jamais pardonné à Nouri.

Nouri haussa les épaules.

— C'est toujours le moment de régler de vieux comptes, dit-il. Voilà une chose à laquelle il faut s'habituer.

— Y a-t-il un élément nouveau ?

— Rien qui sorte de l'ordinaire.

— Des menaces ?

— Comme toujours.

Nouri lui passa une lettre dont le contenu était le suivant : « Nouri, espèce de sangsue, les gens n'ont pas oublié. Ton heure arrive. Prépare-toi, Nouri, prépare-toi. »

Owen la lui rendit.

— Vous recevez des messages de ce genre depuis des années.

— Et je les ignore, convaincu que l'Égyptien est toujours plus susceptible d'annoncer ce qu'il va faire que de passer à l'acte.

— C'est là une conviction sensée. En général. Toutefois, en l'occurrence, je pense qu'il vaudrait mieux éviter de la soumettre à l'épreuve des faits.

— Que suggérez-vous ?

— Si vous partiez en vacances ? La Côte d'Azur ? Paris ?

Nouri, ardent francophile, secoua la tête avec un regret sincère.

— Hélas, la situation requiert ma présence ici.

Owen n'avait aucun mal à imaginer cette situation. Nouri était lui aussi un de ces routiers de la politique qui espérait toujours décrocher un poste. Owen se dit néanmoins que cette fois il pourrait être déçu, tout comme Ali Osman et Abdul Maher. On l'identifiait trop à l'ancien régime. Après Patros, il fallait quelqu'un qui pût satisfaire les nationalistes — les satisfaire sans leur céder.

— Aimeriez-vous avoir un garde du corps ?

— Un policier ? rétorqua Nouri d'un air sceptique. Non merci. Je me sens plus en sécurité sans garde du corps. En fait, j'ai déjà pris certaines mesures.

Nouri attira l'attention d'Owen sur deux malabars qui rôdaient au milieu des bougainvilliers derrière lui. C'étaient des Berbères du Sud et ils étaient armés de pied en cap. Ils lui adressèrent un grand sourire empreint de cordialité.

— Je n'ai pas peur d'être attaqué à mon domicile. Quand je sors, j'emmène aussi deux Bédouins. Ce sont d'excellents tireurs, habitués aux tentatives d'agression par-derrière. Non, la seule chose qui m'inquiète, c'est une bombe.

— Il n'en est sûrement pas question ?
— Des rumeurs circulent, expliqua Nouri.

Des bruits couraient, en effet. Mais Le Caire en regorgeait. Les agents d'Owen en rapportaient de nouveaux tous les jours. Ils provenaient de la Cour, des clubs renommés — le Khédivial, fréquenté par Égyptiens et étrangers, le Turf et le Sporting Club, accueillant les Britanniques —, des écoles supérieures et des universités, des cafés et des souks.

Ceux qui émanaient de l'université islamique al-Azhar et des écoles supérieures étaient les plus inquiétants, mais c'était là que le fossé entre rhétorique et réalité était aussi le plus grand. Du moins Owen l'espérait-il.

Ceux qui partaient de la Cour étaient inquiétants d'une manière différente. Ils se concentraient uniquement sur les intrigues menées auprès du khédive pour obtenir sa faveur, sur ceux qui pouvaient être en grâce et ceux qui ne l'étaient plus. On ne semblait avoir aucune notion de ce qui dépassait l'espace restreint de la Cour, on n'avait nulle conscience de l'effet qu'exerçait le report d'une décision sur le pays en général.

Les rumeurs qui circulaient dans les clubs reflétaient l'ambiance générale troublée. Owen avait tendance à les ignorer, non parce qu'elles étaient sans importance — dans certaines circonstances elles pouvaient se révéler d'une extrême importance —, mais parce qu'il avait l'impression de les connaître déjà et de les comprendre.

C'était aux rumeurs propagées dans les cafés et les souks qu'il accordait le plus d'attention, car elles indiquaient la température de la ville. C'était grâce à elles qu'il saurait si la situation lui échappait, si elle risquait d'exploser.

Pour l'instant, il n'avait pas ce sentiment. Le Caire était tendu, certes, et, vu sa promptitude coutumière à s'échauffer, il y avait largement matière à explosion. Dans une ville comprenant plus de vingt nationalités différentes, au moins cinq religions importantes outre l'islam, trois langues principales et plus d'une vingtaine de dialectes, quatre systèmes juridiques concurrents et, en fait, deux gouvernements, la plus petite étincelle pouvait provoquer une énorme conflagration. Owen avait constamment l'impression d'être assis sur une vaste poudrière.

Mais cette impression n'était pas plus forte que d'habitude. Il y avait des problèmes en ville, bien sûr, des incidents par douzaines, mais il sentait qu'ils s'évanouiraient — pour autant qu'ils puissent s'évanouir un jour — dès que le khédive mettrait fin à ses fichus atermoiements et formerait un nouveau gouvernement.

En attendant, il lui fallait tenir bon et éviter tout débordement. Il pensait en être capable, somme toute. Les pachas ne représentaient pas un grand problème. Après l'agression d'Ali Osman, ils seraient tous d'une prudente discrétion. Quant aux manifestations, jets de pierres, dégradations de biens, on pouvait s'en occuper à la manière habituelle.

Même cette histoire de filer les gens n'était pas si terrible, tant qu'il ne s'agissait que de les suivre. Il ne s'inquiéterait qu'au moment où on franchirait une autre étape.

Ce qui avait été le cas pour Fairclough.

En principe, la tentative d'assassinat sur Fairclough ne concernait pas Owen. Les enquêtes de police n'étaient pas son rayon. Ni d'ailleurs, curieusement, celui de la police. En Égypte, les instructions étaient confiées au parquet, service relevant du ministère de la Justice.

Ce qui concernait Owen, en tant que mamour zapt,

c'étaient les aspects politiques de l'affaire. Le mamour zapt était plus ou moins l'équivalent du chef de la branche politique de la police judiciaire anglaise. Plus ou moins seulement, car ce poste n'existait qu'au Caire et incluait la responsabilité de la police secrète, un corps d'une importance considérable pour certains khédives à l'époque où ils affermissaient leur pouvoir, mais qui n'avait à présent qu'un rôle de réseau de renseignements.

En tant que cible manquée d'une querelle ou d'une mésentente d'ordre privé, Fairclough n'intéressait pas Owen ; en revanche, s'il avait été victime d'un attentat terroriste, c'était une autre affaire.

Jusqu'à présent, aucune preuve ne venait à l'appui de l'une ou l'autre hypothèse. À ce jour, l'enquête du parquet n'avait pas réussi à débusquer une éventuelle rancune personnelle. Et elle n'avait pas non plus exhumé le moindre renseignement sur les agresseurs.

Deux balles avaient toutefois été retrouvées et envoyées au laboratoire pour examen. Les premières analyses n'avaient pu établir de rapport avec une arme ayant servi à des attentats précédents.

C'était là un point important, car les terroristes égyptiens avaient tendance à s'accrocher à leurs armes. Ils les utilisaient plusieurs fois de suite et ne faisaient aucun effort pour s'en procurer de nouvelles de façon à brouiller leur piste. C'était une habitude héritée des zones rurales du pays, où un fusil était un objet précieux, jalousement surveillé et conservé, rafistolé avec du fil de fer, jusqu'au moment où il avait largement passé l'âge de la retraite.

Si on excluait une querelle d'ordre privé, on pouvait peut-être en déduire qu'un nouveau groupe terroriste était passé à l'action, une hypothèse que Nikos privilégiait pour d'autres raisons.

— Ils manquent d'expérience. Ils ont tiré de beaucoup trop loin.

Les débutants agissaient souvent ainsi, soit parce qu'ils étaient nerveux, soit parce qu'ils ne connaissaient pas les caractéristiques de leurs armes. Les armes légères avaient une portée très limitée. Les attentats réussissaient quand l'assaillant courait jusqu'à la victime et tirait à bout portant, donnée qu'il était utile de connaître lorsqu'on organisait la protection du consul général ou du khédive.

Bien entendu, ce n'était là qu'une conjecture, et Nikos, qui portait un regard détaché sur de tels événements, attendait en réalité que d'autres éléments viennent appuyer ses affirmations : un nouvel attentat, par exemple.

Entre-temps, il s'essayait à analyser les plaintes de gens qui auraient été suivis. Des dizaines d'entre elles étaient arrivées sur son bureau.

— Presque toutes ces filatures sont imaginaires, grommela-t-il.

— Dans mon cas, ça n'avait rien d'imaginaire, rétorqua Owen.

— Ah bon ?

— Bien sûr que non, bon Dieu, j'ai vu deux hommes.

— Oui, mais vous suivaient-ils ?

— Naturellement !

— Comment le savez-vous ? Ils se trouvaient là, tout bonnement. Ils auraient pu être en train d'acheter un chameau, ou quelque chose de ce genre.

Owen, qui jugeait parfois la logique pédante de Nikos très fatigante, résista à la tentation de lui botter les fesses.

— De toute façon, vous n'en avez pas fait une description correcte, reprit Nikos.

— Comment ça, je n'en ai pas fait une description correcte ?

— Vous n'avez pas fourni le moindre détail.

— Je n'ai pas eu le temps de noter quelque détail que ce soit.

— Ils ne se sont tout de même pas volatilisés. Ils ont bien dû s'éloigner. Ce qui prend un certain temps.

— Pour faire deux ou trois pas ?

— Ça permet largement de voir quelque chose.

— Pas de l'endroit où je me trouvais. Je n'avais pas un point de vue dégagé.

— C'était pourtant le moment de les observer, répliqua Nikos d'un ton accusateur.

— Écoutez, j'avais une bonne raison de ne pas me planter au milieu de la rue pour les examiner avec soin. Je ne voulais tout simplement pas recevoir une balle dans la tête.

Nikos se pencha prudemment sur les papiers posés sur son bureau.

Indigné, Owen se dirigea vers la cruche en terre posée sur l'appui de fenêtre, où elle garderait sa fraîcheur, et se versa un verre d'eau. Il attrapa une copie du premier rapport transmis par le parquet et s'installa pour le lire.

Quelques moments s'écoulèrent. Puis Nikos toussota.

Owen leva les yeux.

— Jeunes ou vieux ? demanda Nikos.

— Comment ?

— Jeunes ou vieux ? Ces deux hommes. Étaient-ils jeunes ou vieux ?

— Jeunes, je crois.

— En galabieh ?

— En chemise et pantalon, me semble-t-il.

— Petits, gros, grands, maigres ?

— De taille moyenne, je dirais. Minces, peut-être.

— Jeunes, dit Nikos.

— Sans doute. Ça cadrerait bien avec leur manque d'expérience.

— Il ne s'agit pas nécessairement des deux mêmes. Le groupe dans son ensemble peut être constitué de jeunes. En fait, c'est le plus probable.

— Et les autres affaires ?

— Les gens qui se plaignent d'avoir été suivis ? Les neuf dixièmes des procès-verbaux relatent des faits imaginaires ou tellement vagues qu'ils ne nous avancent à rien. Six déclarations environ valent la peine qu'on y regarde de plus près.

— Y compris ce qui m'est arrivé ?

— Vous êtes à la limite.

— Et Fairclough ?

— Aucun détail sur les gens qui le suivaient. Quelques indications intéressantes sur le tir, bien que peu fournies.

— Qu'est-ce que vous avez trouvé chez les autres ?

— Presque toujours deux personnes. Des hommes jeunes habillés à l'occidentale.

Owen réfléchit un instant.

— C'est peut-être bon pour nous, dit-il.

— Pourquoi ?

— Ça pourrait vouloir dire qu'il n'y a qu'un groupe à l'œuvre. Si la manière de procéder est la même.

— Je crois que c'est le cas.

— Je l'espère. Les choses en seraient grandement facilitées.

— Vous pensiez le contraire ?

— Non, non, pas spécialement. En ces temps d'agitation généralisée, on craint toujours de voir les choses se déchaîner dans tous les coins à la fois. C'est beaucoup plus facile quand il n'y a qu'un groupe à surveiller.

— Reste à faire face à l'agitation ambiante.

— Oui, mais on ne traite pas les deux choses de la même façon. L'atmosphère générale ne pose pas de problème sous réserve qu'on garde le sens des proportions. Il ne faut pas laisser la situation dégénérer, mais en même temps, mieux vaut ne pas en faire trop. Si on commence à soupçonner tout le monde d'appartenir à un groupe terroriste, on a tendance à avoir des réactions exagérées qui aggravent encore les choses, parce que les gens y voient une provocation, et alors ce qui a commencé comme une manifestation se transforme en émeute sanglante.

— Ne pensez-vous pas que les manifestations peuvent virer au terrorisme si on ne les réprime pas ? demanda Nikos.

— Non, répondit Owen.

— J'espère que vous ne vous trompez pas. Nous le saurons bientôt.

Garder le sens des proportions, c'était bien joli, mais Owen n'était pas le seul à devoir se garder d'une réaction excessive. Le lendemain matin, en sortant d'une réunion à la Résidence, il s'aperçut que l'armée érigeait des barrages dans toutes les rues alentour.

— Qu'est-ce que c'est que ce bordel ? demanda-t-il au sergent qui paraissait responsable de l'opération.

— Des défenses, monsieur.

— Des défenses ? Et contre quoi, nom de Dieu ?

— Aucune idée. Contre tous ces Arabes, j'imagine.

Un Égyptien qui avait participé à la réunion avec Owen et arrivait lui aussi dans la rue tourna à droite et se trouva confronté à un barrage.

— Hé là ! Où allez-vous comme ça ? lui demanda le caporal en faction.

— Au ministère.

— Sûrement pas. Pas par là.

— Pourquoi ?

— Parce que je vous le dis, bon Dieu, voilà pourquoi ! Et parce que j'ai un bon argument à l'appui, ajouta-t-il en tapotant la crosse de son fusil.

— Mais je me rends seulement au ministère !
— C'est vraiment pas de pot.
— J'y travaille.
— Vous n'aurez qu'à aller travailler ailleurs.
— Mais...
L'Égyptien jeta un regard déconcerté autour de lui. Owen s'avança.
— Je dois y aller tout de suite, dit l'Égyptien. J'ai une réunion importante !
— Si vous fichiez plutôt le camp ? suggéra le caporal.
— Monsieur Fahmy, puis-je vous aider ? demanda Owen.
L'Égyptien leva la main d'un air stupéfait.
— Monsieur est le ministre de l'Intérieur, expliqua Owen.
Le caporal tressaillit.
— Excusez-moi, monsieur, dit-il en s'adressant autant à Owen qu'au ministre.
Owen avait beau ne pas porter l'uniforme — en fait, il était détaché de l'armée des Indes —, le caporal comprit aussitôt qu'il avait un gradé devant lui.
— Il faut à l'évidence qu'il se rende au ministère, reprit Owen.
Le caporal parut inquiet.
— Je... je sais, monsieur. Le problème, c'est qu'on m'a donné l'ordre de ne laisser passer personne. Les ordres sont les ordres.
Le sergent, qui avait emboîté le pas à Owen en remarquant l'incident, intervint.
— Allez chercher le capitaine Fenniman, dit-il au caporal. Je me charge de régler les choses ici.
Soulagé, le caporal décampa.
— Je regrette, messieurs. Vous voulez bien patienter une minute ?
— Je n'ai pas été prévenu non plus, glissa Owen à Fahmy.

Fahmy haussa les épaules.

Le caporal revint en pressant le pas, un jeune officier sur les talons.

— Oui ? fit ce dernier d'un ton sec.

— Voici M. Fahmy, le ministre de l'Intérieur, expliqua Owen.

Le capitaine inclina poliment la tête.

— Il voudrait être autorisé à se rendre au ministère.

Le capitaine hésita.

— Je pense qu'il devrait l'être, reprit Owen.

Fenniman prit sa décision.

— Très bien. Hawley, voulez-vous escorter ce monsieur pour lui permettre de franchir nos barrages ? Bennett, restez ici. Je suis désolé pour la gêne occasionnée, dit-il à Fahmy. Mais vous comprenez sûrement que nous devons prendre certaines précautions.

L'Égyptien haussa une nouvelle fois les épaules. En s'éloignant avec le sergent, il adressa un sourire désabusé à Owen.

— Je ne vois vraiment pas pourquoi vous devez prendre ce genre de précautions, estima Owen.

— Vous n'avez pas entendu la nouvelle ? On a agressé un haut responsable de l'administration britannique. Apparemment, d'autres attentats se préparent.

— Un haut responsable de l'administration ?

— C'est ce qu'il semble.

— Fairclough ?

— Je crois que c'est effectivement son nom.

— Fairclough n'est haut responsable de rien du tout. Sauf peut-être du club de bridge.

— Ah bon ? En tout cas, voilà ce que j'ai entendu dire.

— Il y a eu une agression, d'accord. Mais bon Dieu, à quoi jouez-vous, là ?

Owen désigna les barricades.

— Il s'agit de protéger la Résidence. Le consul général pourrait être la prochaine cible.

— C'est vous qui avez eu cette idée lumineuse ?

— Cette idée me paraît plutôt bonne, répliqua Fenniman d'un ton défensif.

— Elle est complètement stupide.

— Tiens donc ? Qu'est-ce que vous en savez, monsieur...

— Owen. Le mamour zapt. Chargé de l'ordre public dans cette fichue ville. Un ordre public que vous êtes en train de foutre en l'air.

Owen retourna à la Résidence à grandes enjambées. Son ami Paul, l'aide de camp du consul général, qui avait assuré le secrétariat de séance, était encore en train de rassembler ses dossiers. Owen lui toucha deux mots des barrages.

— Seigneur ! s'écria Paul. Tout ce que nous avons demandé, c'est quelques gardes supplémentaires.

Owen lui parla du ministre.

— Quels idiots ! Je vais lui téléphoner immédiatement pour lui présenter mes excuses.

— Est-ce que tu ne pourrais pas faire quelque chose au sujet des barrages ?

— Tu les trouves un peu superflus ?

— Et comment, bon Dieu !

Ils gagnèrent le bureau de Paul. Ce dernier téléphona au commandement de l'armée et demanda l'un des aides de camp.

— John ? C'est toi ? Que se passe-t-il ? Auriez-vous déclaré la guerre, par hasard ?

— Non, pas pour autant que je sache. De toute façon, c'est impossible parce que je vais jouer au tennis cet après-midi.

— Qui a décidé d'ériger ces barrages un peu partout ?

— Des barrages ?

Paul le mit au courant.

— J'ai l'impression que ça doit être Hardwicke. Tu veux que je lui dise un mot ?

— Oui. J'ai à côté de moi un de tes amis, un vieil adversaire des courts de tennis, qui pense que ces barrages ne font que lui compliquer une vie déjà accablée de difficultés.

— S'il voulait bien laisser Zeinab en paix, ça lui simplifierait beaucoup la vie.

— Je le lui dirai. D'ailleurs, je crois qu'il a entendu. Et puis, John, une dernière chose : ma propre vie en serait facilitée si l'armée cessait d'arrêter les ministres du gouvernement de Son Altesse Royale.

— C'est aussi le résultat des barrages ? D'accord, je vais voir ce que je peux faire. Je te rappelle tout de suite.

Quelques instants plus tard, il se manifesta.

— C'était bien Hardwicke. Et j'ai le regret de devoir te dire qu'il se montre récalcitrant. Il prétend que c'est le consul général qui le lui a demandé.

— Tout ce que nous avons demandé, ce sont des gardes supplémentaires. J'ai moi-même transmis la note.

— Il campe sur ses positions. Si le consul général change d'avis, il doit le faire savoir expressément.

— Je lui enverrai un mot.

— Ça ne lui suffira pas. Il réclame une réunion.

— Une réunion ! J'en ai déjà trop.

— Avec le consul général.

— Il peut toujours courir ! Le vieux est parti sur la côte cet après-midi.

— Il ne fera rien sans réunion.

— Bon, d'accord. Autant en passer par là. Je vais en organiser une. Quant à toi, mon garçon, dit-il ensuite à Owen, tu me revaudras ça. Et grassement.

L'armée n'avait pas seulement érigé des barrages autour de la Résidence, mais à d'autres « points stratégiques » de la ville, comme Owen s'en aperçut en retournant à son bureau. Y compris aux alentours de la gare.

— C'est de la pure folie, bon Dieu ! protesta-t-il le lendemain au cours de la réunion. Un hadj qui revient de La Mecque doit être accueilli à la descente du train et accompagné chez lui par un cortège.

— Eh bien, cette fois, ils se passeront de cortège, rétorqua le général de brigade d'un ton sévère.

— Essayez de l'empêcher et vous déclencherez une émeute.

— L'armée sait régler ce genre de situation.

— Nous avons déjà assez de pain sur la planche comme ça, dit Paul, qui présidait la réunion en l'absence inévitable du consul général.

À la demande personnelle du consul général, transmise par Paul, le général de brigade Hardwicke avait accepté à contrecœur de lever les barrages autour de la Résidence. Pour ce qui concernait les autres, il ne voulait rien entendre.

— Le climat est particulièrement tendu en ville, expliqua Owen. Évitons toute provocation.

— S'ils tirent sur les nôtres, il faut leur donner une leçon qu'ils ne seront pas près d'oublier, répliqua le général de brigade.

— C'est à ceux qui commettent des attentats qu'il faut donner une leçon, pas aux autres. Si nous avons la main trop lourde avec la foule, nous ne ferons que la pousser à soutenir les extrémistes.

— Vous êtes un mou, Owen, déclara le général de brigade.

— J'ai vu comment ça se passait en Inde, dit Owen, qui savait que le général de brigade n'avait jusque-là servi que dans les comtés situés autour de Londres. Là-bas non plus, cette technique n'a pas réussi.

La discussion se poursuivit encore quelques instants. Finalement, Paul, qui l'avait suivie avec délices, trancha au nom du consul général : les barrages devaient être supprimés.

— Autant consigner l'armée dans ses quartiers ! estima le général de brigade.

— En fait, ce pourrait être une excellente idée, rétorqua Owen, qui était d'humeur rancunière.

— D'accord, si c'est ce que vous voulez ! lâcha le général de brigade, furieux, en se levant de la table.

— Est-ce vraiment la peine d'aller jusque-là ? demanda Paul.

— Oui, répondit Owen.

Le général de brigade s'éloigna. En arrivant à la porte, il marqua une pause et jeta un coup d'œil par-dessus son épaule.

— Vous avez intérêt à ne pas vous tromper, Owen, dit-il. Parce que si les choses tournent mal...

Paul l'accompagna jusqu'à la sortie, puis revint chercher ses documents.

— D'ordinaire, je ne suis pas de son avis, fit-il remarquer. Mais en l'occurrence...

Nikos apporta immédiatement le message. Les mots suivants avaient été griffonnés à la hâte : « Je suis suivi. Je me trouve chez Andalaft. Y resterai jusqu'à votre arrivée. George Jullians. »

Owen connaissait Jullians. Juge d'un tribunal mixte, c'était un homme calme, expérimenté, peu susceptible de s'alarmer sans raison.

— Demandez à Abdul Kérim de venir, et envoyez-moi deux types capables de filer d'éventuels suspects.

La boutique d'Andalaft se trouvait dans le Khan el-Khalil, le quartier des souks. Fréquentée par des connaisseurs, elle disposait d'un stock limité de cuivres et de broderies destinés aux touristes. Andalaft s'intéressait en réalité aux émaux anciens, aux bijoux, aux poteries irisées persanes et aux anciens corans enluminés.

Quand Owen arriva, il était en train de s'entretenir

tranquillement avec Jullians dans l'arrière-boutique. Ils palpaient amoureusement un magnifique coffret persan incrusté de grosses turquoises, dans lequel on gardait un verset du Coran.

Andalaft le reposa et s'avança pour accueillir Owen.

— Monsieur le mamour zapt, je suis très heureux que vous soyez venu. J'ignorais si mon messager parviendrait à vous trouver.

Jullians jeta un coup d'œil à sa montre.

— Vous avez fait vite. Ils sont peut-être encore là.

— Vous êtes sûr d'avoir été suivi ? lui demanda Owen.

Jullians hocha la tête.

— Presque. Je crois que ce n'est pas la première fois. Hier, j'ai eu la forte impression d'être suivi et j'ai vu ces deux hommes. Je les ai revus aujourd'hui. J'ai essayé de les semer, mais en vain. Je me suis donc faufilé chez Andalaft.

— M. Jullians vient souvent ici, expliqua Andalaft d'une voix douce.

— Peut-être même le savent-ils, reprit Jullians, s'ils me suivent depuis longtemps.

Andalaft regarda Owen.

— Nous avons une autre issue. M. Jullians aurait pu partir sans être inquiété.

Jullians haussa les épaules.

— Ils me coinceraient une autre fois, peut-être à un moment où je m'y attendrais moins. Je me suis dit que si je réussissais à vous envoyer un message, vous pourriez être en mesure de les attraper. C'est le seul moyen d'y mettre un terme, n'est-ce pas ?

— Ils sont peut-être plusieurs à jouer à ce petit jeu, dit Owen, et j'aimerais bien mettre la main sur eux aussi.

— Bon, je suis prêt.

— J'aimerais que vous nous les indiquiez. Peut-être pourrions-nous utiliser votre porte de derrière ?

demanda Owen à Andalaft, qui acquiesça. Par ailleurs... continua-t-il en s'adressant à Jullians, vous sentez-vous d'attaque pour continuer votre promenade ?

— Pour que vous constatiez les faits ? s'enquit Jullians avant de déglutir. Très bien. Vous avez raison. Vous ne pouvez pas vous fier à ma seule parole pour arrêter quelqu'un. Seulement...

— Ne vous inquiétez pas. J'ai deux types dehors. Ils resteront à proximité.

— D'accord.

Abdul Kérim était entré dans le magasin avec Owen. Il était doué pour ce genre de choses, mais pas autant que ceux dont c'était le métier. Il fallait une habileté considérable pour filer quelqu'un en ville, surtout dans les souks bondés. Owen l'envoya chercher les deux agents. Ils étaient là quand Owen s'avança sur le pas de la porte avec Jullians.

Ce dernier lui montra ceux qui l'avaient suivi. Ils se trouvaient un peu plus haut dans la rue, apparemment plongés dans une conversation. En repensant aux commentaires de Nikos, Owen les examina avec attention. Peu de chose les distinguait cependant des centaines d'autres passants. Ils étaient égyptiens — arabes, et non coptes —, âgés d'une vingtaine d'années et vêtus d'une chemise et d'un pantalon. Il essaya de graver leurs traits dans sa mémoire, mais savait que ses hommes y parviendraient mieux que lui.

— On y va ?

Jullians acquiesça et regagna le magasin. Pâle, il n'en semblait pas moins déterminé. Il était sans doute doté d'un grand sens du devoir. Il le fallait pour être juge en Égypte.

Un instant plus tard, il sortit par la porte principale de la boutique, et ses deux poursuivants levèrent les yeux et se mirent à avancer discrètement dans la rue. Les agents d'Owen leur emboîtèrent le pas encore plus discrètement.

Posté dans une rue perpendiculaire, Owen tâcha de repérer des armes lorsque les suspects passèrent devant lui. Elles devaient être camouflées sous leur chemise, mais, du fait qu'elle n'était pas ajustée, il ne pouvait en être sûr.

Il s'était demandé comment utiliser Abdul Kérim. Il tenait à ce qu'il soit assez proche, en cas de problème, mais pas trop pour ne pas gêner les deux agents. Le Khan el-Khalil pullulait de gens, et leur boulot était déjà assez difficile comme ça.

Pour sa part, il se tint nettement en retrait. Si les poursuivants ne le connaissaient pas, et ils n'avaient aucune raison de le connaître (ou étaient-ce les mêmes que ceux qui l'avaient suivi l'autre fois ? Étaient-ce eux ? Il ne pouvait l'affirmer), rien ne leur permettrait de le repérer. Il portait un tarbouche, cette coiffure en forme de pot, munie d'un gland, privilégiée par les Égyptiens cultivés, et avec son teint mat de Gallois il pouvait facilement passer pour un Levantin.

N'empêche qu'un doute persistait : les deux hommes pouvaient connaître son identité. Owen resta donc à bonne distance. De toute façon, mieux valait faire confiance à ses agents.

Il n'était cependant pas tranquille. Il prenait un risque et mettait la vie de Jullians en danger. Ne serait-il pas préférable d'alpaguer les deux hommes ? Les gens tels que Jullians, à l'honnêteté scrupuleuse, vous expliquaient qu'on ne pouvait accuser quelqu'un sur la foi d'une simple déclaration, mais d'autres juges ne partageraient pas forcément son avis.

D'ailleurs, il suffirait peut-être de retirer ces deux hommes de la circulation pendant quelque temps, jusqu'à la fin de la crise politique.

Allons, ça ne suffirait sûrement pas. S'il s'agissait de terroristes, d'assassins avérés ou potentiels, il fallait s'en saisir. Les arrêter sur la foi d'un simple soupçon obligerait à les relâcher, ce qui ne réglerait pas la question.

En outre, d'autres étaient peut-être à l'œuvre.

En avançant dans la foule, Owen eut du mal à ne pas les lâcher des yeux. De temps en temps, il les perdait de vue l'espace d'un instant. Quand il les repérait de nouveau, il était rassuré de constater que ses agents les filaient toujours, un peu en arrière, avec des passants entre eux, mais pas très loin.

Owen évaluait le risque d'une agression dans les souks. Il serait facile de s'échapper ensuite, mais des passants gêneraient l'action. Ils attendraient sans doute que Jullians atteigne une grande rue moins obstruée. Mais s'ils tentaient de l'attaquer tout de même, les agents sauraient quoi faire. Ils interviendraient immédiatement. Mettre la vie de Jullians en danger n'était acceptable que jusqu'à un certain point.

Ce dernier quittait à présent les souks. Ses deux poursuivants ne faisaient toujours pas mine de l'attaquer.

Une arabeya arriva à la hauteur de Jullians. Owen jura et s'élança. Voilà une chose qu'il n'avait pas prévue !

Quelqu'un descendit de la voiture et étreignit Jullians avec effusion. Ils échangèrent des propos animés. Visiblement, ils se connaissaient.

Owen s'arrêta tout de suite de courir et espéra qu'on ne l'avait pas remarqué.

Les deux poursuivants avaient eux aussi été pris de court, car ils s'immobilisèrent un instant, perplexes, puis s'engouffrèrent dans un magasin.

Owen n'aperçut pas ses deux agents.

Mais il croisa le regard d'Abdul Kérim, qui se tenait sous un porche. Ce dernier hocha lentement la tête.

Jullians tentait de se soustraire à son ami, un Égyptien corpulent, qui l'en empêchait et essayait manifestement de persuader Jullians de monter dans son arabeya. Il insista. Jullians déclina son offre, s'apprêta à s'éloigner, mais l'Égyptien le prit par le bras et se mit presque à le traîner vers la voiture.

Dans tout autre pays, la scène aurait paru quelque peu menaçante. En Égypte, elle était tout à fait normale. Les Égyptiens poussaient presque l'hospitalité jusqu'au vice. Si vous aviez quelque chose et que votre ami refusait de le partager, vous vous sentiez très froissé. Qu'il s'agisse d'un repas, d'un pot de café ou d'une arabeya. Si vous en disposiez et rencontriez un ami, il était obligé de partager avec vous.

Jullians jeta un regard désespéré derrière lui.

Il ne pouvait pas repousser son ami. Il agita la main en un geste d'excuse et monta dans l'arabeya.

Tout le monde hésita : les deux poursuivants, les agents, Abdul Kérim, Owen.

Le cocher fit claquer son fouet et la voiture s'ébranla.

Les deux hommes s'éloignèrent.

Owen se décida. Il fit signe à ses deux agents de les suivre et envoya Abdul Kérim derrière l'arabeya.

L'ami semblait inoffensif, mais mieux valait le vérifier. La voiture roulait à une allure régulière. Abdul Kérim n'aurait aucun mal à rester dans son sillage. Même si elle accélérait l'allure, il y parviendrait, ce qui n'aurait certainement pas été le cas pour Owen.

Le mamour zapt attendit que tout le monde soit parti, puis il retourna à son bureau.

Abdul Kérim fut le premier à le rejoindre. Il raconta que l'ami avait raccompagné Jullians jusqu'à sa porte. Il avait vu Jullians descendre et entrer chez lui.

Jullians téléphona alors. Il était confus.

— Vous ne pouviez faire autrement, lui dit Owen.

— Vous les avez eus ?

— Ça reste à voir.

L'un de ses agents le contacta ensuite. Ils avaient suivi les deux hommes jusqu'à la faculté de droit, mais là, dans ces bâtiments très fréquentés aux multiples couloirs, ils les avaient perdus de vue. Son collègue était resté sur place dans l'espoir de les apercevoir, mais pour l'instant ils avaient disparu.

Owen lui ordonna de retourner là-bas lui aussi et d'y demeurer pendant quelques jours.

— S'il s'agit d'étudiants, ils les reverront tôt ou tard, dit-il à Nikos. Dans le cas contraire, s'ils se font seulement passer pour des étudiants, la tâche sera plus difficile.

En attendant, ils étaient donc obligés de baisser les bras ; mais Nikos se réjouit de disposer de nouvelles données : correctement observées, fit-il remarquer à Owen.

— Il y a bien sûr un autre fait qui devient évident. Plus on a des cas, plus on a d'indices, et pas seulement sur les poursuivants ou les agresseurs, mais aussi sur le genre de personnes qu'on suit ou qu'on attaque.

— Et alors ?

— Jusqu'ici, toutes sans exception travaillaient dans l'administration... rien que des fonctionnaires.

3

— Je t'assure que ça ne me plaît pas du tout, déclara Paul.

— Bien sûr, nous n'avons pas encore grand-chose à nous mettre sous la dent.

— Il n'y a pas encore eu beaucoup de morts, c'est ce que tu veux dire ?

— Jusqu'ici, personne n'est mort. Les seuls éléments dont nous disposons sont une tentative d'assassinat et plusieurs cas de personnes suivies. Nous n'en sommes qu'au début.

— Écoute, tu as beau jeu de jeter là-dessus un regard détaché, mais beaucoup de gens ne feront pas comme toi. Tous les fonctionnaires, pour commencer.

— Faut-il vraiment les mettre au courant ?

— Tu ne crois pas qu'il convient de les avertir ?

— Je me le demande. Tu comprends, voilà comment je vois les choses. Pour l'instant nous avons, me semble-t-il, un seul groupe terroriste agissant. Contrairement aux groupes habituels, il ne se concentre pas sur une cible particulière, disons par exemple le consul général, mais vise toute une classe de gens. À mon avis, ils pensent ainsi saper le moral à une plus grande échelle.

— Et ils ne se trompent pas, dit Paul.

— Mais l'important, c'est que ce groupe paraît restreint. Et, tant qu'il le reste, nous pouvons espérer le localiser. Bon, maintenant, si nous avertissons le public, ce ne sont pas les seuls fonctionnaires qui vont tendre l'oreille. Ce qui m'inquiète, c'est qu'en apprenant que certains veulent bouffer du fonctionnaire, d'autres terroristes en puissance se diront : quelle bonne idée, nous aussi, on va s'y mettre.

— Tu ne crois pas qu'ils y ont déjà pensé ?

— Non. Comme je le disais, j'ai l'impression qu'un seul groupe est à l'œuvre. Certaines personnes commencent peut-être à comprendre que les Britanniques sont visés, mais les Britanniques en général. Ils ne se disent pas encore : Seigneur, je suis moi aussi fonctionnaire, et ils vont s'en prendre à moi.

— D'après toi, combien de temps mettront-ils à s'en apercevoir ?

— Peut-être le temps de coincer le groupe en question.

Paul et Owen étaient en train de boire un verre au Sporting Club après avoir joué au tennis. En fait, ils avaient remplacé John et son partenaire, un autre officier, tous deux cantonnés à présent dans leurs quartiers. John n'était pas ravi.

— Quel dommage que les deux types vous aient échappé ! dit Paul. Tu aurais dû sauter sur l'occasion de les alpaguer.

— Je n'étais pas sûr de mon fait. Jullians avait pu se laisser entraîner par son imagination. N'oublie pas que les journaux en auraient fait un plat si nous n'avions pas arrêté les bons types !

— Mais c'est toi qui contrôles les journaux, oui ou non ?

La censure de la presse était l'une des tâches du mamour zapt.

— Je ne les contrôle pas. Je me contente de supprimer certains passages.

— Voilà qui aurait suffi.

— Non. Ce genre de passage est justement celui qui se propage le plus vite.

— Le jeu en valait peut-être la chandelle.

— Je voulais démasquer le reste du groupe.

Paul se plongea dans ses réflexions.

— Tu as raison, je suppose. Il faut que tu évalues tous les risques. N'empêche, Gareth, je commence à me faire du souci pour toi. Tu adoptes un point de vue de plus en plus détaché sur la situation. Ça ne te ressemble guère. Il va falloir que je demande à Zeinab de te remettre sur le droit chemin.

— Ce n'est pas de gaieté de cœur.

— Je m'en doute. Bon, pour en revenir à la question de savoir s'il faut avertir les gens ou non. Laisser aller à l'abattoir ces agneaux innocents ne me rend pas précisément joyeux. Nous sommes tous les deux au courant. Ne faudrait-il pas que d'autres le soient afin qu'ils puissent prendre des précautions ?

— Quelles précautions pourraient-ils prendre ?

— Veiller à ne pas être suivis. Rester chez eux. Je sais que ça ne va pas très loin, mais ne faudrait-il pas leur donner une chance ? Surtout à ceux qui sont le plus en danger ?

— Les juges ?

— Par exemple.

Owen sirota sa boisson d'un air pensif.

— Le problème, c'est de décider qui est en danger, dit-il. D'après toi, Fairclough l'était-il particulièrement ? Est-ce que nous ne prêterions pas le flanc à la critique en nous préoccupant des élites et en laissant les pauvres diables qui se situent tout en bas de l'échelle se débrouiller tout seuls ?

Paul garda le silence. Au bout d'un moment, il haussa les épaules.

— Bon, d'accord. Alors, qu'est-ce qu'on fait ? On

ne lève pas le petit doigt par crainte d'aggraver les choses ?

— Cette idée ne me ravit pas non plus, admit Owen.

Paul poursuivit sa réflexion.

— Ce que nous pourrions faire, en revanche, c'est diffuser une note confidentielle aux fonctionnaires pour leur recommander de se tenir à carreau pendant toute la durée de l'impasse politique actuelle. Nous pourrions lier le danger à cette impasse, et non pas à une activité terroriste quelconque. Tu comprends, on expliquerait que le choix du gouvernement est l'affaire des seuls Égyptiens, qu'il est préférable qu'on ne voie pas les Britanniques s'en mêler, et que, dans les circonstances présentes, et tant que la crise ne sera pas résolue, mieux vaudrait se faire petit.

— Comme l'armée ?

— Comme l'armée.

Le visage de Paul s'éclaira.

— Voilà ! Cette mesure aura l'air de s'inscrire dans une politique d'ensemble. Je vais en parler au vieux dès demain matin.

— La pilule sera ainsi plus facile à avaler pour l'armée.

— Oui, dit Paul en regardant Owen d'un air songeur. Bien que... en la matière... Est-ce que tu es sûr de ne pas vouloir revenir sur ta décision ? Compte tenu de la situation ?

— Sur la décision de laisser l'armée à l'écart ? Tout à fait sûr, confirma Owen.

L'air inquiet, Fairclough était assis inconfortablement sur sa chaise. Des taches sombres s'élargissaient à vue d'œil sous les manches de son costume. Il faisait très chaud dans la pièce. Un ventilateur tournait, mais avec trois personnes dans cet espace restreint la température avait atteint un niveau désagréable.

Mohammed Bishari, le magistrat du parquet, avait presque terminé l'audition. Owen se demandait ce qu'il faisait là. D'habitude, le parquet ne l'invitait pas à assister à ses procédures. Il était néanmoins venu assez volontiers car il voulait savoir comment l'affaire avançait.

Mohammed Bishari était un petit bonhomme maigre, vif, âgé d'une quarantaine d'années. Dans la mesure où un Britannique était concerné, ils avaient dû confier l'enquête à un de leurs meilleurs éléments.

Il avait demandé à Fairclough de revenir sur le jour où on avait tiré sur lui et de se concentrer sur son trajet vers son domicile. Très minutieux, il s'était même enquis de l'endroit où il attachait l'âne pendant les heures de travail.

Cette partie du récit tirait à sa fin. Sans doute avait-il déjà posé ces questions à Fairclough, car elles figuraient dans son rapport préliminaire, dont une copie avait été transmise à Owen. Fairclough n'avait pas besoin de réfléchir longtemps pour y répondre. Bishari ne cherchait apparemment qu'à confirmer les faits énoncés.

Le rapport rédigé par un magistrat du parquet avait une grande importance dans le système judiciaire égyptien. Celui-ci se fondait sur le Code Napoléon et, comme en France, le parquet était chargé non seulement d'enquêter mais aussi d'instruire l'affaire et de soutenir l'accusation. Pour rendre son verdict, le tribunal accordait souvent plus d'importance au rapport du parquet, ou *procès-verbal**, qu'aux témoignages à la barre, ce qui, en Égypte, était sans doute sage.

Quelque chose dans la voix de Mohammed Bishari prévint Owen qu'il lui fallait redoubler d'attention. Le magistrat questionnait à présent Fairclough sur sa vie privée, et lui demandait si quelqu'un pouvait avoir une dent contre lui.

Fairclough ne le pensait pas.

— Des domestiques, par exemple ? s'enquit Bishari d'un ton détaché. D'anciens domestiques ?

De nouveau, Fairclough ne le pensait pas.

— Quelqu'un que vous auriez congédié ?

Fairclough se mit à réfléchir.

— Je n'ai eu que trois domestiques depuis que je me trouve ici, dit-il. Ali, mon cuisinier, a travaillé pour moi dès mon arrivée. Il était déjà le cuisinier de Hetherington, qui me l'a laissé quand il est allé à Juba, parce que Ali ne voulait pas le suivre là-bas. J'ai eu un ou deux domestiques. Abdul, celui que j'ai en ce moment, est chez moi depuis deux ans.

— Dix-huit mois, précisa Mohammed Bishari.

— Bon, il est très bien. Il n'a pas la moindre rancune contre moi.

— Et avant lui ?

— Ibrahim ? Bon, c'est vrai, je l'ai viré. Ce bougre picolait. J'avais fait une marque sur la bouteille et je l'ai pris la main dans le sac. Mais ce genre de chose n'est pas rare. On ne vous en garde pas rancune. Du moins pas au point de vous tuer.

— Vous ne le battiez pas ?

— Je lui donnais un coup de pied au derrière de temps en temps. Il n'a pas dit que je l'avais battu ?

Fairclough regarda Mohammed Bishari d'un air indigné.

— Si, en fait. Mais c'est ce qu'ils affirment tous, et je ne les crois pas systématiquement.

— Eh bien, ce n'est pas vrai, bon Dieu ! Je ne suis pas partisan de ce genre de chose. Demandez à Ali.

— Nous lui avons déjà posé la question. Dans l'ensemble, il confirme vos dires.

Fairclough grogna.

— Ibrahim a toutefois mentionné un autre détail, et Ali l'a corroboré, bien qu'il ait mis un certain temps à le faire, reprit Mohammed Bishari. Pendant qu'il était à votre service, Ibrahim a effectué diverses courses pour vous. Par exemple, il vous amenait des femmes.

Fairclough rougit et baissa les yeux sur ses souliers.

— La chair se rappelle à nous, marmonna-t-il.

— C'est vrai. Nous n'avons pas besoin de nous attarder là-dessus. Ni sur l'endroit où il trouvait ces femmes. Pourtant il y a eu des problèmes, un jour. Une femme avait profité de l'absence de son mari. Quand il est rentré, ses voisins l'ont mis au courant. Il est alors venu vous voir.

— Il avait plus ou moins perdu la boule, expliqua Fairclough. Il écumait de rage, vous voyez. Il brandissait un énorme couteau. Nous avons dû nous mettre à trois — Ali, Ibrahim et moi — pour le maîtriser.

— Vous lui avez donné de l'argent. Beaucoup d'argent.

— Pauvre diable ! s'exclama Fairclough.

— En fait, vous lui en avez trop donné. Quand il a recouvré son sang-froid, il s'est rendu compte que vous étiez plus intéressant que sa femme. Il a divorcé et n'a cessé de venir vous trouver.

— Une ou deux fois seulement. Sa femme est venue, elle aussi. De son côté, j'entends, alors qu'il s'était déjà débarrassé d'elle.

— Vous lui avez donné de l'argent à elle aussi ?

— Pas grand-chose. Ni à l'un ni à l'autre.

— Suffisamment pour que ça compte. Suffisamment pour que vous leur disiez au bout d'un certain temps que vous alliez y mettre un terme.

— Je ne pouvais pas continuer indéfiniment.

— Vous avez refusé de continuer à payer ?

— C'est exact.

Fairclough le considéra d'un air incrédule et ajouta :

— Vous ne voulez pas dire que ce brave Abdul...

— On pourrait estimer qu'il vous garde rancune.

— Oui, mais Abdul...

— Il est arrivé avec un couteau.

— Bien sûr, mais ça n'a rien à voir. D'ailleurs, les choses se sont calmées.

— Vous aviez à peine cessé de lui verser de l'argent, soutint Mohammed Bishari.

— Oui, mais...

Fairclough regarda Mohammed Bishari et secoua la tête.

— Je n'y crois pas, c'est tout, dit-il.

Owen n'y croyait pas non plus. Pas plus que Bishari, supposait-il. Le magistrat du parquet n'en continua pas moins en persistant sur ce sujet. Y avait-il d'autres hommes qui pouvaient nourrir ce genre de grief ? Fairclough ne le pensait pas. En fait, il était convaincu du contraire. Ibrahim avait pourtant sûrement effectué d'autres courses pour lui ? Eh bien, oui, c'était vrai. Mais il ne croyait pas que des maris étaient impliqués.

Plus l'interrogatoire se poursuivait, plus Fairclough était gêné.

— Ça ne fait pas bon effet, hein ? dit-il soudain. Toutes ces femmes. Le problème, c'est que je ne me débrouille pas très bien avec les femmes ordinaires. Je n'arrive pas à faire la conversation. J'ai des besoins sexuels, bien sûr, comme n'importe quel homme. Mais je ne suis pas doué pour le baratin.

— Les femmes ordinaires ? répéta Mohammed Bishari.

— C'est ça.

— Les femmes ordinaires anglaises, précisa Bishari.

Owen intervint :

— À mon avis, nous ne sommes vraiment pas obligés de nous intéresser à ce point particulier. M. Fairclough a été très franc sur les difficultés qu'il éprouve. Sans doute n'y a-t-il aucune raison de nous appesantir là-dessus ?

— Voulez-vous avoir l'obligeance de me laisser en être le seul juge, capitaine Owen ? répliqua Bishari en lui lançant un regard glacial.

Il reprit ses questions. À l'évidence, Ibrahim lui avait fourni la liste de toutes les femmes qu'il avait amenées. Le magistrat les mentionna une par une.

Le teint de Fairclough avait viré au rouge brique.

Owen ne perçait pas à jour le jeu de Bishari. Essayait-il seulement d'humilier Fairclough ? S'agissait-il là d'une sorte de vengeance personnelle d'un nationaliste ?

Il se sentit forcé d'intervenir une nouvelle fois.

— Je ne vois vraiment pas où mènent ces questions, monsieur Bishari.

Le magistrat leva les yeux et, curieusement, parut presque soulagé.

— Contestez-vous ma manière de traiter cette affaire, capitaine Owen ?

— Je me demande seulement où vous voulez en venir avec ces questions.

— M. Fairclough a été attaqué. Mon but est de découvrir un mobile plausible.

— Le mobile n'est-il pas évident ? Il s'agit d'un attentat terroriste.

— C'est ce que vous dites, capitaine Owen. Mais comment pouvez-vous en être aussi certain ? Il me semble que les raisons de cette agression peuvent très bien se trouver dans la vie privée de M. Fairclough.

C'était donc ça ! Le parquet avait décidé qu'il s'agissait là d'une affaire potentiellement risquée sur le plan politique, et il ne voulait donc pas s'en occuper. Il ne pouvait pas refuser de la traiter, mais en l'orientant sur ces rails, en la faisant passer pour une histoire purement privée, et en niant tout lien terroriste, il espérait forcer les Britanniques à la lui retirer.

Et ainsi encourir eux-mêmes toute réprobation éventuelle.

Mohammed Bishari l'observait.

— Bien entendu, si vous contestez ma manière de conduire cette affaire, les autorités auront toute latitude pour me la retirer.

Voilà qui arrangerait encore davantage le parquet ! Si les Britanniques pouvaient être persuadés, voire défiés de désavouer publiquement le parquet, celui-ci pourrait non seulement échapper aux reproches, mais acquérir un certain mérite aux yeux des nationalistes.

Owen lui adressa un sourire mielleux.

— Loin de trouver à redire à votre manière de conduire cette affaire, j'espère profiter de cette occasion pour étudier le talent manifeste du parquet. Mais pour l'instant, je suis sûr que vous reconnaîtrez avec moi que M. Fairclough a été soumis à des tensions considérables ces derniers temps et qu'une pause serait la bienvenue. Une pause assez longue me semble donc s'imposer.

Paul téléphona.

— J'aimerais te présenter un type parfaitement détestable.

— Non, merci, dit Owen. J'ai des tas d'autres choses en tête.

— Je sais que tu es en train de sauver Le Caire. D'ailleurs, en temps normal, je n'aurais jamais osé te déranger. Mais on m'a collé sur les bras une créature abominable qui, immanquablement, va vouloir découvrir la vie nocturne du Caire.

— Écoute...

— Je préférerais laisser ce type sortir seul dans l'espoir de ne pas le voir revenir. Le consul général et le khédive ne partagent toutefois pas mon avis. Il fait partie de cette délégation qui nous rend visite, et ils pensent qu'il faudrait l'escorter. Vu la situation actuelle. Et aussi parce qu'ils croient pouvoir lui arracher un peu d'argent.

— Tu ne peux pas l'accompagner toi-même ?

— Non. J'accompagne déjà quelqu'un d'autre. Celle que j'accompagne est une activiste de l'anti-alcoolisme, et je ne crois pas qu'elle s'entendrait avec Roper.

— Et le jeune Bowden ?

— Le jeune Bowden est trop jeune. J'aime à penser qu'il ignore totalement le genre d'endroits où Roper a envie d'aller. De toute façon, il ne ferait pas le poids. Roper est un dur — il a passé plusieurs années dans les mines de diamant du Sud. La situation pourrait devenir impossible. Il nous faut une personne mûre, habituée aux bagarres.

— McPhee ?

McPhee était le sous-commandant de la police cairote.

— Pour ce qui est de cogner, il s'y connaît certainement. Mais est-il mûr ? En outre, il m'a toujours paru un peu guindé. Et puritain aussi. Je ne crois pas qu'il s'entendrait avec Roper.

— D'après ce que tu m'en dis, j'ai l'impression que je ne m'entendrais pas avec lui non plus.

— Ah ! mais toi, tu as suffisamment d'intelligence pour mettre tes sentiments personnels en sourdine quand le devoir t'appelle.

— Je ne pense vraiment pas...

— Le vieux le pense. Owen est tout désigné, m'a-t-il dit.

— Tu parles !

— Je t'assure. Il estime qu'il faut du doigté, tu comprends. Et il pense le plus grand bien de ton doigté politique.

— Que vient faire la politique là-dedans, nom de Dieu ?

— Roper a des amis très influents. Il est envoyé par l'un ou l'autre des consortiums qui s'intéressent à la concession de Streeter.

— Les émeraudes ? Je ne pensais pas qu'il y en avait assez pour intéresser un groupe important.

— Moi non plus. Mais ce n'est pas l'avis du khédive. La perspective de toucher de l'argent, d'où qu'il vienne, suffit à le mettre dans tous ses états. Et le vieux joue le jeu. Si le consortium découvre qu'il y a plus d'émeraudes que ne le croit Streeter, ça vaudra le coup. Pour le consortium sûrement, et peut-être aussi pour l'Égypte. Et même si ce n'est pas le cas, ce sujet occupera le khédive pendant quelque temps et l'empêchera d'être sur le dos du vieux. Ce qui est donc aussi positif. Je ne sais pas ce qu'il en est des émeraudes, mais, en tout cas, Roper, lui, a une grande valeur. Et il doit être protégé.

— Seigneur ! souffla Owen d'un ton résigné.

— Je t'en supplie, je t'en supplie ! Et si ça ne suffit pas, le vieux dit que c'est un ordre.

Owen fit une dernière tentative.

— Et l'armée ? Il y a sûrement un jeune officier...

— Ils sont tous cantonnés dans leurs quartiers, répliqua Paul. C'est toi-même qui l'as suggéré. Tu ne t'en souviens pas ?

Ce soir-là, Owen se retrouva donc à faire la tournée des boîtes de nuit du Caire en compagnie de l'insupportable Roper. Ils commencèrent par les danseuses orientales puisque c'était ce que Roper tenait à voir.

— Les meilleures, hein, les meilleures.

Owen le prit au mot et l'emmena au pied de la Citadelle, là où vivaient les Ghawazi, des bohémiennes, les meilleures danseuses du pays.

Roper ne s'intéressait toutefois pas aux raffinements artistiques, si bien qu'ils allèrent ensuite dans la sharia Wagh el-Birket. À sa manière, cette rue était pittoresque. Un côté était occupé par des arcades abritant des cafés douteux. L'autre était réservé aux belles de nuit. Toutes les chambres, à l'étage, possédaient un balcon, et chaque balcon avait sa belle.

Alléchantes, elles se penchaient par-dessus les boiseries et, comme la rue était mal éclairée, le flou suggestif l'emportait sur l'examen attentif. Les hommes attablés dans les cafés d'en face ne retenaient qu'une impression enivrante d'étoffes légères qui flottaient, exotiques, du haut des balcons, sous le bleu foncé de la nuit égyptienne, en même temps que des lampes roses, dans les chambres, leur lançaient une discrète invitation.

— J'aime bien que les choses aient un peu de classe, déclara Roper, impressionné.

Ils entrèrent dans un club situé sous les balcons et regardèrent la danse du ventre à laquelle se livrait une fille dodue.

— Bon Dieu, regardez-moi ça ! souffla Roper.

En remarquant son intérêt, la danseuse dodue continua à onduler en s'approchant de lui. Bien que peu douée, elle maîtrisait assez l'art traditionnel pour donner l'impression de remuer les différentes parties de son ventre isolément. Déjà plus très frais, Roper tenta de l'attraper.

Habituée à de telles avances, la fille lui échappa sans difficulté. Son ventre adopta un frétillement circulaire régulier.

Roper se précipita de nouveau vers elle. Cette fois, il réussit à lui agripper le poignet.

— Pas ici, chéri ! dit la fille. Là-haut.

Elle emmena Roper.

Owen appela le barman.

— Ce serait une regrettable erreur s'il lui arrivait trop de désagréments. D'accord ?

Le barman acquiesça et disparut dans une pièce du fond.

Un instant plus tard, il reprit sa place d'un air imperturbable. Un verre se matérialisa cependant à portée d'Owen.

— Pour le mamour zapt, murmura le serveur d'un air confiant.

Owen n'était pas ravi d'être aussi célèbre. Mais Le Caire, à cette époque, était encore une petite ville, presque un village.

Une danseuse s'approcha et s'assit en face de lui.

— Bonjour, chéri, dit-elle.

— Non, merci.

— Oh, allez, ne sois pas comme ça !

— Je suis celui des deux qui doit garder les idées claires.

— Oui, tu en auras besoin. Ton ami ne risque pas de faire comme toi.

Roper avait bu au moins trois ou quatre fois plus que lui. Owen comptait le voir s'écrouler, inconscient, dans peu de temps. C'était la seule manière de mettre un terme à la soirée, lui semblait-il.

— D'où est-ce que tu viens, mon chou ? s'enquit la fille.

— De Caerphilly.

— Oh ! fit la fille, visiblement déçue. J'ai cru un instant que tu venais de mon coin.

— Tyneside ?

— Durham.

— L'accent est un peu le même.

La danseuse dodue ramena Roper.

— C'était pas mal, dit-il à Owen.

— Un dernier verre ?

— Ah ! non, merde alors, mon vieux ! La soirée commence à peine !

La danse reprit. Cette fois, l'autre fille était sur scène. Elle était moins habile que sa collègue dodue, mais, dans l'état où il était maintenant, ces distinctions échappaient sans doute à Roper. Les clients de l'établissement, arabes pour la plupart, préféraient les femmes bien en chair, et les applaudissements restèrent peu fournis. Déçue, la danseuse revint vers Roper. Tous deux s'éloignèrent ensemble.

Owen en avait assez. Il faisait partie des gens qui se lèvent très tôt et il était debout depuis cinq heures du matin. Il se couchait également tôt. Quand il le pouvait.

Il sentit qu'on lui effleurait le bras. C'était une bohémienne.

— Je t'ai vu à la Citadelle, dit-elle.

— Qu'est-ce que tu viens faire ici ?

— Les affaires marchent mieux.

Owen tâta ses poches. La fille se mit à rire.

— Tu n'as rien à craindre.

Néanmoins, comme elle gardait la main posée sur son bras, il prit la précaution de faire passer son portefeuille dans la poche de sa chemise, fermée par un bouton.

La fille se remit à rire.

— Ça ne m'en empêcherait pas. Pourquoi ne pas m'en donner un peu ?

— Tu t'en contenterais ?

— Oui.

Owen lui donna de l'argent.

— Merci.

Elle regarda autour d'elle.

— Tout le monde est occupé. Alors je vais rester ici pour te parler un moment.

Les bohémiens travaillaient en bandes. Chose inhabituelle dans ce pays musulman, ils utilisaient à la fois les hommes et les femmes. Les femmes détournaient l'attention pendant que les hommes s'affairaient discrètement. Bien entendu, les femmes étaient tout à fait capables de faire elles-mêmes les poches.

— Comment t'appelles-tu ?

— Soraya. Tu n'aurais pas envie de venir avec moi ?

Owen secoua la tête d'un air de regret.

— Même si ce serait agréable, dit-il.

Les Ghawazi étaient réputées pour leurs talents. Toutes sans exception étaient d'une beauté saisissante, avec leur visage ovale au profil aquilin, leurs longs cheveux noirs et leurs yeux sombres luisants. Elles ne portaient pas le voile. Les hommes arabes étaient excités d'une manière quasiment insupportable par leur côté aguichant, par leur effronterie opposée à la soumission qu'ils exigeaient des femmes musulmanes.

— Je suis avec quelqu'un, expliqua Owen.

— Oui. Je l'ai vu. Il n'a pas aimé les danses de la Citadelle.

— Il est étranger. Il n'y connaît rien.

— Tu n'es pas comme lui.

— J'espère bien.

Il s'essaya à quelques mots de langue tzigane égyptienne. Elle le dévisagea avec surprise.

— Tu parles notre langue ?

— Un peu.

Les bohémiens égyptiens ne parlaient pas un romani pur. Leur idiome consistait surtout en un arabe tellement déformé qu'il en devenait inintelligible pour un Égyptien. Certains mots venaient cependant du persan ou de l'hindoustani, et Owen, qui avait servi en Inde avant de venir en Égypte, s'y intéressait pour cette raison.

Il le lui expliqua.

— Moi, je suis une Halabie, lui apprit-elle.

Elle faisait partie des bohémiens qui affirmaient être originaires d'Alep, ville syrienne dont le nom arabe est Halab.

— Est-ce que tu y es déjà allée ?

— Non.

Roper revint en se faufilant entre les tables d'un pas chancelant.

— Tiens, tiens ! Qui donc avons-nous là ? demanda-t-il.

— Elle s'appelle Soraya.

— Qu'est-ce que tu dirais de monter avec moi ? suggéra-t-il.

Soraya étudia la proposition.

— J'aimerais mieux aller avec toi, glissa-t-elle à Owen.

— Tu peux venir avec moi, bon sang ! s'écria Roper.

Il fouilla dans ses poches et en extirpa une liasse de billets.

— Regarde ! Tu en veux un peu ?

Les yeux de Soraya brillèrent.

— Pas de couteau ! avertit Owen.

— Ne vous mêlez pas de ça ! rétorqua Roper.

Il attrapa la fille par le bras. Elle sortit un couteau de sa manche et lui fit une estafilade sur la main. Roper jura et la lâcha. Elle rafla les billets de banque, plongea sous son bras et disparut.

— Merde ! s'exclama Roper, sidéré.

Il s'affaissa lourdement sur sa chaise et regarda sa main. Le sang gagnait lentement son poignet.

— Alors là, c'est trop fort !

— Voulez-vous un mouchoir ? proposa Owen.

— Vous me prenez pour qui ? Pour une tapette ?

— Je voulais seulement vous éviter de tacher votre costume.

Roper jura de nouveau.

— C'est une amie à vous ? demanda-t-il.

— Elle ne l'était pas jusqu'à présent.

Roper continua à regarder sa main d'un air stupéfait. Soudain il écrasa un poing sur la table.

— À boire ! s'écria-t-il. À boire !

Le serveur lui apporta un whisky qu'il avala d'un trait.

— Ça va mieux ! Apportez-m'en un autre.

Le serveur consulta Owen du regard.

— Apportez-lui-en un autre, dit Owen. Un bien tassé.

Roper le descendit aussi. Owen s'attendait à le voir s'écrouler. Au lieu de quoi, Roper se raccrocha à la table pour garder l'équilibre. Il semblait essayer de réfléchir.

— Elle m'a tailladé ! marmonna-t-il.

Il jeta un coup d'œil à Owen.

— Alors, comme ça, c'est une amie à vous, hein ? Ben, c'est pas une amie à moi !

Par-dessus la table, il plongea vers Owen. Ce dernier lui attrapa le bras et l'immobilisa.

— Taisez-vous ! dit-il. Vous allez rentrer, maintenant !

— Merde, non alors !

Roper essaya de se ruer sur Owen, manqua son coup et tomba par terre. Owen lui posa un pied sur la gorge.

— Appelez une arabeya, demanda-t-il au serveur.

Il maintint Roper au sol jusqu'à l'arrivée de la voiture, puis se baissa, le remit debout et le poussa vers la porte.

Un serveur le tira par la manche.

— Les consommations, effendi.

Owen tâta sa poche, changea d'avis et fouilla dans celle de Roper.

Soudain Roper s'esquiva. Il attrapa une table et la lança au fond de la salle, puis frappa un Égyptien qui y avait été assis. Lorsque l'homme s'écroula, les serveurs approchèrent.

Luttant pour le maîtriser, ils se dirigèrent en grappe serrée vers la porte. Juste au moment où ils allaient la franchir, Roper cessa de se débattre. Il resta un instant immobile, puis se pencha en avant et vomit violemment.

Les serveurs reculèrent d'un bond et le maudirent.

Roper s'affaissa lentement et se retrouva agenouillé par terre sur le seuil, les deux mains appuyées sur le ventre.

— Seigneur ! Je me sens horriblement mal ! dit-il.

La deuxième danseuse, celle qui venait de Durham, s'avança et le prit par le coude.

— Allez, viens, chéri, dit-elle.

Roper se releva et jeta autour de lui un regard ahuri.

— Seigneur ! Je me sens horriblement mal ! répéta-t-il.

Avec l'aide de la danseuse dodue, la fille de Durham l'entraîna dehors. Une arabeya attendait. Lorsqu'elles essayèrent de l'y faire monter, il s'effondra une nouvelle fois et tomba sous les roues en gémissant.

Owen se pencha, l'attrapa au collet et tenta de le relever. Habituées à ce genre de scène, les filles passèrent les bras de Roper sur leurs épaules et soulevèrent ce poids mort. Mais, au dernier moment, il s'élança et les fit tomber. Owen fut entraîné dans la chute et se retrouva le nez enfoncé dans la chair tiède et douce de la danseuse dodue.

— Owen ! fit la voix étonnée de McPhee. Owen ! Que diable...

— Donnez-nous plutôt un coup de main, bon sang !

Ils réussirent finalement à pousser Roper dans l'arabeya. Owen le fouilla et sortit l'argent que contenaient ses poches, régla les serveurs et distribua quelques billets aux filles. De toute façon, elles les lui auraient sans doute piqués.

Il était sur le point de monter lui aussi dans l'arabeya quand il sentit nettement une présence derrière lui. Il s'empressa de jeter un coup d'œil. Personne.

L'impression que quelqu'un se dissimulait dans l'ombre persista toutefois un instant. Mais, au Caire, n'y avait-il pas toujours quelqu'un qui attendait, tapi dans l'ombre ?

4

Owen était assis à son bureau de Bab el-Kalk quand il entendit une détonation. Il comprit tout de suite de quoi il s'agissait.

Il ne bougea pas. Quelques minutes plus tard, des pieds nus se hâtèrent dans le couloir. Un homme s'élança dans la pièce.

— Effendi ! Oh ! Effendi ! souffla-t-il. Viens vite ! C'est terrible.

— Emmène-moi.

Ils se précipitèrent dans la sharia Mohammed Ali, puis prirent à gauche pour enfiler un dédale de ruelles en direction de l'École khédiviale de droit. On entendait des cris indistincts et des coups de sifflet incessants. Owen s'étrangla en approchant d'un énorme nuage de poussière au milieu duquel des gens couraient en tous sens.

L'explosion avait démoli tout le coin d'un bâtiment. Un mur oscillait tel un ivrogne. Il s'écroula sous les yeux d'Owen et alla rejoindre le tas de décombres accumulés contre ce qui restait de l'immeuble.

Un nouveau nuage de poussière s'éleva. Quand il se dissipa, Owen vit que des hommes s'affairaient déjà. L'un d'eux, intelligent, le regard vif, dirigeait les opérations et leur faisait déblayer les gravats.

— Est-ce que quelqu'un est coincé là-dessous ? lui demanda Owen.

— Dieu seul le sait. Mais c'était un café.

Une femme se mit à gémir. Par-dessus les gémissements, les appels, les hurlements, le sifflet était toujours en action. Owen releva la tête. Un agent de police était planté au coin de la place, les yeux exorbités d'effroi. Un sifflet à la bouche, il ne cessait de souffler dedans.

— Ça suffit ! lui ordonna Owen. Cours à Bab el-Kalk et demande au bimbashi d'envoyer des renforts.

L'agent de police ne bougea pas. Owen lui donna une bourrade. L'homme se ressaisit et détala.

Davantage de silhouettes en galabieh s'étaient mises à travailler. Le tas de gravats déblayés s'élevait. Quelques fragments de meubles s'ajoutaient aux pierres.

Owen s'aperçut soudain qu'il y avait aussi d'autres personnes présentes sur la place. Un vendeur de cacahuètes était allongé sur le dos, et un attroupement s'était formé autour de lui. Il gémissait faiblement.

Non loin de lui, un porteur d'eau blessé avait été transporté à l'ombre. Propulsé avec lui, son chargement avait laissé des traces humides. Ces vendeurs devaient passer par là quand l'explosion s'était produite.

Il y avait aussi des jeunes habillés à l'européenne, sans doute des étudiants de l'École de droit. Certains soutenaient des camarades, d'autres s'attaquaient aux décombres.

Un gros bonhomme en galabieh bleue, le visage blanc de poussière, passa en se tenant la tête à deux mains. Deux personnes s'approchèrent de lui, mais il les écarta et continua à errer sur la place d'un air hébété.

Un jeune homme vêtu d'un costume était agenouillé auprès de quelqu'un dont la jambe saignait. Il déchira le tricot de corps du blessé pour en faire des bandes qu'il enroula autour de la plaie. Il s'y prenait plutôt habilement.

— Vous êtes médecin ? lui demanda Owen.

— Étudiant en médecine, lança le jeune homme par-dessus son épaule.

— Que s'est-il passé ?

— Une explosion. Là, dans le café.

— Vous l'avez vue ?

— Je l'ai entendue. Nous nous dirigions vers le café.

— C'est un café d'étudiants, n'est-ce pas ?

— Oui.

— Seigneur !

Owen imagina soudain un café bondé et des corps enterrés sous les décombres.

— Ça aurait pu être pire. À cette heure, le café est vide. Un cours magistral allait se terminer.

— Comment vous appelez-vous ?

— Disa.

Owen nota ce nom, puis alla aider les autres. Ils étaient en train de tirer sur une énorme poutre. Owen ordonna à des hommes de la tenir pendant que d'autres dégageaient les pierres qui la coinçaient. Ils purent alors la bouger et l'ôtèrent du chemin.

Un blond costaud arriva sur la place avec un petit groupe de policiers.

— Bonté divine ! s'écria-t-il.

— Bonjour, dit Owen. C'était un café d'étudiants. Certains sont peut-être coincés là-dessous.

— D'accord.

L'homme se mit à organiser le travail de ses agents. Ils formèrent une chaîne pour se passer les gravats. Les agents de police étaient de simples paysans et avaient l'habitude de ce genre de tâche. Incongrûment, l'un d'eux se mit à chanter.

Au bout d'un moment, Owen cessa de déblayer. McPhee, en parfait boy-scout, s'y révélait meilleur que lui. Le travail s'effectuait à présent avec méthode. L'homme au visage anguleux et intelligent qui avait lancé les opérations creusait maintenant profondément dans les décombres.

La place se remplissait de gens qui désiraient apporter leur aide, mais ils gênaient plutôt. Owen envoya un agent chercher des renforts. Il essaya de contenir la foule. Puis, voyant qu'il n'y parviendrait pas, il reprit l'idée de McPhee et leur demanda de former une deuxième chaîne chargée d'évacuer le tas de gravats déblayés, qui menaçait de s'écrouler.

Jusqu'ici, il n'avait pas vu beaucoup de blessés.

L'étudiant en médecine avait fini son pansement et s'approcha d'Owen.

— Vous êtes sûr que le café était vide ? s'enquit ce dernier.

— Pas vide. Presque vide.

Il arrêta le gros bonhomme au visage blême de poussière lorsqu'il repassa devant eux pour la énième fois.

— Ali ! dit-il. Viens ici.

Ali s'immobilisa docilement. L'étudiant lui attrapa la tête et le fixa dans les yeux. Puis il le relâcha.

— Il a subi un traumatisme, conclut-il.

— Vous n'étudiez pas à l'École de droit voisine, observa Owen.

— Non, à la faculté de médecine. Je venais voir des amis.

— Tiens, c'est Disa, fit Ali d'un ton surpris.

— Oui, c'est Disa. Que s'est-il passé, Ali ?

— Je n'en sais rien. Je suis sorti sur le pas de la porte pour prendre l'air, et soudain, on aurait dit qu'un géant me mettait la main dans le dos et me poussait. Je suis tombé dans la rue, je suis resté là et, quand j'ai relevé la tête, il n'y avait plus de bâtiment. Où est-ce qu'il est parti, Disa ?

— Il s'est écroulé, Ali, répondit Disa. Voilà tout ce qu'il en reste.

Il désigna les décombres. Le gros bonhomme secoua la tête d'un air incrédule.

— Quand j'ai regardé, il était parti, répéta-t-il. Où ça, Disa ?

— Ali, essaie de te rappeler. Combien de personnes y avait-il à l'intérieur ?

Ali continuait à secouer la tête d'un air ébahi.

— Essaie de te rappeler, Ali. Combien de personnes y avait-il à l'intérieur ? Est-ce que Karim était là ?

— Non. Il est à la mosquée.

— Dieu soit loué. Et Mustafa ?

— Mustafa est au souk.

— Apparemment, Ali était seul, dit l'étudiant à Owen. Et s'il est sorti sur le pas de la porte, c'est qu'il n'avait pas trop de travail.

Un cri se fit entendre, venant des décombres. L'homme au visage vif en était ressorti et appelait avec insistance. McPhee se mit à constituer un groupe spécial.

— On dirait qu'ils ont trouvé quelqu'un, remarqua Disa. Je vais voir si je peux me rendre utile.

Tout en s'éloignant, il jeta un coup d'œil à Owen par-dessus son épaule et ajouta :

— Quoique je ne sois qu'en troisième année.

— Vous vous en tirez très bien.

Ali s'assit et posa la tête sur ses genoux. Soudain, il regarda Owen.

— Deux, dit-il. Ils étaient deux.

— Tu es sûr ?

— Au fond. À la table du fond.

Owen lança à McPhee :

— Il y en a deux. Au moins.

— Nous en avons déjà un.

D'autres agents de police arrivèrent sur la place. Ils formèrent un cordon lâche pour contenir la foule. Les badauds étaient si nombreux qu'ils débordaient dans les rues adjacentes. Fait inhabituel au Caire, l'attroupement était silencieux.

Une vague d'agitation gagna les hommes qui travaillaient dans les décombres. Une forme blanche de poussière fut soulevée. Disa se pencha sur elle.

McPhee arriva, examina le tas de gravats et secoua la tête.

— Une civière, qui aurait une civière ?

Dans les derniers rangs de la foule quelqu'un s'écria qu'il s'en occupait et, un instant plus tard, des hommes arrivèrent avec un lit bas, simple sommier de corde entrecroisée. Le corps y fut déposé. Puis des bras le hissèrent pour le transporter à l'hôpital.

Disa commença à marcher à côté, puis pivota et rebroussa chemin.

— Ça ne sert à rien, dit-il à Owen.

Il se posta devant le trou au fond duquel l'homme au visage anguleux fouillait déjà, recommençant à déplacer des pierres.

— C'était une bombe, dit Owen. Je l'ai entendue exploser.

Tous trois étaient réunis dans le bureau de Garvin — Garvin, McPhee, le sous-commandant de la police, et Owen.

— Elle a été déposée au fond du café. Sans doute sous une table ou une chaise. Ça n'a pas dû être sorcier. Il n'y avait pas grand monde à une heure aussi matinale.

— Combien de clients ?

— Deux au moins. Les deux dont se souvient Ali, le propriétaire du café. Peut-être plus. D'autres étaient déjà repartis.

— Les choses auraient donc pu être pires.

— Oui. Bien pires. Si l'explosion s'était produite une demi-heure plus tard, le café aurait été bondé.

— Comment peut-on commettre un acte pareil ? s'écria McPhee. C'est monstrueux ! Tous ces jeunes !

— Aucune idée. C'est à se demander s'il ne s'agirait pas d'un fou, dit Garvin avant de se tourner vers Owen. Je suppose que vous avez mis des hommes sur l'affaire ?

— Oui. Tous. J'espère vraiment qu'aucun autre incident ne se produira pendant un ou deux jours.

— Et l'affaire Fairclough ? rappela McPhee.

Owen haussa les épaules.

— Le parquet est censé s'en occuper. Mais sans grande diligence. Il préférerait ne pas s'en mêler.

— Ce qui m'inquiète, c'est le risque de voir se multiplier les affaires Fairclough, dit Garvin.

— Une note du consul général a été diffusée pour recommander à tout le monde de ne pas se faire remarquer, expliqua McPhee. Ça pourra aider.

— Pensez-vous que les deux soient liées ? L'histoire de Fairclough et la bombe ?

— Non, je crois que Fairclough a été victime d'un groupe terroriste. Spécialisé dans les fonctionnaires. Les étudiants ne cadrent pas avec ça.

— Peut-être que ce groupe n'est pas spécialisé à ce point.

— Attaquer à la bombe est affaire de spécialistes. À mon avis, il y a deux groupes différents, insista Owen.

Garvin soupira.

— Prenons garde, ou tous ces fichus groupes risquent de s'y mettre, dit-il.

— Surtout si ce fichu khédive ne se décide pas bientôt, ajouta Owen.

Il se sentait blessé. Il avait averti Garvin à la réception, et celui-ci l'avait plus ou moins envoyé sur les roses. Et maintenant il y avait eu une bombe. Si le khédive avait pris sa décision plus tôt, on aurait sans doute pu l'éviter.

— Je ne pense pas qu'il y ait un rapport, répliqua Garvin.

— Si deux groupes agissaient en même temps, tous nos effectifs devraient être mobilisés, fit remarquer McPhee. Or il y a aussi le travail de police habituel à effectuer.

— Occupez-vous des tâches policières, lui ordonna Garvin avant de s'adresser à Owen : Et vous, vous vous occuperez des poseurs de bombe. Et aussi de l'affaire Fairclough, bien entendu.

— Ça fait beaucoup, glissa McPhee en regardant Owen. J'ai en ce moment des hommes qui déblaient les décombres. Voulez-vous qu'ils continuent ? On ne retrouvera plus de survivant, mais nous saurons au moins combien de victimes il y a eu.

— Merci, dit Owen. Votre aide me serait utile. Je pourrai m'attaquer aux témoins.

— Vous êtes-vous entendu avec le parquet ? s'enquit Garvin.

— Le parquet n'a qu'à aller se faire voir, répliqua Owen. Cet attentat est visiblement politique.

— Je suppose, en effet, admit McPhee. Mais pourquoi s'en prendre à des étudiants ?

— N'importe quel attentat à la bombe est politique, répondit Owen. Et il frappe presque toujours des innocents.

— Il s'agit sûrement de terrorisme, confirma Garvin. C'est bien dans l'esprit de la chose. Le problème, c'est que ça signifie qu'on est passé à une nouvelle phase. Vos agents n'auraient pas glané des renseignements, par hasard ?

— Dans les souks ? Non, rien sur les bombes. Mais j'ai vu Nouri Pacha l'autre jour, et il m'a parlé de certaines rumeurs.

— Eh bien, maintenant elles vont aller bon train. Ce qui n'arrangera rien.

Il fronça les sourcils.

— Je n'aime pas les attentats à la bombe, reprit-il. Ils sont difficiles à traiter. Et ils affolent tout le monde. Encore plus que ces histoires de gens suivis. Il faudra rassurer la population.

Il regarda Owen.

— Vous êtes sûr que vous ne voulez pas revenir sur votre décision ? Et demander l'intervention de l'armée ?

— Tout à fait sûr, répondit Owen.

Le vendeur de citronnade n'était que trop disposé à raconter tout ce qu'il savait ; ce qui se résumait à peu de chose.

— Je m'étais arrêté pour me soulager quand j'ai entendu une violente détonation, expliqua-t-il. J'ai tourné le coin de la rue au pas de course. La place était pleine de poussière. Un énorme nuage m'a enveloppé, tout était noir, je n'arrivais plus à respirer. Je croyais déjà que ma dernière heure était venue, ajouta-t-il avec délectation.

Il déplaça le plateau attaché à sa taille pour pouvoir s'accroupir plus commodément.

— Mais alors le nuage s'est éloigné de moi et j'ai vu Hussein allongé. Comme ça !

Le vendeur de citronnade joignit les mains d'une manière tragique et fort peu plausible.

— Et j'ai dit : « Hussein est sûrement mort. » Mais quelqu'un m'a dit : « Non. Il bouge. » J'ai mieux regardé, et c'était vrai. Alors l'autre a dit : « On va le transporter sur le côté, car s'il reste où il est, il risque de lui arriver d'autres malheurs. » Alors on l'a transporté, et j'ai dit...

À ce point du récit, Owen l'interrompit.

— Revenons-en au début. Tu te trouvais donc au coin de la rue ?

— Oui. J'étais en train de me soulager. Les voies de Dieu sont mystérieuses. Si je ne m'étais pas arrêté, j'aurais pu me trouver sur la place, et le bâtiment aurait pu me tomber dessus.

— La main de Dieu est partout, observa Owen.

— C'est exactement ce que j'ai expliqué à ma femme.

— Et qu'est-ce qu'elle a dit ?

— De ne pas compter dessus quand je m'approcherais de son lit ce soir-là.

— Pendant que tu étais en train de te soulager, est-ce que quelqu'un a quitté la place en courant ?

— Je ne crois pas. Mais après, des tas de gens couraient dans tous les sens, lui accorda le vendeur de citronnade.

— Pas avant ?

Owen essayait de savoir si on n'aurait pas vu quelqu'un lancer la bombe. Les bombes des terroristes étaient des engins généralement peu sophistiqués, et c'était le plus souvent l'impact qui provoquait l'explosion. Par conséquent, on les lançait, on ne les déposait pas.

— Personne n'est passé devant moi.

Tels étaient les maigres faits qu'Owen parvint à arracher. Tous les témoins tenaient uniquement à évoquer la part qu'ils avaient prise dans ce drame, la façon dont ils avaient frôlé la catastrophe, leurs pensées et méditations, ce qu'ils avaient dit à Abdul, et ainsi de suite. Ils n'avaient aucune envie de coller aux faits bruts, jugés peu dignes d'intérêt.

Si tant est que ces faits fussent abordés, ce n'était qu'au détour de la conversation. Pour les happer au passage, il fallait donc écouter patiemment les récits relatés dans toute leur splendeur. Vu le nombre des témoins, l'entreprise promettait de durer.

Au bout d'un moment, Owen s'en remit à ses collaborateurs et alla faire le tour de la place. Là, un groupe de badauds observait avec intérêt les hommes de McPhee en train de déblayer les décombres.

— Je cherche Ali, dit-il.

Les badauds échangèrent un regard, puis l'un d'eux se leva, lui effleura le bras et l'entraîna d'un côté de la place.

Ali était assis dans la poussière, adossé à un mur, les yeux fixés droit devant lui sans rien voir. Près de son genou, un bol de nourriture n'avait pas été touché.

— Il ne se sent pas bien, dit l'homme qui avait accompagné Owen. Il risque de ne pas t'entendre.

Owen s'accroupit à côté de lui.

— Ali, dit-il doucement. Ali, tu te souviens de moi ?

Rien ne montrait si Ali l'avait entendu.

— J'étais avec Disa, rappelle-toi. Ce jour-là.

Ali remua.

— Je me rappelle, dit-il.

— Tu m'as aidé ce jour-là. Tu m'as dit qu'il y avait deux personnes à l'intérieur.

— Oui. Ils étaient deux.

— Est-ce que tu peux m'aider un peu plus ? Juste avant que ça se produise, quelqu'un a-t-il lancé quelque chose ?

— Je ne m'en souviens pas.

— Jeté quelque chose dans le café ? Avant de s'enfuir en courant, peut-être ?

Ali fronça les sourcils.

— Je ne m'en souviens pas. Il y a eu un vent violent. Il m'a jeté à terre. J'ai mal à la tête.

— Juste avant le vent violent, est-ce que quelqu'un a lancé quelque chose ?

Ali parut perplexe.

— Je ne comprends pas. Pourquoi quelqu'un aurait lancé quelque chose ?

Il se prit la tête à deux mains et se mit à osciller d'avant en arrière.

— Je ne comprends pas, répéta-t-il. Je ne comprends rien.

— Il est malade, souffla l'homme qui avait amené Owen.

— C'est le choc, expliqua Owen. Conduis-le au hakim anglais à l'hôpital. Dis-lui que c'est le mamour zapt qui l'envoie.

— Je vais l'amener là-bas.

Ali avait cessé de se balancer.

— Ali, reprit Owen. Je vais te demander une dernière chose. Ensuite tu iras voir le hakim anglais et il fera en sorte que tu te sentes mieux. Ce matin-là, quand c'est arrivé, il y avait deux personnes à l'intérieur. Mais d'autres étaient-elles venues avant ? Venues et reparties ?

— J'ai mal à la tête.

— Fais un effort, supplia Owen. Essaie de te rappeler, Ali.

Ali porta de nouveau les mains à sa tête et plissa le front tant il réfléchissait. Une douleur le fit tressaillir et fermer les yeux.

— J'essaie. J'essaie de me rappeler.

— Bon. Ce matin-là. Juste avant. As-tu eu d'autres clients ?

Ali baissa la tête pour mieux se concentrer.

— Oui, répondit-il soudain. J'en ai eu d'autres.

— Beaucoup ? Tu te souviens d'eux ?

— Pas beaucoup.

Ali releva la tête.

— Je ne me souviens pas d'eux, murmura-t-il. Je travaillais.

— Mais tu les as vus ?

— Je ne me rappelle plus.

— Est-ce que tu peux te rappeler l'un d'eux ? Que je pourrais questionner sur les autres ?

Ali réfléchissait, les sourcils froncés. Soudain, il éclata en sanglots.

Owen réussit à trouver un petit garçon qui connaissait le chemin. Le gamin l'entraîna dans une ruelle sombre qui débouchait sur une petite cour complètement cernée par des immeubles délabrés. Une pompe se trouvait au milieu et des enfants jouaient autour. Une forte odeur d'oignons frits s'échappait d'un appartement.

Une silhouette en galabieh et calotte en sortit. C'était l'homme au visage anguleux qui avait organisé le déblaiement sur les lieux de l'attentat. Il salua poliment Owen et l'emmena chez lui. Dans une pièce intérieure une femme faisait la cuisine.

Il n'y avait pas de chaises, mais l'homme alla chercher un pouf en cuir à l'intention d'Owen. Quant à lui, il s'assit par terre.

Le sol était propre, ce qui n'était pas toujours le cas dans les habitations des pauvres. Mais peut-être cet homme ne devait-il pas être considéré comme vraiment pauvre. L'appartement semblait avoir au moins deux pièces et le mobilier, quoique rare, était de bonne qualité et bien entretenu.

Une femme sortit de l'autre pièce et déposa des petits raviers d'olives devant eux. Son voile ne lui cachait que la moitié du visage. Des yeux intelligents considéraient Owen avec intérêt et curiosité. Elle ne transgressait pas les règles, mais on sentait en elle une indépendance d'esprit qui s'accordait à celle de son mari.

Ce dernier s'appelait Ibrahim et était mécanicien ; il appartenait à cette nouvelle génération d'ouvriers qui allait croissant en ville. Il réparait les tramways au dépôt. C'était un travail spécialisé et il était bien payé.

— Je te connais, bien sûr, dit-il à Owen. Je t'ai vu l'autre jour. Tu es le mamour zapt.

Owen inclina la tête.

— Et moi aussi je te connais. Il ne m'a pas été difficile de trouver ta maison. Tout le monde connaît Ibrahim et en dit du bien.

À dessein, il éleva la voix pour que l'épouse l'entende dans l'autre pièce.

Ibrahim inclina la tête à son tour.

— Nous sommes ici depuis longtemps.

— J'aimerais te poser quelques questions. Mais tout d'abord, je souhaite te remercier pour ce que tu as fait ce jour-là.

— Ce n'était rien. Qui n'aurait pas eu envie de donner un coup de main ? Je me suis trouvé là le premier, c'est tout.

— Non, ce n'est pas tout, loin de là. Mais dis-moi, comment se fait-il que tu as été le premier à te trouver sur les lieux ?

— Je passais par là au moment où ça s'est produit. J'arrivais sur la place quand j'ai été frappé par un souffle violent. On aurait dit une gifle. Je me suis arrêté, surpris, et alors il y a eu un grand bruit et le bâtiment a commencé à s'effondrer. Ali était sur le pas de sa porte et il a été projeté en avant. Il s'est retrouvé à quatre pattes. De grosses pierres volaient sur toute la place. J'ai vu qu'un homme était touché, un porteur d'eau, je crois, et ensuite la poussière a tout envahi, on aurait dit une tempête de sable, et je n'ai plus rien vu. Quand elle s'est dissipée, le café n'était plus qu'un amas de ruines, et je me suis précipité au cas où des gens auraient été ensevelis dessous.

— Ta réaction a été rapide et courageuse. Car les décombres auraient pu se révéler traîtres. En outre, quand on est confronté à une chose de ce genre, on est généralement pétrifié pendant un moment.

— Bon, dit Ibrahim d'un air modeste. Je ne sais pas si j'ai été aussi rapide que ça. Mais c'est vrai, les décombres étaient traîtres. Quand j'y suis arrivé, ils bougeaient encore. Ensuite, ils ont paru se tasser et se stabiliser.

— Y a-t-il eu des cris ?

— De dessous ? Non. Je crois que ça s'est produit trop brusquement. Les jeunes sont morts sur le coup. Mais parfois des gens sont coincés dans des endroits où ils peuvent respirer et, si on les retrouve très vite, on parvient à les sauver. J'ai déjà eu l'occasion d'aider après l'éboulement d'une maison. Un éboulement n'est pas chose rare au Caire, c'est à cause de la manière dont on construit les maisons. Parfois, je redoute de voir celle-ci s'écrouler. D'ailleurs, quand nous aurons suffisamment économisé, nous déménagerons. Et il nous faudra plus d'espace pour nos enfants.

Owen regarda autour de lui.

— Vos enfants sont sages, dit-il. Très silencieux. À moins qu'ils jouent dehors autour de la pompe ?

— S'ils jouent, c'est à l'intérieur. Ils sont encore dans le ventre de ma femme.

On entendit un rire étouffé dans la pièce voisine.

— Que Dieu vous accorde un beau garçon !

— Un garçon d'abord. Mais après j'aimerais qu'on ait une fille qui puisse aider sa mère.

C'était également là quelque chose d'inhabituel. Dans la plupart des familles on ne souhaitait pas une fille, même si on l'acceptait quand elle arrivait.

— L'un d'abord, l'autre ensuite, dit Owen. Pas tous les deux en même temps.

De nouveau, il perçut un rire à côté. Une phrase d'Ibrahim lui revint à l'esprit.

— Tu disais qu'Ali se trouvait sur le pas de la porte quand tu es arrivé sur la place ?

— Oui, en effet.

— Tu en es sûr ?

Ibrahim réfléchit un instant.

— Oui.

— Et presque au même moment l'explosion s'est produite ?

— Oui.

— Y avait-il quelqu'un d'autre à la porte ?

Ibrahim réfléchit de nouveau.

— Non, répondit-il.

— As-tu vu quelqu'un partir en courant ?

— Non.

Ibrahim regarda Owen.

— Je ne crois pas qu'on ait lancé quoi que ce soit, si c'est ce que tu veux savoir. Il aurait fallu le lancer par la porte, et, à mon avis, Ali ne serait pas resté là aussi calmement.

— Dans ce cas, on avait dû le déposer à l'avance. J'ai parlé avec Ali. Il dit que d'autres clients sont venus dans son café un peu plus tôt ce matin-là.

— Il y a toujours du monde chez lui.

— Le problème, c'est qu'il ne se rappelle plus qui.

— Les étudiants le sauront.

— Il ne s'agissait peut-être pas d'étudiants.

— En général, ce sont des étudiants. Ce sont surtout eux qui fréquentent son café.

Un gémissement s'éleva dans la cour. La femme d'Ibrahim passa la tête dans la pièce et dit quelque chose à son mari. Ibrahim fit mine de se lever, puis interrompit son geste.

— C'est la pompe, expliqua-t-il. Elle a recommencé à se bloquer. Quelqu'un a dû la boucher.

— Que je ne t'empêche surtout pas d'aller aider ceux qui t'appellent, dit poliment Owen en se levant.

— C'est vrai qu'ils font tout le temps appel à moi, avoua Ibrahim.

Ils sortirent dans la cour. Ibrahim eut tôt fait de démonter la pompe.

— J'ai essayé moi-même, Ibrahim, dit l'un des

jeunes garçons, les larmes aux yeux. Mais quand je l'ai remontée, ça ne marchait plus.

— C'est parce que tu as placé cette pièce à l'envers. Sinon, ça aurait marché.

Il lui montra la pièce en question, et ils la remirent ensemble en place.

— Tu peux être le premier à vérifier, lui proposa Ibrahim.

L'eau jaillit et les enfants rassemblés lâchèrent un cri de triomphe. Ils reprirent bientôt joyeusement leurs jeux.

— Les jeunes sont un don de Dieu, déclara Ibrahim en les observant.

— Qui pourrait donc vouloir leur faire du mal ? répliqua Owen.

— Tu penses aux étudiants ?

— Oui.

Ibrahim hésita.

— Je me suis posé la question. Je me suis demandé qui pourrait faire une chose aussi terrible.

— Et as-tu trouvé une réponse ?

— Oui. D'autres étudiants.

— D'autres étudiants ? répéta Owen, pris au dépourvu.

— Oui. Car ils étaient trop jeunes pour avoir des ennemis hors de leur petit monde.

Owen ne répondit pas tout de suite. Les deux hommes se mirent à traverser lentement la cour vers la sortie.

— Si c'était une querelle, la vengeance a été redoutable, remarqua Owen.

Ibrahim écarta les bras.

— Les jeunes sont excessifs dans la haine comme dans l'amour, dit-il.

— N'empêche que j'ai du mal à comprendre. Se venger d'un individu, soit ! Mais là, tous les clients du café sautaient !

— Je me demande s'il ne s'agirait pas d'une rivalité entre associations, suggéra Ibrahim avec embarras.

Owen s'immobilisa aussitôt.

— Ce café était-il fréquenté par des associations ?

Ibrahim haussa les épaules.

— Je n'en sais rien. Mais là où il y a des étudiants, il y a des associations. Je ne comprends pas ce qui leur passe par la tête de nos jours.

Il se retourna vers la pompe pour regarder les enfants en train de jouer.

— Il nous faudrait un peu plus de bons ouvriers et un peu moins d'associations, estima-t-il.

— Je les connais à peine, affirma Disa. Bien sûr, je les ai souvent vus. Ils venaient presque tous les jours et s'installaient toujours à la même table, dans l'arrière-salle. Mais ils ne se mêlaient pas beaucoup aux autres. Lorsqu'il y avait une discussion générale, ils n'y participaient pas. Ils restaient entre eux. Nous les jugions un peu ternes. Bref, le profil type des élèves d'une école d'ingénieurs.

Owen avait retrouvé Disa à la faculté de médecine après les cours magistraux du matin, et ils étaient allés dans un café. À dessein, Owen avait choisi un établissement situé à bonne distance des facultés pour tâcher d'éviter toute interruption par des camarades ; d'ailleurs, l'endroit n'était pas fréquenté par les étudiants.

Il ne pensait pas que Disa serait gêné d'être aperçu en compagnie du mamour zapt, mais, dans l'univers retors de la politique estudiantine, surtout ces derniers temps, de telles conversations risquaient d'être mal interprétées.

Disa l'avait impressionné sur les lieux de l'attentat, et il s'était promis de le recontacter. Quand il l'avait abordé, Disa avait accepté d'assez bon gré de lui parler.

— Mais je ne pourrai pas vous dire grand-chose, avait-il averti. Je ne suis même pas entré dans le café ce matin-là. Je passais simplement par là.

En fait, Disa avait été un habitué du café, et, étant étudiant, il promettait d'être doublement intéressant.

— Pourquoi venaient-ils chez Ali ? demanda Owen. Ce café se trouve loin de l'École d'ingénieurs.

— Il y a beaucoup de brassage. Prenez mon cas. Qu'est-ce que je venais faire chez Ali ? Je suis étudiant en médecine. Bon, j'ai des amis étudiants en droit, et ils vont souvent chez Ali, c'est pratique pour eux. Alors, si je veux les voir, j'ai de grandes chances de les trouver là-bas.

— Oui, mais vous disiez que les deux étudiants victimes de l'explosion ne se mélangeaient pas beaucoup. Avaient-ils des amis ? Des amis qui venaient dans ce café ?

— J'avoue que je n'ai pas fait attention. S'ils avaient des amis, ils étaient aussi tranquilles qu'eux. De toute façon, ce n'était peut-être pas pour ça qu'ils venaient chez Ali, mais, au contraire pour échapper aux autres élèves ingénieurs. Ça m'arrive parfois à moi aussi, conclut Disa en riant.

— Que faisaient-ils dans le café ?

— Ce qu'ils faisaient ? Ils buvaient du café, ils parlaient, ils lisaient. Ils lisaient beaucoup. Ils apportaient leurs livres. Ils les parcouraient ensemble.

— Quelle sorte de livres ?

— Je ne sais pas exactement. Des ouvrages techniques, je suppose. Maintenant que j'y pense, un jour j'en ai vu un. Nous étions assis à la table voisine. Il y avait beaucoup de graphiques, de schémas, ce genre de choses.

— Ça paraît bien triste, dit Owen. Des étudiants ordinaires qui trouvent la mort de cette façon !

— Je sais. Nous sommes tous vraiment bouleversés.

Les propos de Disa correspondaient à ce qu'Owen avait appris par ailleurs. Les deux étudiants étaient en deuxième année. Ils avaient terminé la première avec succès, mais sans se montrer particulièrement brillants. Leurs professeurs se rappelaient qu'ils étaient très silencieux. Tous deux venaient de la campagne, quoique de régions différentes, et avaient été tout d'abord terrifiés par la vie citadine. C'était peut-être ce qui les avait rapprochés, car les enseignants se souvenaient qu'ils avaient été inséparables depuis le début.

Owen n'avait pas encore eu le temps de se renseigner sur leur famille. S'ils venaient de la campagne, leurs parents ne comptaient certainement pas parmi ceux qui exerçaient une profession libérale et envoyaient leurs rejetons dans les grandes écoles. Très peu de ces gens-là étaient disposés à travailler longtemps dans les zones rurales.

Ils se trouvaient sans doute là grâce à quelque pacha local, dont l'intervention était à mettre au compte du réseau complexe de faveurs et d'obligations qui liait la société égyptienne.

Leur disparition n'en passerait pas inaperçue pour autant. En Haute-Égypte, une famille devait à présent avoir appris la nouvelle et les pleurait.

— Quel genre de café était l'établissement d'Ali ? demanda Owen.

— Correct. Il n'avait rien de spécial. Les étudiants en droit le trouvaient pratique, voilà tout.

— Et Ali lui-même ?

— Il était correct, lui aussi. Il n'avait rien contre les étudiants. Certaines personnes ne les aiment pas. Parfois, vous entrez dans un café et vous sentez immédiatement que votre présence est jugée indésirable.

— Mais Ali ne réagissait pas ainsi ?

— Non. Ça ne le dérangeait pas. Il vous laissait en

paix. Il fallait payer l'addition, bien entendu, et il y veillait. Mais c'est là quelque chose de tout à fait normal.

— Comment réglait-il les disputes ?

— Les disputes ? Je ne crois pas qu'il y en avait, en tout cas, je n'y ai jamais assisté. Les discussions, oui, elles ne manquaient pas, et le ton montait parfois. Mais c'est bien de coups que vous vouliez parler ? Les choses n'en arrivaient généralement pas là. D'ailleurs, Ali y aurait mis un terme, je suppose.

— On peut toutefois se poser la question. Je me demandais si ces deux garçons ne se seraient pas querellés avec quelqu'un.

— Eux ? Ce n'était pas leur genre. Ils étaient beaucoup trop tranquilles. En tout cas, même s'ils s'étaient querellés avec quelqu'un, cette personne n'aurait pas obligatoirement voulu lancer une bombe sur eux !

— Bien sûr, ce n'étaient pas forcément eux qui étaient visés. Pas eux en particulier. La bombe a été déposée, elle pouvait donc toucher n'importe qui.

Disa secoua la tête.

— Voilà ce que je n'arrive pas à comprendre. Comment peut-on faire une chose pareille ?

— Je suppose qu'il ne faut pas y voir un rapport avec l'une ou l'autre des associations politiques ? risqua Owen.

Disa le dévisagea.

— Les associations ? Pourquoi est-ce que ça devrait avoir un rapport avec les associations ?

— Une bombe vise généralement un groupe, du moins celui qui la lance ou la dépose sait-il qu'elle va sans doute toucher plus d'une ou deux personnes. Je me demandais si une organisation n'essayait pas de s'en prendre à une autre.

— Je l'ignore. Comment voulez-vous que je le sache ?

— Le café était-il fréquenté par des associations ?

— Autant que je sache, non. À mon avis, certains clients devaient appartenir à l'une ou à l'autre, mais ils ne le criaient pas sur les toits.

— Ils n'en parlaient pas ?

— Des associations ? Non.

— Même pas de façon détournée ?

— On parlait beaucoup politique. Comme toujours. Mais pas des associations.

— Il n'y avait pas de groupes bien définis dans le café ?

— Il y avait des groupes d'amis. Vous pourriez dire que je faisais partie de l'un d'eux. Mais aucun de nous n'appartient à une association.

— Bon, si vous avez l'impression que ce café n'attirait pas les associations, c'est sans doute le cas.

— Il n'y a pas beaucoup d'associations, répliqua Disa d'un ton presque accusateur. Pas autant que vous semblez le penser.

Owen se mit à rire.

— Je sais. C'est seulement que celles qui existent privilégient ce mode d'action.

Il ramena la conversation sur un terrain moins glissant, questionna Disa sur ses études de médecine, évoqua son dernier entretien avec Ali. Disa promit de s'assurer qu'il était bien allé à l'hôpital.

— Il devrait consulter un vrai médecin, pas quelqu'un comme moi, dit-il.

— Vous me semblez compétent, en tout cas vous le serez quand vous aurez obtenu votre diplôme. Je ne suis cependant pas sûr que les problèmes d'Ali soient purement d'ordre médical. Certes, il souffre encore du choc. Mais il y a autre chose qui le ronge. Il essaie toujours de comprendre la logique de cette histoire.

— Quelqu'un peut-il vraiment la comprendre ? demanda Disa. Qui a pu faire une chose aussi horrible ?

5

— C'était un coup des Britanniques ! affirma un grand étudiant d'un ton féroce.

Il arborait des scarifications tribales et venait du Sud.

Owen crut tout d'abord que personne n'allait soulever d'objection, mais un Grec corpulent répliqua avec douceur :

— On peut certes reprocher des tas de choses aux Britanniques. Mais tout de même pas ça ?

— Si, par Dieu ! s'écria l'étudiant en abattant son poing sur la table.

— Comment en seraient-ils responsables ?

— Déjà, si les Britanniques n'avaient pas été là, ça ne serait pas arrivé, estima un autre étudiant.

— On aurait quand même dû se débarrasser du khédive, rétorqua un troisième.

— Oui, mais ça n'aurait pas été difficile, déclara le deuxième. Il reste en place uniquement à cause des baïonnettes britanniques.

— N'empêche qu'on aurait dû se débarrasser de lui. Il ne serait pas parti aussi facilement. Ces vieux types qui l'entourent y auraient veillé. Il nous aurait fallu le forcer à abandonner le pouvoir.

— Avec des bombes ? demanda le Grec.

Il semblait en bons termes avec les autres, même si, à l'évidence, il n'avait rien d'un étudiant. Il était arrivé en leur compagnie et, lorsqu'ils étaient entrés dans le café, la conversation roulait déjà sur l'attentat.

— Oui, si nécessaire, répondit le troisième étudiant.

— Nous aurions d'abord essayé d'avancer nos arguments, répliqua le deuxième, visiblement plus modéré que les autres.

— Ça n'aurait jamais marché, lâcha le troisième d'un air méprisant.

— Il faut s'en tenir à la discussion, dit le Grec corpulent. Sinon, on ne peut pas venir se plaindre de recevoir une bombe quand on est au pouvoir.

— Si on était au pouvoir, les gens n'auraient pas envie de nous lancer une bombe.

Le Grec sourit avec affabilité.

— Ce n'est pas ce que je voulais dire, reprit le grand étudiant aux scarifications tribales, celui qui avait pris la parole au début.

— Qu'est-ce que tu voulais dire ? lui demanda le Grec.

— Ce sont les Britanniques qui ont fait ça. Au sens propre. Ils ont eux-mêmes déposé la bombe.

— Dans un café d'étudiants ?

— Oui, oui, répondirent en chœur les étudiants avec le plus grand sérieux.

— Quelle raison auraient-ils eue de faire une chose pareille ?

— Ils ont peur de nous.

— Nous sommes à l'avant-poste de la lutte révolutionnaire.

— Nous sommes le fer de lance, ajouta l'étudiant aux scarifications tribales.

— Bon, mais même dans ces conditions...

— Tu ne comprends donc pas ? S'ils nous écrasent, ils écrasent la révolution.

— Et c'est pour ça qu'ils ont posé une bombe ?
— Oui.
— Voilà qui me paraît une mesure bien radicale.
— Nous les avons inquiétés.
— J'en suis sûr. Mais de là à utiliser une bombe !
— Les Britanniques sont des salauds.
— C'est certain, reconnut le Grec. Mais quand même, une bombe !
— On leur revaudra ça.
Le Grec restait toutefois dubitatif.
— Pourquoi ont-ils choisi ce café ? lança-t-il. Servait-il de quartier général ?
— Je ne crois pas. C'est juste un endroit où on allait entre deux cours.
— Je ne parlais pas de vous. Je me demandais si quelqu'un d'autre s'en servait. Disons, des gens qu'ils auraient pu vouloir éliminer.
— Par exemple ?
— Une association politique.
— Des tas d'associations y venaient.
— D'accord, mais l'une d'elles était-elle particulièrement active ?
— Qu'est-ce que tu entends par active ?
— Eh bien, de nombreux incidents se sont produits ces derniers temps. Est-ce que quelqu'un dans ce café aurait été impliqué là-dedans ?
— Pourquoi poses-tu la question ?
— Parce que ça fournirait la réponse, dit le Grec. Si les Britanniques pensaient qu'il y avait là quelqu'un de dangereux, ça expliquerait peut-être pourquoi ils ont posé une bombe.
Il fixait les étudiants de ses yeux marron bienveillants, confiants. Visiblement un peu naïf, il ne semblait pas animé de mauvaises intentions.
— Ça fournirait en effet une explication, dit l'étudiant le plus modéré. Mais je ne pense pas qu'il y ait eu quelqu'un de ce genre.

— D'ailleurs, même si c'était le cas, on ne te le dirait pas, répliqua l'étudiant aux scarifications.

— Ah bon ? Oh ! bien entendu. Vous auriez raison.

Le Grec s'empressa de faire machine arrière. Il ne voulait pas vraiment se mêler de ce qui ne le regardait pas, il était seulement un peu puéril.

— De toute façon, une chose est sûre. Vous ne pourrez plus aller dans ce café.

— Non, reconnut l'étudiant aux scarifications. Il faudra se contenter d'endroits comme ici.

Il agita la main d'un air dédaigneux.

— Qu'est-ce que vous avez contre cet établissement ? demanda un client en abaissant son journal.

— Rien, se hâta de répondre un étudiant. C'est seulement que ce n'est pas le genre d'endroit que nous fréquentons d'habitude.

Le client se cacha de nouveau derrière son journal. Plusieurs autres lecteurs de journaux se trouvaient là, et Owen comptait parmi eux. Avec son costume léger confectionné au Caire, ses lunettes noires et son tarbouche, il n'était pas différent des nombreux Levantins installés aux tables voisines. Bien que proche de l'École de droit, ce café se trouvait sur une grande voie aux allures de boulevard, et sa clientèle cosmopolite comprenait hommes d'affaires, fonctionnaires, journalistes et enseignants, de même, bien sûr, que des tas de gens qui paraissaient n'avoir strictement rien à faire.

Un certain nombre d'habitués y passaient en effet la plus grande partie de la journée. Ils arrivaient dès le matin, attrapaient des journaux et s'installaient confortablement dans leur fauteuil préféré. À un moment donné, dans la matinée, un café, parfois accompagné d'un croissant, apparaissait devant eux, et juste avant le déjeuner, des graines d'anis venaient s'ajouter au café.

L'établissement se vidait à l'heure du déjeuner et

recommençait à être fréquenté après la sieste. Le soir, il était tellement bondé que les tables débordaient dans la rue. Il possédait sa vie propre, et les étudiants y faisaient figure d'envahisseurs.

— Je ne cesse de penser à ces malheureux garçons qui ont été tués, reprit le Grec replet. J'imagine ce que leurs parents ont dû éprouver ! Ils avaient une famille, je suppose ?

Les étudiants ne le savaient pas au juste.

— Ils ne se mêlaient presque jamais aux autres.

— Ils devaient pourtant avoir une famille, dit quelqu'un.

— Ils venaient de la campagne, non ?

— Je l'ignore. Je ne leur ai jamais vraiment adressé la parole.

— Ils n'étaient pas étudiants en droit, tu comprends, expliqua quelqu'un d'autre.

— Ah bon ?

— Non. Ils étaient inscrits à l'École d'ingénieurs.

— Alors, qu'est-ce qu'ils faisaient dans ce quartier ?

— Nous ne nous cantonnons pas à un seul quartier. Ils avaient un ami dans le coin, je suppose.

— Dans ce cas, il ne s'est pas manifesté.

— Il est peut-être enseveli sous les décombres. Ils continuent les recherches, non ?

— Je croyais qu'ils les avaient terminées, dit le Grec.

— Ça ne m'étonne pas d'eux.

— Ils ne font vraiment aucun effort. C'est scandaleux, hein ? Ils s'en fichent.

— Quand aura lieu l'enterrement ?

— La date n'est pas encore arrêtée. Les Britanniques gardent les corps.

— Quand ils les rendront, il faudra faire en sorte que l'événement ne passe pas inaperçu.

— Nous devrions former un cortège.
— Oui !
Les étudiants s'enflammèrent.
— C'est ça ! Nous irons voir les Britanniques et nous leur montrerons les corps en disant : « Voici les cadavres des hommes que vous avez assassinés. »
— Oui !
— Oui !
On entendit un bruissement de journaux.
— Qu'y a-t-il, cette fois ? demanda un client d'un air las.
— Nous allons former un cortège.
— Encore ? Vous ne travaillez donc jamais ?
— Qu'est-ce que le travail ? lança un étudiant. C'est ça, notre travail.
— Vous n'avez jamais d'examen ?
— Pas dans l'immédiat.
— Ils devraient en avoir plus souvent, estima un autre lecteur de journal.
L'étudiant aux scarifications se leva d'un bond.
— Voilà précisément contre quoi nous luttons ! déclara-t-il avec un grand geste théâtral. Et vous, vous nous retenez !
— Je ne vous retiens pas, lui objecta un lecteur de journal. Je suis très partisan des études.
— Nous le sommes tous, approuva un autre. C'est seulement que nous aimerions vous voir un peu plus assidus.
— Vous ne vous souciez pas du sort de l'Égypte, hein ? lâcha l'étudiant aux scarifications d'un ton furieux.
Un autre lecteur abaissa son journal.
— L'Égypte ? Qu'est-ce que tu connais à l'Égypte ? D'après ton physique, tu es soudanais.
— Je viens de Halfa, dit l'étudiant avec dignité.
— Tu vois ! C'est au Soudan. Il fait un peu chaud là-bas. Ça t'est monté à la tête.

Ses amis obligèrent l'étudiant à se rasseoir. D'autres se levèrent à sa place.

— Halfa appartient à l'Égypte ! s'écrièrent-ils.

— Il est aussi bon égyptien que toi !

— Et même meilleur ! Lui, au moins, il essaie de changer ce qui ne va pas !

— Toi, tu acceptes tout ! Esclave !

— Vous êtes tous des esclaves ! Les esclaves des Britanniques !

Pas un journal ne bougea.

— Un jour, ils vous chasseront tous !

— Un jour, c'est vous qui serez tous chassés par l'examinateur, rétorqua un lecteur de journal. Et ce jour ne va pas tarder.

— Esclaves !

— Tyrans !

Malgré l'agitation qui régnait autour de la table des étudiants, le reste du café était étonnamment calme.

Soudain, une cloche se fit entendre par-dessus le tumulte. Consternés, les étudiants se regardèrent.

— C'est l'heure du prochain cours !

Ils se précipitèrent dehors.

— *Ah, ces révolutionnaires*!* marmonna quelqu'un.

— Pourquoi s'en prendre aux étudiants ? s'écria le Grec replet. Aux Britanniques, je peux le comprendre. Aux pachas aussi. Mais aux étudiants ?

Il retournait au bureau en compagnie d'Owen. Il s'appelait Georgiades et était l'un des agents les plus efficaces du mamour zapt. Avec lui les gens s'épanchaient. Il avait un don remarquable pour attirer les confidences. Un seul regard de ses yeux marron attendrissants, bienveillants, et les gens étaient prêts à révéler leurs secrets les plus jalousement gardés.

Surtout leurs problèmes. Tout le monde avait des

problèmes, et Georgiades était le genre de personne à qui on avait envie d'en parler. Il proposait rarement une solution, comme Nikos le faisait remarquer, mais pour ce qui était d'écouter avec une attention bienveillante, Georgiades était presque sans égal.

Il venait de passer deux ou trois jours à tendre l'oreille à l'École de droit et semblait déjà avoir toujours été là. Personne ne savait au juste ce qu'il y faisait. Il n'avait pas l'air d'un étudiant — il était un peu trop âgé. Mais il n'était pas enseignant non plus.

Les gens avaient plus ou moins l'impression qu'il avait été étudiant l'année précédente, peut-être même, à la vérité, plusieurs années auparavant, et qu'il comptait parmi ces malheureux qui ratent régulièrement leur examen.

On n'avait pas vraiment envie de lui poser la question, car ça n'aurait pas été gentil. En fait, son cas était clair, même si personne ne souhaitait insister. Ce pauvre diable n'était pas bien futé.

Il fallait lui expliquer des tas de points assez évidents, dont il ne semblait même pas avoir entendu parler. Et pas seulement des questions de droit, abordées en cours, mais des choses de tous les jours, qui allaient de soi, par exemple le fait que Le Caire traversait manifestement une phase révolutionnaire, ou bien les tensions entre le déterminisme évolutionniste et l'autonomie du moi, ou encore l'origine criminelle des infrastructures néo-impérialistes.

Notez qu'une fois qu'on lui avait expliqué les choses, il était tout à fait capable de les comprendre, ce qui montrait à quel point le système des examens était injuste et partial. Ce pauvre bougre était une victime, voilà ce qu'il était.

On ne se contentait donc pas de tolérer Georgiades à l'École de droit, on le considérait avec une vive sympathie. On évoquait la possibilité de jeter un coup d'œil sur son dossier afin de voir si on ne pouvait pas faire quelque chose pour lui. Mais il fallait bien entendu patienter jusqu'à la réforme de tout le système, qui, par bonheur, n'allait pas tarder.

— Vous partez du principe que les deux actes sont liés, dit Owen. Ils ne le sont peut-être pas.

— Il y aurait donc deux groupes ?

— Oui. L'un suivrait les gens et leur tirerait dessus, et l'autre se servirait de bombes.

— C'est possible.

Georgiades n'était pas convaincu.

— Ils ont une seule chose en commun, reprit Owen. En dehors du fait qu'ils agissent en ce moment et se livrent tous deux au terrorisme. Et encore, elle ne pèse pas lourd. Supposons que les deux hommes qui ont suivi Jullians soient les mêmes que ceux qui ont suivi et visé Fairclough, ou qu'ils leur soient liés. C'est à l'École de droit que nos agents ont perdu leur trace. Et l'École de droit se trouve juste à côté du café d'Ali.

— Ce serait l'École de droit qu'ils auraient en commun ?

— Peut-être.

— Voilà qui ne pèse pas lourd, en effet, estima Georgiades.

— Mais cette hypothèse n'est pas aussi loufoque qu'il y paraît. Nous savons, en tout cas nous sommes presque sûrs, que nous avons affaire à une association politique, à l'une d'elles au moins. Ces associations sont très bien implantées chez les étudiants. De nombreuses descriptions font état d'hommes habillés à l'européenne. Ce détail élimine d'office l'université al-Azhar et indique plutôt qu'il s'agirait d'étudiants des autres écoles supérieures. Plus probablement de l'École de droit, pas seulement parce que tout semble converger sur elle, mais parce que c'est elle qui cause toujours le plus d'ennuis.

— Ce qui ne manque jamais de m'intriguer, c'est que tous les juristes que je connais sont gentils, conformistes, plutôt ternes, tandis que les étudiants en droit sont rebelles, remuants, bref, emmerdants. Qu'est-ce qui leur arrive ensuite ?

— Les plus brillants sont trop occupés à gagner de l'argent pour poser des problèmes. Ceux qui sont juste un peu moins brillants entrent au parquet. Les étudiants médiocres représentent le ministère public dans des districts ruraux. Oh ! et les plus remuants font de la politique.

— Il devrait donc y avoir plus de politiciens, répliqua Georgiades.

— Comment jugez-vous ceux qui étaient dans ce café ?

— Destinés au parquet, je pense.

— Les grandes discussions allaient bon train.

— Oui... des grandes discussions, ça s'arrêtait là.

— Ils ont dit qu'ils faisaient partie d'associations.

— Il y a association et association. Celles qui nous inquiètent ne sont pas celles qui passent leur temps à discuter.

— Vous ne croyez pas que nous pourrions tenir là quelque chose ?

— Non. Pas plus, d'ailleurs, que je crois à votre thèse selon laquelle le café d'Ali serait le quartier général de l'une d'elles. Je crois les avoir entendus exclure cette possibilité.

— Ce n'était qu'une idée en l'air. Elle avait l'avantage de fournir une raison pour expliquer la bombe. Sinon, nous n'avons pas le moindre mobile à nous mettre sous la dent.

— Comme je le disais, pourquoi s'en prendre aux étudiants ? répéta Georgiades.

— Vous croyez ? fit Ali Osman d'un air dubitatif.

— J'en suis sûr, pacha, répondit Owen avec conviction.

Il était prêt à n'importe quelle ruse pour ne plus avoir Ali Osman sur le dos.

Depuis quelques jours, ses messagers venaient le trouver quotidiennement. Soit il s'agissait d'un homme à l'aspect sinistre en train de rôder devant sa grille; soit c'était une plainte contre des fauteurs de troubles rassemblés dans sa rue, qui clamaient injures et menaces.

Owen se montrait apaisant en paroles mais ne prenait aucune mesure particulière. Ce matin, pourtant, un message lui donna à réfléchir.

Ali Osman faisait savoir qu'il avait été suivi.

— Il a simplement entendu dire que d'autres personnes ont été suivies, dit Nikos d'un ton cinglant. N'y prêtez pas attention.

Par les temps qui couraient, Owen hésitait à prendre ce risque, et pas seulement en raison de la sollicitude que témoignait le khédive à Ali Osman. Il attrapa le message et sortit dans la cour où, comme il l'avait espéré, le messager attendait toujours.

C'était un Soudanais du Sud, plein d'entrain, d'âge mûr, qui semblait avoir la tête sur les épaules.

— Bonjour, lui dit Owen. Te voilà bien loin de chez toi, hein? D'où es-tu?

— De Dongola, effendi.

— Alors oui, tu es très loin de chez toi. J'y suis allé un jour, mais il y a longtemps.

— Moi, ça fait encore plus longtemps. Le pacha m'a emmené dans sa propriété de Hamada quand j'étais tout jeune, et j'y suis resté. Ma femme et mes enfants sont aussi là-bas. Mais ça fait quatre ans que je suis en ville, dans la maison du pacha.

— C'est suffisant pour apprendre à se débrouiller ici, fit remarquer Owen.

— Je connais assez bien cette ville. Le pacha se sert souvent de moi.

— Depuis quelque temps, il m'envoie de nombreux messagers, mais c'est la première fois que je te vois.

— Oui. Cette fois, c'est différent.

— Pourquoi ?

— Il veut être sûr que le message est bien arrivé.

— Ses messages me parviennent toujours.

— Comme de juste. Mais ce message est important, et il veut être vraiment sûr.

— Est-ce que tu connais le contenu du message ?

L'homme hésita.

— Le pacha ne me parle pas de ces choses, et je ne sais pas lire.

— Mais tu le connais quand même.

— Bon...

— Le pacha croit qu'il a été suivi par des gens mal intentionnés.

Le messager inclina la tête.

— Est-ce que tu te trouvais avec le pacha quand on l'a suivi ?

— Non. Hamid était avec lui.

— Et il en a parlé ?

— Un peu.

— Il a dit qu'il était suivi ?

— Il nous l'a raconté quand il est revenu. Il a dit que le pacha était troublé.

— A-t-il vu lui-même les gens qui le suivaient ?

— Suleyman était avec lui. Le pacha a dit : « Vous voyez ces deux hommes ? » Ils ont regardé, et Suleyman a cru les voir. Hamid n'en était pas sûr. Le pacha a dit : « Je les ai déjà vus à Midan Nasriyeh. Les revoilà. Rentrons vite. Vous me préviendrez la prochaine fois que vous les apercevrez. »

— Et ils les ont aperçus ?

— Non. Suleyman pense qu'ils ont dû se sentir observés et se sont tenus sur leurs gardes. Mais le pacha était extrêmement inquiet et s'est hâté de rentrer.

— Dis-lui que j'arrive.

— Vous perdez votre temps, estima Nikos quand Owen alla chercher son chapeau dans son bureau. Il se laisse emporter par son imagination. Ça ne cadre pas avec le reste.

— Que voulez-vous dire par là ?

— Ce sont seulement les gens tels que M. Jullians qui sont suivis. Les agents de l'administration. Pas les pachas.

— Les pachas sont parfois des agents de l'administration.

— Ali Osman ?

— Il a fait partie du gouvernement.

— Les pachas ne sont pas concernés, répéta Nikos avec obstination.

Owen partit tout de même.

Ce jour-là aussi, il trouva Ali Osman allongé sur l'estrade, soutenu par des coussins et entouré de serviteurs. Le pacha eut une lueur dans le regard en voyant Owen.

— Ah ! C'est le khédive qui vous envoie ?

— Je crains que non. Pas cette fois. Je viens suite à votre message.

— Bon, aucune importance.

Ali Osman semblait toutefois abattu.

Il agita une main dodue et des serviteurs arrangèrent des coussins pour permettre à Owen de s'asseoir au bord de l'estrade.

— C'est gentil à vous de venir, mon vieux, dit le pacha. La situation s'aggrave.

— Abdul Maher...

— Non, pas Abdul Maher, répondit le pacha d'un ton posé. Pas cette fois.

Son récit s'accordait aux autres dépositions et rappelait même la propre expérience d'Owen. Il en était suffisamment proche pour inciter le mamour zapt à ne pas le traiter à la légère, malgré la remarque de Nikos. D'un autre côté, il ne fournissait pas davantage de détails que les autres et pouvait se révéler sans fondement.

— Capitaine Owen, j'ai besoin, grand besoin de votre aide, dit Ali Osman.

Il frappa dans ses mains. Deux serviteurs entrèrent en portant un objet couvert d'une étoffe. Ils le déposèrent sur l'estrade, près d'Owen, et ôtèrent l'étoffe. Apparut une magnifique lampe de mosquée, en verre émaillé, datant de la fin du Moyen Âge et témoignant d'un art inégalé depuis.

— C'est pour vous, expliqua Ali Osman.

Owen la prit dans ses deux mains.

— Elle est d'une beauté exquise, dit-il, car, même s'il n'était pas un vrai collectionneur, il décela tout de suite une pièce remarquable. Exquise !

Il la reposa à regret.

— Hélas, pacha, à mon immense regret, je ne puis accepter. À cause de ces coutumes anglaises assommantes, vous comprenez. Nos maîtres, chez nous, ont tellement peur que nous succombions aux charmants usages orientaux qu'ils interdisent à tout serviteur de l'État d'accepter ou d'offrir un cadeau.

— Oh ! il ne s'agit pas d'un cadeau, c'est un prêt. Considérez-la comme un prêt, un long prêt. Et si ça vous tracasse, vous pouvez la confier aux collections du musée jusqu'à ce que vous quittiez l'Égypte. Vous l'emporterez alors avec vous, et ce petit souvenir vous rappellera le temps que vous avez passé ici.

Owen se mit à rire.

— Vous savez vous montrer très persuasif, pacha, et je me doute que votre carrière de parlementaire doit être couronnée de succès. Mais même en prêt... je crains de devoir refuser. Je garderai toutefois en mémoire votre aimable geste, et c'est lui que j'emporterai avec moi comme délicieux souvenir de notre amitié.

Ali Osman laissa la lampe sur l'estrade pour qu'elle continue à exercer son pouvoir de fascination.

— De toute façon, ça ne change rien au zèle dont nous ferons preuve pour vous offrir la meilleure protection possible, reprit Owen. Je peux parfaitement vous proposer un garde du corps si vous le souhaitez. Toutefois...

Il lui suggéra alors ce qu'il avait conseillé à Nouri. Le moment ne serait-il pas bien choisi pour un haut fonctionnaire épuisé de prendre des vacances, soit à l'étranger, soit sur ses terres ? En tout cas, loin du Caire.

À la différence de Nouri, Ali Osman ne rejeta pas d'emblée cette idée.

— Vous croyez ? demanda-t-il.

— Si le khédive peut se passer de vous.

— Hélas, le khédive semble pouvoir très facilement se passer de moi, répliqua Ali Osman avec un air sombre.

Owen aperçut Fairclough au bout du bar. Des tas de gens les séparaient, et Owen n'était pas sûr que le gros bonhomme l'ait remarqué. Un peu plus tard, Fairclough lui effleura néanmoins l'épaule.

— Je vous dois un verre pour être intervenu l'autre jour. Sans quoi cet idiot n'en aurait jamais fini. Qu'est-ce que vous buvez ?

Pendant que Fairclough emportait son verre pour le faire remplir, Owen se demanda si se faire offrir à boire était considéré comme un présent. On pouvait l'accepter, n'est-ce pas ? Alors pourquoi pas la magnifique lampe d'Ali Osman ? Malgré ses efforts, il ne parvint pas à se convaincre qu'on pouvait la mettre sur le même plan.

Il soupira.

— Navré, mon vieux, dit Fairclough en revenant à ses côtés. J'ai mis une éternité. Il a fallu aller chercher des bouteilles dans la réserve, et donc demander la clé à l'effendi.

— Ce n'est pas grave.

Owen leva son verre.

— À votre santé, dit Fairclough en avalant une bonne rasade avant de reposer le sien. J'ai pas mal réfléchi. Je me suis demandé pourquoi ils s'en étaient pris à moi. Mais ce n'était peut-être pas tant une question de s'en prendre à moi que de tomber sur moi. Ce n'est pas la même chose. Voyez-vous, l'important ne serait pas ce qu'on reproche à quelqu'un, mais le fait qu'il soit britannique. N'importe quel Britannique ferait l'affaire. N'empêche qu'il reste à savoir pourquoi on choisit celui-ci plutôt que celui-là.

— On le choisit au hasard, à mon avis.

— Oui, mais il doit y avoir quelque chose qui les incite à vous repérer. Parmi tous les autres. Bon, je ne me fais aucune illusion, je n'ai rien de particulièrement remarquable...

— Allons, je ne dirais pas ça !

— ... mais il doit y avoir quelque chose. Alors je me suis demandé ce que c'était.

— Et vous avez trouvé la réponse ?

— Oui, annonça triomphalement Fairclough. L'affaire du sel.

— Je vous demande pardon ?

— Le sel... vous savez, ce que vous utilisez à table.

— C'est bien ce que j'avais cru comprendre. Mais...

— J'y ai joué un rôle important, voyez-vous. Enfin, peut-être pas aussi important que ça. J'ai dû aller jeter un coup d'œil sur place. Pour vérifier que les chiffres étaient bons. À mon avis, c'est à cette occasion qu'ils m'ont sans doute vu. Sinon, je reste dans un bureau. Donc personne ne me voit.

— Récapitulons : vous avez dû aller quelque part...

— À Hamada, dans la province de Minieh, précisa Fairclough. C'est là-bas que ça se passait.

— À Hamada. Au sujet de sel. Et pour quelle raison au juste ? demanda prudemment Owen.

— À cause de la contrebande. Tout le stock qu'ils ont confisqué pendant le monopole du sel. Je devais l'estimer.

— Je croyais que le monopole avait pris fin ?

— Oui. Il a été aboli en 1904. Mais il reste tout le sel confisqué pendant qu'il était en vigueur. C'est un fichu coin, par là-bas, je vous assure. Vous comprenez, il y a tous ces dépôts de sel naturels que les Bédouins utilisent depuis des centaines d'années. Quand le gouvernement a confié le commerce du sel à une société étrangère, les Bédouins n'ont rien compris et ont continué à faire ce qu'ils avaient toujours fait.

— Seigneur, oui, j'y suis !

Owen commençait à se rappeler l'affaire. Avant 1904, le sel qui ne provenait pas du monopole était considéré comme de la contrebande et en posséder constituait un délit. Les prisons de Haute-Égypte étaient pleines de fellahs et d'Arabes pauvres dont le seul crime était la possession de sel. C'était bien entendu la raison pour laquelle Cromer avait été amené à abolir ce monopole.

— C'est un coin infernal, vers Hamada, dit Fairclough. La route des voleurs passe juste à côté. Il y a du vol de bétail dans le Sud, du vol de chameaux dans le Nord, et des fichus brigands dans les cannes à sucre.

— Sans parler de la contrebande de sel. Toutefois, elle appartient à une époque révolue, n'est-ce pas ? Maintenant que le monopole n'existe plus, on peut sans doute faire ce qu'on veut. Pourquoi devrait-on vous en vouloir, si j'ai bien compris ce que vous me disiez ? Vous ne faites rien d'autre que mettre un prix sur la marchandise.

— Oui, mais ils pensent qu'elle leur appartient. Ce qui, d'une certaine façon, n'est pas faux. Ils pensent que le gouvernement leur a pris ce qui leur revenait de droit.

— Certes, mais ce n'est pas à vous qu'ils vont venir le reprocher.

— Pour eux, je suis le gouvernement, dit Fairclough d'un ton plaintif.

— Seigneur, cette histoire se passe loin d'ici, dans ce fichu trou de Hamada !

— C'est la seule fois que je suis sorti de mon bureau, vous comprenez. On m'y a envoyé tout spécialement.

— Je ne crois pas qu'il y ait un rapport. Je crois qu'ils vous sont tombés dessus simplement parce qu'ils vous ont vu passer par là.

— Vous avez sans doute raison.

Fairclough examina son verre.

— Je vous dois des excuses, reprit-il. Toute cette histoire. Au sujet des femmes. Personne n'a envie d'entendre parler de ce genre de choses. Je suis navré de vous avoir infligé ça.

— Ce n'est pas vous, dit Owen. C'est ce salaud, Mohammed Bishari.

— N'empêche.

Il regarda de nouveau son verre.

— La chair se rappelle à nous, marmonna-t-il.

— Je ne suis pas intervenu assez vite. Je n'y tenais pas parce que, voyez-vous, en fait, c'est l'affaire du parquet. Ce sont eux qui sont censés mener l'enquête.

— Je croyais que c'était vous ?

— À strictement parler, ce sont eux. Je me contente de... jeter un coup d'œil par-dessus leur épaule.

— Je suis bien content que quelqu'un le fasse. Je n'ai pas envie qu'ils recommencent avec leurs fichues questions.

— Du sel ? s'écria Mohammed Bishari d'un ton incrédule. Non. Je ne crois pas. Je ne crois pas que ça puisse avoir un rapport. À mon avis, ils s'en sont pris à lui tout simplement parce qu'il passait par là.

— Ravi de vous l'entendre dire, répliqua Owen. La dernière fois que nous nous sommes rencontrés, j'ai eu l'impression que vous suiviez une autre piste.

Bishari eut la bonne grâce de paraître gêné.

— Il faut parfois adopter un point de vue différent, grommela-t-il.

Ils étaient attablés à la terrasse d'un petit café et s'entretenaient avec une certaine amabilité. Au terme d'une réflexion, menée au bar, sur l'aide qu'apportait la générosité dans les rapports sociaux, et la conscience troublée par sa conversation avec Fairclough, Owen en était arrivé à la conclusion qu'il était temps d'offrir un verre au magistrat instructeur du parquet.

Malheureusement, Mohammed Bishari ne buvait pas ; et quand Owen avait procédé à des tentatives de *rapprochement**, celles-ci avaient été repoussées. Donc s'ils étaient assis là et devisaient aimablement, c'était grâce à une tierce personne attablée avec eux, un ami d'Owen, Mahmoud El-Zaki.

Comme Bishari, Mahmoud était un magistrat du parquet. Il était plus jeune que lui, mais déjà plus haut placé, ce qui ne facilitait pas une intervention trop franche.

— Nul besoin d'une réunion officielle, avait dit Owen. En fait, il vaudrait mieux l'éviter. Pourriez-vous arranger une rencontre fortuite ?

L'imagination de Mahmoud en avait été titillée, et il s'était prêté au jeu avec enthousiasme. Il n'avait pas été difficile d'inviter Bishari à boire un café avec lui. Et il était tout à fait normal qu'Owen, qui passait par là, s'arrête pour saluer son ami. Tout naturel aussi qu'on lui propose de se joindre à eux pour un café.

— Quelle piste aviez-vous l'impression que Mohammed suivait ? demanda Mahmoud.

— Il s'agit de l'affaire Fairclough, précisa Owen.

— L'homme sur son âne ?

— Exactement. La victime d'un attentat terroriste, nous sommes à présent d'accord sur ce point. Toutefois, dans ses questions, M. Bishari a sondé l'éventualité d'un mobile d'ordre privé.

— Il faut bien explorer toutes les possibilités, répliqua Bishari, sur la défensive. Surtout quand, et c'était le cas, nous découvrons un passé agité.

— Mais je suppose que vous êtes maintenant convaincu que ce passé est révolu ?

— L'Histoire se répète souvent, lâcha sèchement Mohammed Bishari.

— D'ailleurs, bien que les faits appartiennent au passé, leurs conséquences peuvent encore se faire sentir, glissa Mahmoud.

— Je ne pense pas que ça puisse être le cas dans l'affaire qui nous occupe, estima Owen.

— Mais n'êtes-vous pas toujours tenté, pour votre part, de négliger ce genre de conséquences, capitaine Owen ? insinua Mohammed Bishari.

Owen crut comprendre qu'il faisait allusion à sa liaison avec Zeinab.

— Je me borne à constater les faits et, quand je tombe sur du terrorisme, je n'essaie pas de le dissimuler, dit-il.

Il y eut un silence gêné. Puis Mahmoud lança, comme si de rien n'était :

— Je crois avoir entendu parler de cette histoire.

Owen savait que c'était là un avertissement. La manière dont le parquet devait traiter l'affaire avait presque à coup sûr été abordée à un haut niveau au ministère, et il était donc tout à fait possible que Mahmoud eût pris part à la discussion. Il prévenait Owen de ne pas s'en mêler.

Owen savait qu'il avait tout intérêt à tenir compte de cette allusion. Il regarda Mohammed Bishari et sourit.

— En tout cas, il me semble que M. Bishari et moi avons trouvé un compromis, dit-il. L'extrême tension de Fairclough était manifeste, et M. Bishari s'est senti obligé de reporter son audition en attendant que son état de santé s'améliore. Pendant que M. Bishari marque une pause, je mènerai ma propre enquête.

— Voilà qui me paraît un compromis très honnête, jugea Mahmoud.

Mohammed Bishari eut l'air un peu soulagé.

— J'espérais que M. Bishari pourrait m'aider en me permettant de jeter un coup d'œil sur ses notes.

— Vous avez reçu une copie de mes rapports, dit Mohammed Bishari.

— Ah ! oui.

Mahmoud arbora un grand sourire.

— Je suis sûr que vous pouvez faire un petit effort, compte tenu des circonstances.

— Je veux bien vous les passer, mais je ne crois pas que ça vous avancera beaucoup, dit Bishari. Franchement, nous piétinons.

— Ce que j'espérais, c'était une aide en matière d'identification.

Mohammed Bishari secoua la tête.

— Nous n'avons pas réussi à les identifier. Je vous assure.

Mahmoud et Bishari repartirent ensemble, mais quelques instants plus tard, Mahmoud rattrapa Owen dans la rue.

— Vous êtes satisfait ?

— Plus ou moins. En tout cas, merci beaucoup. Vous m'avez énormément aidé.

Owen hésita, puis reprit :

— N'empêche que je suis toujours perplexe. Pourquoi le parquet adopte-t-il cette attitude ? Qu'est-ce que cette affaire a donc de spécial ?

Au bout d'un moment, Mahmoud répondit :

— Ce n'est pas l'affaire qui a quelque chose de spécial. Ce sont les circonstances actuelles.

— Je vois bien que la situation politique n'est pas banale. Mais pourquoi devrait-elle rejaillir sur le traitement d'une affaire ? D'ordinaire, le parquet n'emboîte pas le pas aux nationalistes. Du moins pas ouvertement. Pourquoi le fait-il à présent ?

— Je ne vois pas, répondit Mahmoud en regardant Owen d'un air impassible. Peut-être notre ministre a-t-il de plus hautes ambitions ?

— Voilà en effet qui changerait tout, estima Paul. Il ne doit pas vouloir qu'on l'identifie aux Britanniques. Pas en ce moment.

— Dommage pour l'affaire.

— Ce n'est que partie remise. Ils s'y atteleront une fois que le khédive aura pris sa décision.

— Aurait-il donné à penser qu'il est sur le point de la prendre ?

— Non.

— Est-ce que notre homme a une chance ?

— Il ne s'en sortirait pas mal. Il est intelligent.

— N'est-ce pas plutôt un facteur d'élimination ?

— Allons, allons ! dit Paul. Même si, c'est vrai, le khédive en a une trouille bleue. Pas seulement à cause de son intelligence, mais parce qu'il le trouve trop radical. Il veut un nationalisme indolore. Mais, en fait, Saad est en position de force. Il jouit d'un soutien considérable à l'Assemblée et il est aimé dans les campagnes.

— Alors en ce moment il ne tient surtout pas à compromettre cette popularité ?

— Plus que ça. Il veut obtenir l'appui des nationalistes. Il pourra alors aller voir le khédive pour lui dire : « Écoutez, j'ai les nationalistes dans ma poche.

Nommez-moi et vous n'aurez plus à vous soucier d'eux. » C'est une carte importante.

— Un atout maître ?

— Le khédive résiste. Il a peur de Saad et espère qu'en atermoyant un peu son soutien va s'effriter. De son côté, Saad pense que, si on le voit aller dans le sens de l'opinion, ça le portera au pouvoir.

— Nous devons donc nous contenter d'attendre la suite des événements.

— C'est exact.

— Oh ! parfait, dit Owen. Voilà qui tombe à point nommé pour moi.

6

Owen distingua le bruit d'une échauffourée dans la cour.

— Dieu nous protège ! s'écria quelqu'un d'un ton agité.

D'autres hurlements inquiets s'élevèrent. Une porte claqua et des pieds approchèrent au pas de course. Un planton fit irruption dans le bureau.

— Effendi ! Viens vite ! Viens tout de suite !

— Que se passe-t-il ? demanda Owen en se levant.

Le planton le tira par la manche.

— Vite, effendi ! Viens vite !

Pendant qu'il se hâtait dans le couloir, il entendit d'autres cris et vit tout le monde en train de courir.

— Qu'y a-t-il ?

— Un méchant homme, effendi, oh ! un très méchant homme.

Owen sortit au soleil de la cour. Un individu imposant, féroce, luttait avec une grappe de plantons.

Soudain la grappe se désagrégea.

— Prends garde à toi, effendi ! s'écria quelqu'un d'une voix angoissée.

L'homme à l'air féroce se libéra des mains qui le retenaient encore. Un planton s'écroula au sol et, tant qu'à faire, y resta pour prier.

— Effendi ! s'exclama l'intrus, un sourire ravi s'élargissant sur son visage.

Ce géant originaire d'une tribu du Sud était hérissé d'armes de pied en cap. Il rappelait vaguement quelqu'un à Owen.

Il tenait un court tuyau avec précaution devant lui.

— Effendi ! reprit-il. Je t'ai trouvé !

— Effendi ! Effendi ! C'est une bombe. Ne le laisse pas t'approcher !

L'homme s'avança.

— Ils ont essayé de m'en empêcher, ces chiens !

Il posa fermement un pied sur la tête du planton en prière et lui grimpa dessus.

— Ils ont dit que tu n'étais pas là. Ils mentaient, ces fils de démon !

— Nous avons essayé de le retenir, effendi, dit faiblement quelqu'un.

Owen se ressaisit.

— Que viens-tu faire ici ? demanda-t-il avec sévérité.

Il regrettait de ne pas avoir son arme sur lui. Elle était rangée dans un fichier, enfouie sous une pile de prévisions budgétaires.

— Tu me connais, effendi, affirma l'homme du Sud avec confiance.

— Ah bon ?

L'homme eut l'air anxieux.

— Tu te souviens sûrement, effendi ? L'autre jour, chez Nouri Pacha.

La lumière commença à se faire.

— Tu es l'un des gardes de Nouri. Je t'ai vu dans les bougainvilliers.

— Je savais que tu t'en souviendrais. C'est ce que je leur ai dit.

Il donna une énorme bourrade à l'un des plantons.

— Comment t'appelles-tu ?

— Omar.
— Eh bien, Omar, qu'est-ce qui t'amène ?
Omar tendit le tuyau.
— Nouri m'a demandé de t'apporter ça.
— Qu'est-ce que c'est ?
— Une bombe, je crois.
— Seigneur !
— On te l'avait dit, effendi, murmura un planton d'une voix faible.
Omar porta le tuyau à son oreille et le secoua.
— Pour l'amour du ciel, arrête ! Allons, donne-moi ça !
Owen l'attrapa avec précaution.
— Hassan ! Va chercher un seau à incendie et mets-le près du mur !
— Tout de suite, effendi.
Hassan détala avec empressement et s'en revint avec un seau plein de sable.
— Là-bas ! Près du mur.
— Tout de suite, effendi.
Owen traversa la cour et, d'une main ferme, déposa le tuyau dans le seau en le plantant bien droit.
— Nikos !
Ce dernier apparut à une porte de côté. En de telles occasions il considérait que son rôle n'était pas sur le devant de la scène.
— Téléphonez au service des explosifs et demandez-leur d'envoyer immédiatement quelqu'un !
— Harrison Effendi est en déplacement pour l'instant.
— Qu'ils envoient quelqu'un d'autre.
— Jaaffer ?
— Non, pas ce stupide salaud. Quelqu'un d'autre.
— Il n'y a personne d'autre.
— Alors appelez le Déminage. Ils doivent bien avoir quelqu'un.

Nikos disparut à l'intérieur. Owen fit évacuer la cour et posta des plantons pour empêcher les gens d'approcher. Puis il emmena Omar dans son bureau.

— Assieds-toi, Omar.

Omar s'assit par terre.

— Bon, Omar, mettons les choses au clair. Nouri Pacha t'a demandé de m'apporter ça ?

— Oui, effendi.

— Comment est-ce arrivé entre tes mains ?

— On l'a lancé sur la voiture.

— La voiture ? Celle de Nouri Pacha ?

— Oui, effendi.

— Je ne comprends pas. On avait mal visé ?

— Non, effendi. Je l'ai attrapé.

— Attrapé ? répéta Owen d'un ton incrédule.

— Oui, effendi. Je regardais la foule, j'ai vu un bras bouger, et puis cette chose a traversé l'air, alors je l'ai attrapée.

— Bon Dieu !

Owen était impressionné.

— Je l'ai montrée à Nouri Pacha, il a pâli et il a dit à son chauffeur de conduire très vite. Au bout d'un moment il l'a fait arrêter et m'a demandé de descendre...

— De descendre ? Où étais-tu ?

— Sur le marchepied. J'étais sur l'un, Ahmed était sur l'autre. Je suis donc descendu, et Nouri m'a prié de t'apporter ça, et il a repris la route à toute vitesse.

— Est-ce que tu as vu l'homme qui l'a lancé ?

— J'ai vu le bras, mais pas l'homme.

Le geste s'était révélé suffisant pour Omar.

— Eh bien, Omar, tu as sauvé ton maître.

— C'est mon travail, dit Omar avec modestie.

— Tu l'as très bien accompli. Nouri te récompensera sans aucun doute.

— Oui. Quand je rentrerai chez moi, je pourrai doubler mon troupeau de chameaux. Et aussi acheter une autre épouse.

— Et raconter cette histoire à tes amis.

— C'était moins que rien. Il n'y a même pas eu de vraie bagarre.

L'employé du service de déminage arriva presque aussitôt. Petit, timide, il s'appelait Plumley et faisait preuve d'une nervosité qui disparut totalement quand il examina la bombe.

— Ah oui, dit-il. Je vois comment ça marche.

Il avait retiré le couvercle vissé et farfouillait à l'intérieur. Il dévissa ensuite le bas et en extirpa un long cylindre métallique contenant un liquide.

— De l'acide picrique, expliqua-t-il.

Il montra à Owen l'autre extrémité du tuyau. Un petit flacon de verre bouché sommairement avec de la ouate y était suspendu.

— Dans celui-là il y a de l'acide nitrique. On ne risque rien tant que l'engin reste bien droit. Mais dès qu'il n'est plus en position verticale, l'acide nitrique s'infiltre dans l'acide picrique et le fait détoner.

— Alors, bon Dieu, comment...

— Je n'en sais rien. Il est peut-être resté en position verticale.

Owen revit Omar en train de l'approcher de son oreille et de le secouer.

— Il y a vraiment de sacrés veinards ici ! dit-il.

— Oui, sans doute. C'est un système assez efficace, quoique très simple. Sauf qu'il faut être très prudent. Un rien peut le faire exploser.

Georgiades attrapa le tuyau avec précaution.

— Il n'y a plus le moindre danger maintenant, dit Plumley.

— C'est ce que j'espérais.

Il examina la bombe avec soin.

— Le tuyau n'a rien de spécial, expliqua Plumley. N'importe lequel fait l'affaire

— Et l'acide picrique ? Et nitrique ?

— On peut s'en procurer facilement. Dans tout laboratoire digne de ce nom. La seule difficulté, c'est de bien ajuster les couvercles et de suspendre le flacon. Et encore, ce n'est pas sorcier. Un atelier serait utile, mais pas indispensable.

Il examina les extrémités du tuyau.

— Ça sent l'amateur, si vous me demandez mon avis, ajouta-t-il.

— Encore une tentative qui ne cadre pas vraiment avec le reste ? remarqua Owen.

— Elle cadre à certains égards, répliqua Nikos d'un ton chatouilleux.

— Il ne s'agissait pas d'un fonctionnaire.

— Un ministre n'est-il donc pas un fonctionnaire ?

— Nouri est un ancien ministre. En outre, je pensais que vous aviez exclu les pachas.

— Manifestement, il faut inclure certains pachas, rétorqua Nikos d'une voix glaciale. Au fur et à mesure que nous collectons des données, nous pouvons affiner le profil des victimes.

— Votre profil de départ ne s'applique peut-être qu'à un seul groupe, dit Georgiades. Si tant est qu'il y ait bien deux groupes. Bon, supposons-le, poursuivit-il. L'un suit les gens et leur tire dessus, et l'autre se sert de bombes. Le premier s'occupe des fonctionnaires — Fairclough, Jullians, ce genre de personnes. L'autre, celui qui manie des bombes...

Il s'interrompit.

— Des pachas, compléta Owen.

— Et des étudiants, reprit Georgiades. Voilà ce qui est difficile à expliquer.

— En tout cas, ça ne colle pas, objecta Nikos. Ali

Osman se trouve dans la catégorie des pachas et aussi dans celle des gens qui se font suivre. Si toutefois il fait réellement partie de la deuxième, ajouta-t-il d'un air dédaigneux.

— Il me semble qu'on peut suivre les gens des deux catégories, suggéra Owen. Ça fait partie des préparatifs indispensables avant de se lancer dans n'importe quel type d'attaque.

— Et l'attentat contre Nouri ?

— Ils devaient savoir que sa voiture allait passer par là. Il s'agissait sans doute d'un trajet habituel.

— Dans ce cas, je parie que Nouri ne va pas tarder à changer d'itinéraire ! s'exclama Georgiades.

— Il nous faudra vérifier. Et aussi aller dans la rue où on a lancé la bombe. Quelqu'un a peut-être remarqué quelque chose.

— L'incident s'est sûrement produit trop vite. La voiture ne s'est même pas arrêtée.

— Il n'empêche qu'il vaut mieux vérifier.

— D'accord, dit Georgiades. Je m'en occupe. Il y a autre chose que j'ai envie de faire. Vous permettez que j'emporte ça ? ajouta-t-il en ramassant le tuyau.

L'un des privilèges attachés à la fonction de mamour zapt était une loge à l'opéra. Owen n'avait pas envie de demander par quel miracle. Ce poste avait longtemps été considéré comme prestigieux, et les prédécesseurs ottomans d'Owen avaient su en tirer profit.

Owen aimait beaucoup la musique et son origine galloise lui avait donné une bonne oreille pour le chant. Pourtant, avant son arrivée en Égypte, il n'était jamais allé à l'opéra. Il s'y rendait maintenant presque chaque semaine. Et il ne voyait pas pourquoi la crise actuelle devrait l'obliger à rompre cette habitude.

Il avait en outre une raison supplémentaire d'y aller. Plumley avait mentionné qu'il emmèrerait ce soir-là un invité à l'opéra, et, au cours de la conversation, il apparut qu'il s'agissait de Roper.

Owen téléphona immédiatement à Paul.

— Qu'est-ce que tu trafiques, bon Dieu ?

Paul se récria :

— Je n'y suis pour rien. Ce sont les Mines. C'est là qu'il a pris ses quartiers maintenant.

— D'accord, mais... Plumley !

— Je vais les contacter.

Il rappela un peu plus tard.

— Il n'y a pas de problème. Ils se connaissent. C'est avec Plumley qu'il travaille.

— Si, il y a un problème. Il a fallu cinq hommes pour le hisser dans une arabeya hier soir.

— Il avait bu ?

— Il boit toujours. Mais parfois il est soûl au point de cogner sur le premier venu.

— Oh !

Il y eut un silence. Puis Paul reprit :

— Est-ce que tu n'irais pas à l'opéra ce soir, par hasard ?

— Oui, mais j'emmène Zeinab et j'y vais pour apprécier la musique.

— Je m'y rendrai moi aussi dans cet espoir. N'empêche, je suis rassuré de savoir que tu t'y trouveras. C'est toujours utile d'avoir dans les parages un type capable de cogner sur la tête des gens en cas de besoin.

— Sûrement, mais ce n'était pas ce que j'avais prévu pour la soirée. Et d'abord, qui a eu l'idée loufoque d'emmener Roper à l'opéra ?

— Plumley. Pour sa part, il adore l'opéra, et il pense que c'est une sortie intéressante pour un étranger.

— Il est fou. Ou peut-être un peu simplet. Tous ceux qui tripatouillent des explosifs le sont. Tu ne peux pas lui parler ?

— Non. Il se trouve à Gebel Zabarrah avec Roper. Ils passeront toute la journée dehors. Ils auront tout juste le temps de rentrer se changer.

— Écoute, la seule chose qui tentera Roper après une journée passée dans le désert, c'est de lever le coude le plus vite possible jusqu'à tomber ivre mort, bon sang ! Pas d'aller à l'opéra.

— Tu ne crois pas qu'il est assez grand pour le dire lui-même ?

— Il pourrait le faire, je suppose. N'empêche...

N'empêche qu'au moment où Owen entra dans le foyer avec Zeinab à son bras, il vit Plumley et Roper, vêtus d'un costume blanc léger, les cheveux encore humides après leur douche, en train d'étudier consciencieusement le programme.

Roper salua Owen avec chaleur, et, machinalement, déshabilla Zeinab du regard.

— Vous avez là un joli petit lot. Combien vous a-t-elle coûté ?

— *Qui est ce cochon* ?* demanda Zeinab à Owen.

— Tu ne diras plus ça quand tu me connaîtras, chérie, dit Roper.

— Elle n'aura pas l'occasion de vous connaître, lâcha Owen.

Plumley s'empourpra.

— Je vous ai déjà vue ici, n'est-ce pas ? s'empressa-t-il de dire à Zeinab. Avez-vous une passion pour l'opéra ?

— Vous parlez ! insista Roper. Pour ça entre autres choses.

— Da Souza ne va pas chanter ce soir, d'après ce que j'ai entendu dire, poursuivit héroïquement Plumley. Elle est souffrante.

— Moi aussi, je suis souffrante, dit Zeinab. Je ne vais peut-être pas rester.

— Oh ! surtout pas. Je vous en prie, je suis sûr...

— Il y a ici des gens que je n'apprécie pas.

— Elle n'a pas de couteau, au moins ? demanda Roper d'une voix anxieuse. Comme l'autre fille qui était avec vous...

— Quelle autre fille ? s'enquit Zeinab d'un air menaçant.

— Une personne que nous avons rencontrée, répondit Owen. Il ne lui plaisait pas non plus.

Paul se matérialisa soudain à côté d'eux.

— Bonsoir ! Bonsoir, Zeinab. Vous êtes splendide, ce soir. Cette robe ! La princesse l'a tout de suite remarquée. Je crois qu'elle aimerait vous demander d'où elle vient. De Paris, bien entendu, mais de quelle maison de couture ? En existerait-il une nouvelle ? J'étais dépassé, je le crains. J'ai donc promis de vous demander si vous accepteriez de vous joindre à nous pendant l'entracte. J'ai une table...

Et ainsi de suite. Enchantée, Zeinab se calma. La sonnerie retentit et ils se dirigèrent tous vers les loges.

— Où est cette table ? demanda Roper.

Paul jeta un coup d'œil par-dessus son épaule et lâcha entre ses dents :

— Ça, pas question, mon salaud !

La princesse Lamloun était une véritable institution au Caire. Elle devait son rang au fait qu'elle était la nièce du khédive, mais sans sa formidable personnalité ce lien de parenté n'aurait pas représenté grand-chose. On murmurait qu'elle terrorisait son oncle, dont le moral s'améliorait nettement quand elle retournait à Deauville à la fin de la saison cairote.

Car pendant la saison son emprise se faisait sentir sur la haute société du Caire. Son salon était le principal lieu d'intrigues et de potins, et, bien que sa sphère d'influence fût théoriquement limitée à la vie mondaine, comme il sied à une femme dans un pays musulman, beaucoup de gens avaient l'impression qu'elle s'étendait en secret à d'autres domaines, y compris à la politique.

Les personnalités réunies à la table du consul général durant l'entracte étaient donc triées sur le volet, et Zeinab en fut impressionnée malgré elle. Owen ne crut pas un seul instant au commentaire de la princesse sur la robe de Zeinab, mais, quand ils se joignirent aux autres, Paul manœuvra de telle sorte que, au bout de quelques secondes à peine, les deux femmes se retrouvèrent en train de bavarder avec un plaisir évident.

Owen en profita pour s'éclipser. Il avait scrupule à abandonner Plumley avec Roper. Dieu seul savait ce qui pouvait arriver.

En fait, ils s'entretenaient paisiblement au bar. Il y avait déjà une rangée de verres vides devant Roper et Plumley avait le teint verdâtre. Il s'était mis au jus d'orange, mais trop tard.

Il eut l'air soulagé en voyant Owen approcher.

— Il faut que je m'absente une minute ! souffla-t-il.

Il se précipita vers les toilettes.

— Drôle de petit bonhomme, dit Roper en le suivant des yeux. Mais il connaît son boulot.

— J'ai cru comprendre que vous reveniez de Gebel Zabarrah.

— Ouais. Ça donne soif, le désert.

Le barman ajouta un nouveau whisky à l'eau de Seltz aux verres alignés.

Manifestement, Roper avait passé un accord avec lui, car dès qu'il avait terminé un verre, un autre apparaissait. Il n'y avait pas de temps mort.

— Comment avez-vous trouvé les émeraudes ?

— Pas mal. Mais je ne suis pas sûr que nous allons nous y intéresser. C'est un peu petit pour nous.

— Voilà le problème en Égypte, dit Owen. Il y a des tas de choses ici — des émeraudes, de l'or, du cuivre, du fer, du plomb, de la houille — mais le tout en petites quantités.

— Le gisement n'était pas petit à l'origine, mais il a été exploité.

— Oui. Pharaons, Grecs, Romains, Arabes, tous s'y sont mis. Il ne reste plus grand-chose aujourd'hui.

— Bien sûr, nous pouvons creuser plus profondément qu'eux.

— Vous croyez qu'il pourrait y en avoir davantage en sous-sol ?

— Pas des émeraudes.

Plumley revint, l'air lessivé.

— Allez-y mollo, mon gars, lui conseilla Roper. Nous devons nous lever tôt demain matin.

Plumley avisa la rangée de verres, mais s'abstint de tout commentaire.

— Ne vous en faites pas pour moi, reprit Roper. Je remplace seulement ce que j'ai perdu en transpiration.

— Où comptez-vous aller ? demanda Owen.

— Demain ? Dans la province de Minieh.

— Je croyais qu'il n'y avait que du sel là-bas ?

— Oh ! non, répliqua Plumley. Il y a bien plus que ça. Bien plus que ça.

— Ah bon ?

Roper consulta sa montre.

— Ça ne vient pas de sonner ? C'est le moment de regagner nos sièges, mon vieux.

Il s'éloigna à dessein. Owen comprit qu'on venait de lui clouer le bec. Il haussa les épaules. Après tout, cette histoire ne le regardait pas.

Les gens affluaient vers la sortie du foyer, et Owen les y rejoignit. Quelque chose lui traversa l'esprit.

— Si vous descendez dans la région de Minieh, surveillez bien vos chameaux. La route des voleurs passe dans le secteur, et les chameaux ont une certaine propension à disparaître, lança-t-il.

— Je n'y manquerai pas, lui retourna Roper. Mais à votre place, je ne m'inquiéterais pas. J'ai déjà été confronté à ce genre de choses. Ce sont les autres qui devront faire attention — s'ils ne veulent pas se retrouver avec un trou dans la tête.

Zeinab n'ouvrit pas la bouche tant qu'ils n'eurent pas regagné leur loge. Elle demanda alors :

— Tu l'as trouvée ?

— Qui ?

— Cette fille.

— Quelle fille ?

— Celle qui était avec toi, d'après ce type.

— Je ne la cherchais pas. De toute façon, ce n'est pas dans ce genre d'endroit que je pourrais la trouver.

— Pourquoi ?

— C'est une bohémienne.

— Ah ! alors comme ça, tu aimes les bohémiennes ?

— Pas spécialement. Écoute, qu'est-ce qui te prend ? J'ai rencontré cette fille une seule fois quand j'ai emmené Roper dans cette fichue boîte de nuit. Elle est venue à notre table.

— Qu'est-ce qu'elle faisait dans cette boîte, elle dansait ?

— Elle faisait les poches.

— Les poches ? répéta Zeinab en ayant l'air de ne pas en croire ses oreilles.

— Oui, et...

— Je sais ce qu'elle faisait là-bas, moi, et ce n'était certainement pas les poches.

Owen reçut le message de Georgiades peu avant midi et, pendant qu'il avançait, les échoppes fermaient déjà. Il avait choisi d'emprunter d'étroites ruelles pour y louvoyer si besoin était. Depuis son expérience dans la rue Masr el-Atika, il n'avait pas très envie de servir de cible à d'éventuels poursuivants.

Bien sûr, dans les souks bondés ou dans les venelles il serait facile de s'approcher de lui et de lui tirer dans le dos. Il s'y sentait toutefois moins en danger que dans les larges avenues des beaux quartiers.

Là, en effet, comme dans la sharia Masr el-Atika, on pouvait vous viser de loin. Il suffisait de se poster sous un porche. Au contraire, ici, avec la foule, il fallait s'approcher de sa cible, et Owen pensait qu'il aurait de meilleures chances de repérer des tireurs potentiels.

Devoir penser à ce genre de chose était fort désagréable. La promenade en était gâchée. En général, Owen adorait avoir un prétexte pour errer dans les ruelles de la vieille ville, pour y humer ses odeurs, jeter un œil sur ses curiosités, surprendre ses conversations. Mais, à présent, ce n'était plus pareil.

Et si ce n'était plus pareil pour lui, que devaient ressentir les autres gens ? Combien de temps pourrait-on encore prétendre que la situation était normale ?

Viendrait un moment où les faux-fuyants ne seraient plus possibles. Le moment où il serait obligé de mettre sa fierté dans sa poche et de faire appel à l'armée.

Il ne le souhaitait pas ; pas seulement parce qu'il n'avait pas envie de ravaler ses paroles, mais parce que, du moins il le voyait ainsi, ce n'était pas la bonne méthode. Si on faisait appel à l'armée, qu'on postait des soldats à chaque coin de rue, tout le monde en serait affecté. Tout le monde serait forcé de se rappeler que la Grande-Bretagne était bel et bien une puissance occupante. Ce serait remuer le couteau dans la plaie.

Faire intervenir l'armée était le plus sûr moyen de susciter une résistance massive. Les problèmes se généraliseraient, alors que, pour l'instant, heureusement, ils restaient limités.

D'ailleurs, est-ce que ça permettrait d'attraper ceux qu'on voulait vraiment arrêter ? L'armée se révélerait-elle plus douée que lui ? Owen ne le croyait pas. Les attentats continueraient sans aucun doute, voire se multiplieraient. L'armée frapperait aveuglément dans toutes les directions, et se mettrait à dos même ceux qui lui étaient pour l'instant peu hostiles. Les gens résisteraient ; ne faisant pas la différence avec de réels attentats terroristes, l'armée aurait la main lourde, et la situation empirerait.

Non, la seule solution était d'agir ponctuellement. Il fallait frapper ceux qu'on voulait atteindre, et prendre soin de ne pas s'aliéner l'ensemble de la population. L'instinct d'Owen lui conseillait de ne pas s'écarter de la normalité. Elle était son plus grand allié, car, malgré ce que racontaient les hommes politiques, la plupart des gens désiraient seulement vaquer à leurs occupations quotidiennes. Les vrais terroristes étaient très peu nombreux.

Tout cela était bien beau, mais pour l'instant la situation n'était vraiment pas normale, il avait peur de son ombre, et, loin d'avoir arrêté les responsables, il n'avait encore réussi à épingler personne.

Il aperçut Georgiades assis, ce qui ne le surprit guère, mais assis sur les décombres du café bombardé, ce qu'il n'avait pas prévu. À côté de lui se trouvaient plusieurs ouvriers qui avaient l'air d'avoir travaillé. Une partie des gravats étaient toutefois à l'ombre, invite à laquelle il était difficile de résister.

— Ah ! s'écria Georgiades comme s'il n'attendait que l'arrivée d'Owen pour se lancer dans l'action.

Il dévala le tas de décombres et sortit quelque chose d'un morceau de toile.

Même Owen comprit tout de suite de quoi il s'agissait : un bout de tuyau cabossé, esquinté par une énorme force.

— Quand on sait quoi chercher, c'est un peu plus facile, dit Georgiades.

Owen médita ces paroles.

— C'est le même que l'autre, dit-il.

Georgiades confirma.

— Oui. Quand j'ai vu l'autre, j'ai commencé à me poser des questions.

— Combien de temps avez-vous mis à le dénicher ?

— Deux jours.

— Y avait-il autre chose à côté ?

— Si c'était le cas, ça n'est pas resté en place. Depuis la déflagration, tout le tas a été déplacé.

Il hésita avant de proposer :

— Si vous y tenez, nous pourrions vérifier. Nous n'avons pas tout passé au crible.

— Est-ce la peine ? Nous ne retrouverions que du verre.

— Il en reste un peu à l'intérieur.

Georgiades le lui montra.

— Et il y en a aussi dans le corps d'une des victimes.

Il se rassit sur les gravats. Owen remit le tuyau dans la toile, puis s'installa à côté de Georgiades.

— Envoyez-le au laboratoire, dit-il. L'autre s'y trouve déjà. Ils pourront procéder à des analyses et établir si les acides sont les mêmes.

— En tout cas, le principe est le même.

— Oui. Et j'en suis un peu surpris. Je m'attendais à une bombe pourvue d'un détonateur.

— Parce qu'on l'avait déposée ?

— Apparemment. En tout cas, on ne l'a pas lancée. Du moins c'est ce que j'aurais affirmé avant de voir ça.

— On n'a pas pu la lancer. Le cafetier était sur le pas de sa porte.

— Ou alors la personne qui l'a lancée se trouvait à l'intérieur.

— Impossible. Elle n'aurait pas eu le temps de s'enfuir. Elle aurait été tuée elle aussi.

— Êtes-vous sûr qu'il n'y avait personne d'autre à l'intérieur ?

— Nous n'avons pas retrouvé d'autre corps.

— Que diriez-vous de ça : l'un des deux l'a lancée sur l'autre.

— On peut y opposer le même argument : ç'aurait été suicidaire.

— C'était peut-être ce qu'il cherchait.

Georgiades garda le silence pendant un petit moment. Puis il dit :

— Je préfère l'autre possibilité. On a déposé une bombe qui devait exploser plus tard.

— Moi aussi. Mais comment ont-ils procédé ? Ce dispositif réclame beaucoup d'habileté et un certain temps. Or, des clients sont arrivés et repartis toute la matinée.

— Bon, à condition d'être ingénieux, ils auraient pu la déposer la veille.

— Il leur aurait vraiment fallu être ingénieux. Sinon, ils n'auraient pas pu être sûrs qu'elle allait exploser au bon moment — et tuer ces pauvres diables.

— S'ils avaient prévu de toucher ces deux-là. Mais ils voulaient peut-être tout simplement qu'elle explose et se fichaient des malheureux qui sauteraient.

— Si ça s'est passé comme ça, ces gens-là sont assez odieux, estima Owen.

— De toute façon, ils savaient qu'ils toucheraient des étudiants.

— Oui. On en revient toujours à ça.

Pour l'instant, ils poursuivaient donc leur enquête parmi les étudiants. C'était la seule voie qu'ils pouvaient explorer.

L'affaire Fairclough était au point mort. Mohammed Bishari avait envoyé ses notes comme promis, mais, ainsi qu'il l'avait annoncé, elles ne contenaient pas grand-chose de solide. Owen ne le lui reprochait pas. Ses hommes n'avaient pas réussi non plus à exhumer le moindre fait tangible.

Il en allait de même avec l'affaire Jullians. Les agents de filature étaient restés plus d'une semaine à l'École de droit sans parvenir à repérer les deux hommes qu'ils avaient suivis. Utiliser de bons agents sur une aussi longue période coûtait cher, et Owen n'osait pas trop prolonger leur mission. Il avait retiré l'un des hommes et l'autre ne continuait qu'à mi-temps, en variant les horaires.

Georgiades continuait lui aussi à traîner autour de l'École de droit à ses moments perdus, pour entretenir l'illusion qu'il y appartenait d'une manière quelconque.

Owen prit soin de ne pas faire appel à lui pour les enquêtes de routine sur cette affaire. C'était dommage, car Georgiades était de loin le meilleur élément dont il disposait. Mais le Grec avait réussi à s'introduire parmi les étudiants, et il ne voulait pas risquer de compromettre ses efforts. Cet avantage pourrait se révéler payant par la suite. Comme avec l'agent de filature, Owen faisait là un investissement pour l'avenir.

Il n'avait pas vraiment espéré voir sortir quelque chose des enquêtes de routine, mais curieusement ce fut pourtant le cas.

En se renseignant sur le passé des deux étudiants tués dans l'explosion, les agents d'Owen tombèrent sur quelqu'un qui les connaissait un peu mieux que les autres. Ils l'amenèrent à Bab el-Kalk.

Owen descendit et sortit avec lui se promener sous les arbres de la place, plutôt que de lui parler dans son bureau, situation souvent intimidante pour les Arabes, et peut-être encore plus pour un étudiant.

Grand, celui-ci était inscrit en troisième année à

l'École d'ingénieurs. Il avait le visage marqué par la variole et, bien qu'il fût en ville depuis un certain temps, il souffrait encore de bilharziose, une affection endémique dans les districts ruraux.

— Oui, je connaissais Abou, dit-il. Il venait d'un village voisin du nôtre, à l'autre bout du domaine. C'est le pacha qui l'a envoyé à l'École, comme moi.

— Comment se fait-il que le choix du pacha se soit porté sur vous deux ? demanda Owen.

Le jeune homme haussa les épaules.

— Nous étions plus futés que les autres en classe, je suppose. Notre professeur a intercédé en notre faveur. Et puis le pacha avait une dette envers mon père. J'imagine que c'était la même chose pour Abou.

— Abou est venu dans la grande ville un an après vous, c'est bien ça ?

— Oui. Il m'a cherché à son arrivée, car mon père avait parlé à son père. Pendant les premières semaines, il a dormi par terre dans ma chambre. Mais ensuite il s'est trouvé une chambre et je ne l'ai plus beaucoup vu.

Owen demanda si c'était à cette époque qu'Abou s'était lié d'amitié avec Moussa, l'autre jeune homme tué dans l'explosion.

— Peu de temps après. Je le sais, parce que la première fois que je suis allé voir Abou dans sa chambre, il y était seul et estimait qu'elle lui coûtait cher. Il m'a dit qu'il devrait la quitter s'il ne trouvait pas quelqu'un pour la partager. Et quand je suis retourné le voir, il la partageait avec Moussa.

Owen se renseigna sur Moussa.

— Moussa ? Il ressemblait à Abou. Comme lui, il venait de la campagne, mais d'un endroit situé au nord de chez nous. C'était aussi son pacha qui l'avait envoyé, je crois. Mais il n'aimait pas son pacha et parlait rarement de lui. Abou et lui étaient comme des frères. Ils allaient aux cours ensemble, étudiaient ensemble, mangeaient ensemble, travaillaient et jouaient...

— Que faisaient-ils le soir ?

Le jeune homme s'arrêta brusquement.

— Ce qu'ils faisaient le soir ? Je n'en sais rien. Ils travaillaient, je suppose. Ils ne sortaient pas beaucoup. Ils n'avaient pas d'argent, bien entendu.

— Avaient-ils des amis ?

— Très peu.

— Que faisaient-ils dans le café d'Ali ? C'est loin de l'École d'ingénieurs.

— Je n'en sais rien. Ils voulaient peut-être travailler en paix, sans être dérangés par les autres élèves ingénieurs.

— Ils n'allaient pas là-bas pour y retrouver des amis.

— Ils avaient bien un ami à l'École de droit. C'était peut-être lui qu'ils allaient retrouver.

— Le connaissez-vous ?

— Hélas, non. Mais je me rappelle avoir entendu Abou parler de lui. C'était l'ami d'un ami. L'ami a dû parler de lui à Abou, car dès son arrivée en ville, Abou est allé le voir. Peut-être quelqu'un du village lui avait-il donné son nom, comme on lui avait donné le mien. Les jeunes de la campagne ont intérêt à se serrer les coudes.

— S'agissait-il d'un ami proche ? Abou le voyait-il souvent ?

— Il parlait de lui en termes chaleureux. Mais j'ignore s'il le voyait souvent.

— À votre avis, Abou connaissait-il son existence avant de venir en ville ?

— Oui.

— Il n'était pas de son village ?

— Je ne crois pas.

— Y a-t-il ici d'autres étudiants originaires de son village ?

— Non. Il y en a eu, mais pas récemment. Je crois que le dernier a déplu au pacha, qui n'a alors plus envoyé personne pendant un certain temps.

— Pour quelle raison a-t-il déplu au pacha ?

Le jeune homme haussa les épaules.

— Qui sait ? Il n'est rien de plus facile que de déplaire à un grand personnage.

Owen demanda comment était le pacha.

Le jeune homme haussa de nouveau les épaules.

— Comme tous les pachas. Ils sont puissants et notre sort est entre leurs mains.

— Que ferez-vous après avoir terminé vos études ? Retournerez-vous auprès de votre pacha ?

— Je préférerais travailler pour le khédive. Mais je ne crois pas être assez intelligent. Je retournerai sans doute là-bas. Hamada n'est pas un endroit désagréable, tout compte fait.

— Hamada ? répéta Nikos quand Owen lui raconta l'entretien.

Il regagna son bureau et se mit à fouiller dans ses fichiers.

Ali avait deux employés dans son établissement, Karim et Mustafa. Au moment de l'explosion, tous deux étaient sortis, Karim se trouvait à la mosquée et Mustafa achetait des provisions au souk pour son patron. Ces faits étaient établis, les agents d'Owen les ayant vérifiés.

Ils avaient également découvert que les deux hommes couchaient toutes les nuits à même le sol du café. C'était un avantage en nature qui s'ajoutait à leur salaire. Ils y avaient dormi la veille de l'attentat. La porte était verrouillée et ils étaient sûrs que personne n'aurait pu entrer par effraction sans les réveiller.

— Voilà qui règle la question du dépôt de la bombe pendant la nuit, dit Georgiades. Je n'y ai jamais vraiment cru.

L'attention se concentra sur la période comprise entre l'ouverture du café et le moment de l'explosion, en milieu de matinée. Peu à peu, les hommes d'Owen retrouvèrent tous les clients qui avaient fréquenté l'établissement durant cet intervalle. Tous sauf un étaient des étudiants.

Owen lui-même les questionna avec beaucoup de soin. Ils ne demandaient qu'à apporter leur aide. Savoir que des camarades avaient été tués avait choqué les étudiants dans leur ensemble. Mais Owen n'en fut pas plus avancé. Ils n'avaient pas remarqué le moindre fait suspect : aucun paquet bizarre n'avait été abandonné sur les lieux, personne n'avait tripoté d'engin ressemblant à une bombe, personne n'avait rien transporté ni n'avait eu de geste intempestif.

L'absence de preuve était même encore un peu plus attestée. Un quart d'heure environ avant l'explosion et dix minutes avant qu'Ali n'aille se planter sur le seuil, les deux derniers étudiants — à l'exception d'Abou et de Moussa, installés dans l'arrière-salle — avaient quitté le café. Auparavant, ils l'avaient passé au peigne fin, car ils cherchaient des livres que l'un d'eux avait perdus. C'était d'ailleurs pour cette raison qu'ils étaient partis après leurs camarades. Et ils n'avaient rien remarqué d'inhabituel.

Nikos revint dans le bureau d'Owen.

— Hamada, dit-il. Ça ne vous rappelle rien ?

— C'est l'endroit d'où venait l'un des étudiants. Abou. Et j'ai entendu ce nom dans un autre contexte. J'y suis ! Fairclough. C'est là qu'il était allé procéder à l'estimation du sel de contrebande. Il pensait que quelqu'un avait pu le voir là-bas et s'en être souvenu plus tard.

— Je ne suis pas au courant de cette histoire. Mais Hamada a été le théâtre d'un événement intéressant il y a deux ans. Il y a eu une explosion. Un jeune homme s'est fait sauter. Du moins c'est ce qu'on a cru. Ça s'est passé dans le désert, et on n'a pas retrouvé grand-chose. C'était un gamin du coin et les gens n'arrivaient pas à s'expliquer l'accident. Le substitut a effectué une enquête sans parvenir au moindre résultat. On a donc rédigé un rapport, puis classé l'affaire.

— Hamada ?

— Oui, Hamada.

— Bon, dit Owen. On n'avance pas ici, alors pourquoi ne pas aller à Hamada ?

7

Deux chemins conduisaient à Hamada, l'un par le fleuve, l'autre par le désert. Quand on l'approchait par voie d'eau, Hamada se révélait une clairière entourée de champs de canne à sucre. En Haute-Égypte, les cultures se limitaient aux rives du Nil. À quatre ou cinq kilomètres de l'eau, toute végétation disparaissait pour céder la place au sable. Quand on y arrivait par le désert, Hamada ressemblait à un court ruban vert perdu au milieu de milliers de kilomètres brun clair.

Owen remonta le Nil. Sa felouque rasait l'eau bleue avec grâce, et trois Bédouins qu'il destinait à la filature étaient assis, gênés, à côté de lui. Il n'avait pas emmené Georgiades. Le Grec était un citadin et, hors d'une ville, lui qui était si habile frisait l'incompétence. En outre, certaines tâches restaient à effectuer au Caire.

Il n'y avait pas de débarcadère, seulement un morceau de rive au sol nu, qu'Owen aurait pris pour une simple interruption dans les cultures s'il n'y avait eu un petit groupe de silhouettes postées au bord de l'eau.

Lorsque la felouque s'avança, deux d'entre elles attrapèrent la corde dans un jaillissement d'éclaboussures. Un homme d'équipage les rejoignit et le capitaine manœuvra le bateau à la pagaie pour le ranger le long de la rive.

L'un des hommes assemblés à terre portait un costume. C'était le mamour local, l'inspecteur de police. Il serra chaleureusement la main d'Owen, mais il paraissait anxieux. Ce n'était pas tous les jours — en fait, ça n'arrivait jamais — qu'il recevait la visite d'un membre de l'élite cairote. Et allez savoir quelles fautes ou quelles négligences pourraient être débusquées ?

Lorsqu'ils engagèrent la conversation, Owen eut toutefois l'impression qu'il n'était pas plus bête qu'un autre — du moins pour un mamour de campagne — et trouva rassurante la familiarité qui existait entre lui et les villageois. Dans les zones reculées, le mamour ne pouvait qu'être inféodé au pacha et, après avoir parlé avec l'étudiant, Owen avait craint de sentir l'influence de ce seigneur peser lourdement sur le village. Bien que l'utilisation du corbak, le fouet, ait été abolie par Cromer quelques années plus tôt, on s'en servait toujours à la campagne ; et c'était trop souvent le mamour qui le maniait.

Le mamour le conduisit au village. Il consistait en une unique rue irrégulière près de laquelle venaient se regrouper çà et là des maisons en briques crues, de plain-pied, au toit plat. Owen aperçut sur les toits des fagots de petit bois pour le feu, et parfois des tas d'oignons, de melons ou d'autres produits maraîchers.

Cela voulait dire que le village ne comptait pas parmi les plus désespérément pauvres. On avait ici de quoi manger, peut-être pas en abondance, mais suffisamment. Plusieurs maisons étaient surmontées de clapiers. On élevait ces lapins pour les consommer, un autre signe attestant qu'on se situait juste au-dessus de la simple subsistance.

Le mamour entraîna Owen vers une maison, tout au

bout. Ils n'y entrèrent pas. Le mamour alla chercher des sièges en rotin, et ils s'installèrent dehors, à l'ombre, car il y faisait plus frais.

Les trois agents de filature s'écroulèrent à l'ombre du mur et jetèrent un regard dédaigneux sur les villageois.

Peu après s'être assis, Owen se retrouva couvert de mouches. La chaleur stagnante des champs de canne favorisait leur prolifération. Le désert serait moins désagréable. Owen n'avait toutefois aucune intention de passer plus de temps que nécessaire dans les champs de canne ou dans le désert ; ni d'ailleurs au village.

— Parle-moi du garçon, dit-il.

— C'était un brave garçon, répondit le mamour.

Son regard s'arrêta sur un homme assis patiemment par terre avec quelques badauds, de l'autre côté de la rue.

— C'est son père, indiqua-t-il.

Derrière eux, un groupe de femmes se tenait à l'ombre d'une porte.

— Et voici sa mère.

— S'il était un brave garçon, comment en est-il arrivé à se faire sauter ?

Le mamour se gratta la tête.

L'épouse cria quelque chose à son mari. Celui-ci se leva à contrecœur.

— Ce n'était pas sa faute, effendi, dit-il.

— Comment ça ?

L'homme semblait embarrassé. Il fit mine de parler, puis ravala ses mots et fixa ses yeux sur le sol.

Sa femme lui fit de nouveau la leçon. Il releva la tête.

— C'était la faute de l'autre garçon, dit-il.

— Quel autre garçon ? demanda Owen, surpris.

Le mamour intervint :

— Celui qui était avec lui.

— Pourquoi est-ce qu'il n'est pas mentionné dans le rapport ?

— Il ne l'est pas ?

Le mamour parut inquiet.

— Non. Il n'y avait aucune allusion à un autre garçon.

— Le rapport devait en parler quelque part, risqua le mamour d'un air préoccupé.

— Je l'ai ici, dit Owen en tapotant la feuille de papier qui se trouvait sur son genou. Il n'y est nullement question d'un autre garçon.

Le mamour sembla complètement démonté. Il haussa les épaules avec stupéfaction et leva les bras pour prendre le ciel à témoin.

Owen soupira. Les rapports émanant de province n'avaient en général aucune utilité. Rédigés par des gens qui avaient des difficultés à écrire, ils consistaient la plupart du temps en quelques gribouillis truffés de fautes, et contenaient un florilège de lieux communs. Les faits essentiels y étaient néanmoins consignés.

Il baissa les yeux sur la feuille de papier maculée de sueur par les efforts initiaux du mamour, et froissée pour avoir été transportée dans sa propre poche.

— Il est écrit là-dessus qu'un après-midi, pendant que le village faisait encore la sieste, on a entendu un bruit aussi fort que le tonnerre.

Les spectateurs accroupis en demi-cercle hochèrent vigoureusement la tête.

— C'est la vérité, effendi.

— Ça m'a tiré de mon sommeil.

— Moi aussi. Je suis sorti et voilà que cent oiseaux tournoyaient dans le ciel.

— Ils étaient de l'autre côté des champs. Je m'en souviens.

— Nous nous demandions ce qui se passait. Alors nous avons réveillé le mamour.

— J'avais moi aussi entendu le bruit, mais je pensais qu'il s'agissait d'un miracle naturel, répliqua le mamour, sur la défensive.

— Non, tu croyais que c'étaient des brigands dans la canne à sucre, lui opposa aigrement un villageois.

— Et alors, vous n'avez rien fait ?

— Pas tout de suite, effendi. Mais après on l'a obligé à venir avec nous. Nous sommes allés au bout des champs, là où les oiseaux tournoyaient. Et nous avons trouvé Hamid allongé.

— Hamid ?

— Mon fils, dit l'homme.

— Nous nous sommes approchés, mais il était déjà mort.

— Comme l'autre garçon.

— Le corps de l'autre garçon était plus abîmé, précisa un vieillard. Alors je crois que c'est lui qui le portait.

Owen considéra cet élément nouveau.

— Qu'est-ce qu'il portait ? demanda-t-il.

Les villageois gardèrent le silence.

— Nous ne savons pas, dit l'un d'eux.

— Qu'est-ce que vous avez vu ?

— Un morceau de fer.

— Et aussi d'autres morceaux.

— Qu'est-ce qu'ils sont devenus ?

— On les a laissés sur place.

— Tu ne les as pas rapportés ? questionna Owen en regardant le mamour, qui était censé collecter les pièces à conviction.

— Ils étaient encore brûlants.

— Tu n'es pas retourné les chercher par la suite ?

Le mamour haussa les épaules.

— Bon, dit Owen. Ils sont peut-être encore là-bas. Dans ce cas, nous les retrouverons. Continuons. Vous avez donc vu les corps et vous avez vu le fer. Et alors, qu'est-ce que vous avez fait ?

— Nous avons transporté Hamid au village.

— Et l'autre garçon ?

— Nous l'avons laissé là-bas. Son corps était trop abîmé.

— Ce garçon avait lui aussi une famille, dit Owen d'un ton de reproche.

— Il n'était pas de notre village.

— Venait-il d'un village voisin ?

— Non. Il venait de la ville. Quand Hamid est rentré à la maison — pendant les vacances d'été, toutes les grandes écoles ferment —, ce garçon l'accompagnait.

— Lui aussi, il étudiait à la grande école ?

Les villageois restèrent muets.

— Je ne crois pas, dit la femme postée de l'autre côté de la rue.

Son mari lui fit docilement écho.

— Je ne crois pas.

— Est-ce que Hamid t'a parlé de lui ?

Owen avait posé la question au mari, mais en fait c'était à la femme qu'il s'adressait. Ce fut elle qui répondit.

— Il a seulement dit qu'il était son ami. Pour nous, c'était suffisant.

— Alors vous l'avez accepté chez vous ?

— Nous l'avons accepté chez nous, confirma l'homme.

Owen réfléchit un instant.

— Il n'a pas parlé de sa famille ?

L'homme regarda sa femme.

— Non, répondit celle-ci.

Son mari secoua la tête.

— Non, répéta-t-il.

— Il n'a pas dit non plus d'où il venait ?

— Non. Dans la maison, il ne parlait pas beaucoup.

— Et dehors ?

— Hamid et lui parlaient tout le temps. Mais seulement tous les deux, pas avec les autres.

— Les jeunes sont comme ça, remarqua Owen.

— Je voudrais que le garçon ne soit jamais venu, reprit l'épouse en élevant la voix. Le jour où il est arrivé à Hamada a été pour nous un jour fatal. S'il n'était pas venu, mon fils serait toujours vivant.

— Tu disais qu'il était fautif ?

— Et c'est la vérité. Mon fils était un garçon tranquille, un bon garçon. Tout le village le sait. Qu'est-ce qui lui est arrivé quand il est allé dans la grande ville ? Parce que, lorsqu'il est revenu, il avait changé.

— Changé... en quel sens ?

La femme hésita.

— Il n'était plus le même. Il était... amer.

— Contre le pacha ?

La femme se voila le visage avec sa burka.

— Oui, à notre grande honte.

— Et l'autre garçon ?

— Pareil.

— Abordaient-ils ce sujet quand ils parlaient tous les deux ?

— Je crois. Je ne les entendais pas. Sauf une fois où ils étaient près de la maison. Je les ai grondés, et après, ils sont partis dans les champs. Ils allaient toujours dans les champs.

Sa voix se brisa. Les autres femmes assemblées sur le pas de la porte marmonnèrent entre elles. L'une commença à pousser des lamentations tout bas. Owen savait qu'il allait devoir s'arrêter.

— Dans les champs, les hommes ont vu du fer, reprit-il. Est-ce que les garçons avaient du fer avec eux dans la maison ?

— Non, répondit l'épouse. Sinon je l'aurais vu et je ne l'aurais pas permis.

— Alors comment...

— Les brigands, affirma le mamour. Ça devait être les brigands.

Toutes les femmes entonnèrent alors des youyous.

La canne à sucre se terminait brusquement et cédait la place d'abord à une courte zone d'arbustes épineux, puis au sable. Près des champs le sable était rouge et granuleux, mais presque tout de suite, à vingt mètres à peine, il devenait fin et argenté. Il se glissait dans les chaussures d'Owen. Même les villageois le trouvaient trop brûlant pour marcher pieds nus.

Le mamour les conduisit à la lisière du sable, puis s'immobilisa.

— Ce n'était pas quelque part par là ? demanda-t-il.

— Sûrement pas ! lui opposa un villageois. Nous sommes venus par l'autre côté.

— Ah bon ? C'est que ça fait longtemps.

— Montrez-moi, dit Owen.

La petite procession tourna à droite et rebroussa chemin en longeant les cannes à sucre. Au bout d'un moment un autre sentier apparut qui se perdait dans le désert.

— Nous sommes venus par là.

— Donc ça s'est passé à cet endroit ?

— Je crois.

La voix du villageois ne semblait plus aussi assurée.

Owen scruta le sable. Le désert s'étirait jusqu'à l'horizon, vide et sans relief à l'exception, çà et là, d'un épineux rabougri.

Les traqueurs d'Owen étaient déjà à l'œuvre. Ils avançaient de front, à quelques mètres de distance, les yeux rivés au sol devant eux. Mentalement, ils avaient délimité une bande de désert qui s'étendait d'un sentier à l'autre, et un peu au-delà.

Du champ, les villageois les observaient.

La nuit tombait tôt dans cette partie de l'Égypte. Les

agents travaillèrent jusqu'au crépuscule et rejoignirent alors Owen.

— Bon, d'accord, leur dit-il d'un air résigné.

Ils seraient obligés de recommencer le lendemain. Il maudit tout bas le mamour.

Ses hommes vinrent le chercher avant même le lever du soleil et ils traversèrent ensemble les champs de canne à sucre. Le soleil commençait tout juste à rougir le désert lorsque les traqueurs se mirent au travail.

Se trouver là à cette heure matinale n'était pas seulement agréable, c'était magnifique. Owen sentit un pincement de nostalgie en repensant aux premiers mois qu'il avait passés en Égypte. On l'avait envoyé à Alexandrie pour que Garvin lui apprenne les ficelles du métier, et il participait à des patrouilles dans le désert.

Ce ne fut qu'un pincement fugitif, car Owen n'était pas vraiment amoureux du désert, au contraire de certains hauts fonctionnaires, qui adoraient y passer tout leur temps. Ce drôle de petit Plumley comptait peut-être parmi eux. En cela ils suivaient la tradition des grands arabisants anglais, qui se sentaient mieux parmi les simples Bédouins qu'avec les habitants des villes, plus sophistiqués.

Pour sa part, Owen était un parfait citadin. Gallois sociable, il aimait parler aux gens, et trouvait plaisir à l'animation, à la variété, à la complexité d'une grande ville. Il préférait la vie des terrasses de café à celle des feux de camp.

Pourtant, il adorait l'aube en Égypte, sa fraîcheur, son calme, ses couleurs magnifiques, stupéfiantes. Et, ce matin, tout en longeant les cannes à sucre et en observant les moineaux qui voletaient alentour, il avait le sentiment qu'il pourrait presque se satisfaire d'un poste confortable en province.

Cette disposition d'esprit accommodante céda

cependant avec le lever du soleil. Dès le milieu de la matinée, la température devint étouffante. Malgré ses chaussures il sentait la brûlure du sable. Il rasait les cannes pour avoir de l'ombre, mais ne pouvait échapper à la chaleur retenue dans cette végétation dense. La sueur ruisselait sur son visage et trempait sa chemise. Les oiseaux cessèrent de chanter.

Apparemment indifférents à la chaleur, insensibles aux oiseaux, ses hommes allaient et venaient. Mais, quand le soleil arriva juste au-dessus de leur tête, ils se réfugièrent à l'ombre.

Le mamour et quelques vieux villageois s'y étaient déjà retirés. Les hommes en âge de travailler s'affairaient dans les champs. Owen s'approcha des vieillards, engagea la conversation avec chacun en particulier, et vérifia le récit de l'explosion entendu la veille.

Il se renseigna sur Hamid et sentit que, après le quasi rituel « c'était un brave garçon », quelques réserves affleuraient. Elles tenaient au changement de comportement du jeune Hamid quand il était revenu passer l'été au village après sa première année d'étude à l'École d'ingénieurs.

Rien de très explicite ne fut dit, mais Hamid avait visiblement embrassé quelques idées radicales circulant parmi les étudiants, et ce qu'il en avait laissé échapper avait suffi à déconcerter les villageois traditionalistes. Peut-être s'en était-il d'ailleurs aperçu, car au bout d'un moment il avait cessé d'en parler et pris l'habitude d'aller faire de longues promenades avec Salah, l'autre garçon, en longeant les cannes à sucre en direction du désert.

Les villageois furent encore moins diserts sur cet autre garçon. Owen sentit de nouveau leurs réserves. « Il n'était pas de notre village », ils n'en disaient pas plus, mais Owen décelait dans l'expression de cette différence une condamnation et un rejet. « C'était la faute de l'autre garçon », avaient affirmé les parents de Hamid. À tort ou à raison, on l'estimait responsable.

Après la pause de midi, les hommes reprirent leur traque. Owen descendit au village et trouva quelqu'un qui voulait bien l'emmener en bateau au hameau voisin, à environ trois kilomètres en amont. Situé sur le même domaine, il faisait partie de Hamada ; et c'était de là que venait le dernier garçon qu'on avait envoyé faire ses études dans la grande ville : Abou, l'un des jeunes tués dans le café.

Ses parents étaient encore sous le choc. Ce garçon avait grandi avec eux pendant des années. Puis il était allé dans la grande ville et y était mort. C'était loin, c'était incroyable.

Loin, incroyable, voilà tout ce qu'ils pouvaient exprimer. Ils n'avaient pas revu leur fils depuis son départ pour la capitale. Abou n'avait pas écrit — il savait écrire, mais ses parents ne savaient pas lire. D'autres gens auraient pu leur lire la lettre, n'empêche qu'il n'avait pas écrit. De toute façon, expédier une lettre coûtait cher. Ils n'avaient pas eu de ses nouvelles. Avant d'apprendre l'événement.

Les autres villageois confirmèrent ces quelques faits. Abou, garçon travailleur, ne s'intéressait pas à la politique, ni à grand-chose d'ailleurs, et, quand le pacha l'avait choisi pour l'envoyer en ville, il fut aussi sidéré que ses parents l'étaient à présent par sa mort.

Owen posa la question pour laquelle il était venu. Abou connaissait-il Hamid ? Les villageois ne s'en souvenaient pas. Il l'avait peut-être rencontré, mais leur différence d'âge — Abou devait avoir trois ans de moins que Hamid — comptait beaucoup à ce moment de leur existence, et, même s'ils se connaissaient, ils ne pouvaient pas être très proches.

En outre, lorsqu'on effectuait le trajet à pied en pleine chaleur, la distance qui les séparait était considérable. Pour les cavaliers qui montaient un cheval ou un chameau, pour le pacha et ses hommes, les deux hameaux étaient voisins, presque indifférenciés, puisqu'ils faisaient partie du même domaine. Pour les fellahs qui travaillaient dans les champs et passaient toute leur vie sans s'éloigner de chez eux, un autre village était un autre pays.

Abou avait toutefois dû être informé de l'explosion ; peut-être même l'avait-il entendue.

Owen s'attarda jusqu'au retour des paysans. Il voulait s'entretenir avec ceux qui avaient connu Abou et faisaient partie de ses amis. Il leur posa la même question.

D'après eux, il était possible que les deux garçons se soient au moins parlé. Mais, bien sûr, il y avait cette différence d'âge. De quoi auraient-ils discuté ? À cette époque, c'est-à-dire plus de deux ans auparavant, Hamid s'était distingué car il avait été choisi par le pacha pour aller dans la grande ville. Encore petit, Abou ignorait qu'il prendrait le même chemin, ne comprenait sans doute pas en quoi résidait cette distinction et savait seulement que Hamid était un jeune homme remarquable et comblé.

Et Salah, l'autre garçon ? Ils ne se souvenaient pas de lui. Peut-être était-il venu avec Hamid au village, au cours d'une de leurs longues promenades. Comment savoir ?

À qui auraient-ils pu se confier ? leur demanda Owen. Y avait-il des jeunes de l'âge de Hamid ? Auraient-ils pu s'adresser au maître d'école ? Peut-être, mais ce dernier n'en avait gardé aucun souvenir. Quant aux autres garçons, eh bien, ils croyaient se rappeler Hamid, mais vraiment pas ses propos, qui n'avaient rien de singulier.

Avait-il été question de politique ? Les jeunes gens baissèrent les yeux et dansèrent d'un pied sur l'autre.

Bon, il s'agissait donc de politique. Mais Hamid n'avait abordé ce sujet qu'en passant. Et avec le temps ils ne savaient plus s'il avait mentionné des noms.

Owen fut obligé de regagner le bateau. Les bateliers n'aimaient pas naviguer une fois la nuit tombée. De toute façon, il avait l'impression qu'il ne pourrait rien apprendre de plus.

La récolte était maigre. Sa visite à Hamada ne lui avait pas apporté beaucoup d'éléments nouveaux. À la chaleur intense, suffocante de ces vastes champs monotones de canne à sucre, bordés par l'immense désert qui se perdait dans le vide, la précision s'étiolait. Au lieu d'un garçon tué dans une explosion, il y en avait eu deux. L'endroit où elle s'était produite, évident au Caire, était ici incertain. Les preuves risquaient fort d'être enfouies dans le sable.

Combien de temps Owen pouvait-il s'accorder ici ? Il lui faudrait bientôt rentrer. Peut-être était-il arrivé quelque chose au Caire.

Et combien de temps pouvait-il laisser ses hommes à Hamada ? Ils coûtaient cher et avaient d'autres tâches à exécuter ailleurs. Ils ne pouvaient pas continuer à passer en vain ce désert au peigne fin.

Il avait cru que deux jours lui suffiraient pour venir sur place, déterminer le lieu de l'explosion et procéder à son enquête. Déjà, il était convaincu que ce n'était pas assez.

Quels résultats escomptait-il ? Il espérait que l'examen des fragments de métal pourrait établir si la bombe était du même type que celle qui avait été lancée sur Nouri Pacha et celle qui avait été placée dans le café. Si oui, en quoi serait-il plus avancé ?

À partir de quelques ossements, il espérait découvrir... quoi donc ?

Tout cela en valait-il la peine ?

Et pourtant, et pourtant... des points communs se précisaient. Chaque affaire faisait intervenir un étudiant — deux étudiants, en réalité — et une bombe. Si la bombe était de même facture, il ne pourrait s'agir d'une coïncidence. En outre, Hamada reliait les deux cas. Non, il ne partirait pas tout de suite.

Lorsqu'il descendit du bateau, le mamour l'attendait.

— Tu dois vite venir, lui dit-il, l'air agité. Le pacha veut te voir.

Sur la rive, un homme patientait avec deux chevaux. Il en amena un jusqu'à Owen.

— Le pacha te souhaite la bienvenue. Sa maison, comme tout ce qu'il possède, est à toi. Il s'apprête à te recevoir.

La maison se trouvait à environ cinq kilomètres. Le chemin qui y conduisait traversait les champs de canne et il faisait presque nuit lorsqu'ils y arrivèrent. Ils franchirent une grille ménagée dans un haut mur en briques crues et mirent pied à terre dans une cour fermée.

Des serviteurs munis de lampes escortèrent Owen dans une longue pièce meublée de divans. Un homme était allongé sur l'un d'eux.

— Mais c'est vous, capitaine Owen ! s'exclama une voix étonnée. Qu'est-ce qui vous amène dans ces contrées ô combien inhospitalières ?

C'était Ali Osman Pacha.

— J'ai suivi votre conseil et je me suis retiré sur mes terres, dit Ali Osman.

— Ce sont vos terres ?

Ali Osman jeta un regard autour de lui avec une expression dégoûtée.

— Oui, malheureusement.

La pièce était légèrement plus vaste que celle de la maison qu'il possédait au Caire. À cause de la chaleur il y avait moins de tapis sur les murs, mais le sol était tout aussi artistiquement carrelé, et plus loin, dans l'obscurité, une fontaine bruissait. Au milieu des coussins en soie et en cuir, des coffrets en argent renvoyaient la lumière des lampes que tenaient les serviteurs.

— C'est tellement affreux ici, reprit Ali Osman d'une voix plaintive. Les gens sont des barbares, il n'y a rien à faire, personne à qui parler.

Il jeta un regard plein d'espoir à Owen.

— Et vous, que faites-vous ici, mon ami ? Vous n'êtes sûrement pas venu pour des raisons de sécurité ?

Owen décida de ne lui révéler que la moitié de la vérité.

— Je travaille sur une affaire.

— Une affaire ? Ici ? Hélas, mon ami, vous devez être tombé en disgrâce. Comme moi, ajouta-t-il d'un air sombre.

— L'affaire concerne quelqu'un de votre domaine. Un jeune homme.

— Un jeune homme ? répéta Ali Osman avec animation. Comme c'est intéressant !

— Un étudiant, Hamid, qui s'est tué avec une bombe il y a deux ans.

— Voilà qui est beaucoup moins intéressant. Pas intéressant du tout, en fait.

— Vous vous souvenez de ce garçon ?

— À peine. Vaut-il la peine qu'on se souvienne de lui ?

— C'est vous qui avez payé ses études.

— C'était une grande erreur, manifestement.

— Qu'est-ce qui vous a amené à le sélectionner ?

— L'ai-je sélectionné ?

— Quelqu'un a bien dû le faire.

— L'un de mes serviteurs, sans doute.

— Vous n'êtes pas intervenu personnellement ?

— Je l'ai sûrement vu, concéda Ali Osman en fronçant les sourcils pour mieux se concentrer. Avait-il de grandes oreilles ?

— Vous l'avez fait inscrire à l'École d'ingénieurs.

— Où, apparemment, il n'a appris qu'une chose : fabriquer une bombe.

— Pourquoi l'avez-vous envoyé étudier à l'École d'ingénieurs ?

— Je les envoie tous là-bas. Dans l'espoir qu'ils apprennent quelque chose d'utile. D'utile pour moi, bien entendu, pas pour eux.

— Le faites-vous tous les ans ?

— Après ce malheureux incident, une interruption m'a semblé judicieuse, répondit sèchement Ali Osman.

— Un incident étrange, d'autant plus étrange qu'il s'est passé à Hamada. Au Caire, il ne sortirait pas de l'ordinaire. Mais à Hamada !

— Ce qui prouve que même sur ses terres on ne peut plus être en sécurité. J'aurais dû m'en souvenir quand vous m'avez suggéré de venir ici.

— La bombe ne vous était certainement pas destinée.

— Ah bon ? Qui d'autre pourrait-on se donner la peine de bombarder à Hamada ?

— Étiez-vous ici à l'époque des faits ?

— Non.

— Alors, vous voyez bien...

— Ils se préparaient pour mon prochain séjour.

— Ils savaient donc que vous viendriez.

— Que je viendrais un jour ou l'autre. Peut-être dans plusieurs années — je me rends aussi peu souvent que possible à Hamada —, mais ils seraient prêts. Vous ne connaissez pas ces gens. Ils sont terribles, arriérés. Ils enfouissent des choses dans leur cœur. Pendant des années. Et un jour... boum !

Il écarta les bras.

— Ils n'auraient sûrement pas fabriqué une bombe uniquement pour le cas où...

— L'éducation, voilà la racine du mal. Essayer d'instruire ces gens est une énorme erreur. Ça ne sert qu'à leur farcir la tête de pures inepties. Ou pire encore. Ensuite, ils reviennent dans des endroits tels que Hamada, où il n'y a pas de travail pour eux, si bien qu'ils ont le temps de penser aux choses terribles dont ils ont entendu parler. Et, s'ils ont des dispositions en ce sens, ils se mettent à fabriquer des bombes.

— Invariablement ?

— Selon mon expérience. Oui, l'éducation est la racine du mal. Il faut cesser d'instruire.

— Vous ne voulez sûrement...

— C'est pourquoi j'ai renoncé. À faire étudier ces garçons du domaine. C'est peine perdue. Ça ne réussit qu'à les gâter.

— En fait, vous n'avez pas renoncé. Vous avez seulement marqué une pause pendant un ou deux ans.

— Vraiment ? Ne me dites pas que j'ai envoyé un autre garçon à l'École d'ingénieurs ?

— Si. Il...

— Il faut le ramener. Je vais le faire ramener immédiatement.

— Trop tard. Il est mort.

— C'est vrai ?

— Une bombe a explosé dans un café d'étudiants. Il compte parmi les victimes.

— Encore un ! C'est terrifiant !

— Dans son cas, c'est un peu différent. Il n'était qu'une victime.

— N'empêche que nous ne pouvons pas permettre ce genre de choses. Je ne veux pas que mes gens soient mêlés à des histoires de bombes. Ça leur donne de mauvaises idées.

Owen lui relata les circonstances de l'explosion. Mais Ali Osman commençait déjà à s'ennuyer un peu. Il frappa dans ses mains, et des serviteurs apportèrent le dîner : potage, curry de volaille, cailles, poisson farci au crabe, mouton et salade, bœuf et aubergines, asperges, macaroni, raisin, figues, poires, camembert et café.

Le désert était moins vide qu'il le semblait à première vue. De temps en temps, ses agents lui montraient des objets : carcasse d'un oiseau ou d'un chien, dont la cage thoracique pointait à travers le sable ; jarre brisée, restes d'un panier en osier, sangle de selle attaquée par les fourmis. Ils ne trouvèrent toutefois ni ossements humains ni métal.

Owen resta avec ses hommes deux jours de plus, puis retourna au Caire. Il ne pouvait vraiment pas s'absenter plus longtemps à un tel moment.

Il faillit aussi rappeler ses agents, puis décida de leur accorder une semaine supplémentaire. Après quoi, il offrirait aux petits garçons du village une récompense s'ils dénichaient des restes humains et le lui signalaient. Owen se fiait énormément aux petits garçons.

Toutefois, il n'était pas totalement candide et savait que, si une récompense était offerte, il se trouverait toujours quelqu'un pour la réclamer. Des os plus ou moins ressemblants surgiraient soudain au bon endroit. Il faudrait disposer sur place d'une personne capable d'évaluer les trouvailles.

Il ne pourrait s'agir du mamour, sûrement corrompu et sans aucun doute incompétent. Ni d'un villageois, car il aurait intérêt à authentifier les restes en échange d'une partie de la récompense.

Le moment venu, Owen devrait s'adresser à l'entourage d'Ali Osman. Néanmoins, les villageois, et surtout les petits garçons, ne se présenteraient pas volontiers là-bas ; une autre solution serait donc préférable.

Pour l'instant, cette décision pouvait attendre. Les traqueurs continueraient à chercher et la rendraient peut-être inutile.

Owen regagna Le Caire et fut soulagé d'apprendre que rien de fâcheux ne s'était produit en son absence. Il avait redouté de nouveaux actes de violence. L'enquête n'avait pas progressé non plus, mais, comme le fit remarquer Nikos d'un ton acerbe, il ne fallait pas en conclure pour autant qu'on n'avait pas travaillé dur.

En fait, dans les affaires de terrorisme, on disposait en général des seules circonstances. Il était vain de procéder à des recherches, par exemple d'examiner le passé des victimes, dans la mesure où la motivation n'avait rien de personnel.

Cette fois les circonstances fournissaient fort peu d'éléments. Pendant l'absence d'Owen, le laboratoire avait procédé à l'analyse complète des balles retrouvées, et établi qu'elles venaient de deux pistolets qui n'avaient jamais servi lors d'attaques terroristes antérieures. On n'avait rien découvert de particulier dans les acides picrique et nitrique des deux bombes, ni d'ailleurs dans les deux bombes elles-mêmes.

Aucun nouveau témoin oculaire n'avait été retrouvé ni aucun détail supplémentaire communiqué au cours des auditions de témoins déjà connus.

— Il nous faudra patienter jusqu'à l'apparition de nouvelles données, dit Nikos.

— Vous voulez dire jusqu'à la prochaine tuerie ?

— Exactement.

Owen avait du mal à considérer la situation avec autant de détachement. Il demanda à Nikos d'analyser les rapports de filatures en espérant que, une fois qu'ils auraient fait le tri entre les pistes plausibles et les pistes invraisemblables, ils seraient peut-être en mesure de deviner où les terroristes risquaient de frapper. Les résultats ne s'avérèrent pas très fructueux en raison de la nature extrêmement subjective des rapports. Ces dispositions permirent toutefois à Owen de soulager un peu sa conscience.

Il demanda aussi à Georgiades de se renseigner sur les garçons tués dans l'explosion de Hamada. Ce ne fut pas difficile pour Hamid, mais pour Salah, vu le temps écoulé, peu de faits purent être établis.

Il n'avait pas été inscrit à l'École d'ingénieurs, et n'avait pas non plus partagé une chambre avec Hamid. Une ou deux personnes croyaient se rappeler qu'elles l'avaient vu ; mais c'était tout.

Quant à Hamid, les détails glanés ressemblaient à ceux qui avaient été obtenus sur Abou, le jeune homme de Hamada tué dans l'explosion du café. Garçon tranquille, il ne s'était distingué en rien, et certainement pas dans ses études. Comme Abou, il paraissait tout d'abord s'être senti perdu dans la grande ville, qui le terrifiait et le déroutait. Mais c'était le cas pour d'innombrables jeunes ruraux envoyés dans les écoles supérieures par leur pacha.

Il y avait toutefois une différence entre Hamid et Abou. Hamid s'était sans aucun doute intéressé à la politique. Un rapport signalait qu'il avait participé à une manifestation d'étudiants devant le palais Abdin. Nikos vérifia et confirma qu'il y avait bien eu une manifestation à l'époque mentionnée.

Muni de cette information, Georgiades commença à se renseigner discrètement parmi les étudiants plus âgés, mais en vain.

Au bout d'une semaine, Owen rappela ses traqueurs. Les ossements du deuxième garçon et les fragments de la bombe semblaient enfouis à jamais dans les sables mouvants du désert.

Hamada continuait cependant à le tracasser. Il éprouvait une insatisfaction diffuse, avec le sentiment que quelque chose d'important restait à découvrir là-bas. Mais il n'avait pas réussi à mettre le doigt dessus. Il faudrait donc qu'il y retourne.

L'occasion se présenta dix jours après son retour.

Ali Osman Pacha lui adressa un message urgent : « Ils m'ont suivi jusqu'ici. Venez tout de suite. »

8

— Ils m'attendaient, dit Ali Osman. Je les ai vus.

— À quel endroit ?

— À Nag Balyana. Ça se trouve sur l'autre rive, expliqua Ali Osman.

— Dans les champs de canne à sucre ?

— Non, non. Plus loin. Dans les collines. J'ai contourné des rochers, et ils étaient là.

— Combien étaient-ils ?

— Deux.

Ali Osman considéra Owen d'un air posé et ajouta :

— Comme d'habitude.

— On vous avait déjà suivi ?

— Au Caire. Pas ici. Jusqu'à maintenant.

— Mais vous suivaient-ils vraiment ? Pardonnez-moi, mais vous dites que vous êtes tombé sur eux.

— La filature était terminée. Ils attendaient.

— Je suppose qu'ils étaient armés ?

— J'ai vu leurs fusils.

— Et ils attendaient ?

— Oui. Ils m'attendaient.

Owen hésita.

— Excusez-moi, pacha, mais je suis bien obligé de vous poser ce genre de questions. Comment savez-vous qu'ils vous attendaient ? N'aurait-il pas pu s'agir d'un groupe de villageois...

Ali Osman l'interrompit.

— Les fellahs ne sont pas armés. Et ils ne vont pas dans le désert.

— Des chameliers ?

— Les chameliers ne portent pas des vêtements de ville. Et, avant que vous me posiez la question, les brigands non plus. En tout cas pas à Hamada.

— Des vêtements de ville, dit Owen. Voilà qui change tout.

— Pour moi, ça changeait effectivement tout. J'ai fait faire demi-tour à mon cheval et je suis parti au galop.

— Vous étiez à cheval ? s'écria Owen sans parvenir à réprimer sa surprise.

— Comment voulez-vous que j'aille à Nag Balyana ? lui rétorqua Ali Osman d'un ton plutôt aigre.

— Pardonnez-moi, pacha. Je ne vous voyais pas en homme du désert.

— Nous avons tous nos racines quelque part, affirma Ali Osman avec dignité.

— Bien entendu. Je n'étais pas sûr que, eh bien, que vous vous étiez complètement remis de vos contusions.

— De mon passage à tabac. J'ai été passé à tabac par une bande de malfaiteurs.

— Je suis heureux de vous voir aussi bien rétabli. Puis-je vous demander ce qui vous amenait à Nag Balyana ?

— La chasse. Oui, la chasse. Je chassais le lièvre.

Sentant que cette raison paraissait invraisemblable, Ali Osman rectifia le tir.

— Et le devoir. Je combinais plaisir et devoir. Je me rends bien peu souvent dans cette partie de mon domaine. À juste titre. Il n'y a rien là-bas, *mon cher**, absolument rien. N'empêche qu'un pacha doit se montrer occasionnellement. Très occasionnellement, dit Ali Osman en insistant sur le « très ».

— Il s'agissait donc d'une sorte de tournée royale ?

— Exactement, répondit Ali Osman, ravi à cette idée. Après tout, je suis un roi pour eux, ajouta-t-il d'un air modeste.

— Et pendant que vous... vous montriez, en quelque sorte, vous êtes tombé sur ces hommes ?

— Plus tard. J'étais incapable de rester trop longtemps, vous comprenez. Cette chaleur !

En y repensant, Ali Osman s'éventa et poursuivit :

— Dans les champs, c'était terrible. Au bout d'un moment je n'en pouvais plus. Alors je suis allé chasser.

— Vous étiez accompagné, j'espère ?

— Naturellement, j'avais quelques serviteurs avec moi. Ma suite, ajouta-t-il en savourant encore cette image royale.

— Ils étaient avec vous quand vous êtes tombé sur ces hommes ?

— Bien sûr. Mais ils ne sont pas restés longtemps. Ils ont quitté les lieux encore plus vite que moi.

— Pourriez-vous me montrer cet endroit ?

— Ils s'en chargeront. Je ne vois aucune raison de retourner en personne dans ce lieu abhorré.

Il frappa dans ses mains et donna des instructions à un serviteur.

— Ils vous attendront dehors. Ça ne leur fera pas de mal de retourner à un endroit qu'ils ont quitté avec autant de lâcheté.

Toutefois, quand Owen les questionna en chemin, les serviteurs ne furent nullement intimidés.

— C'étaient des hommes dangereux, dirent-ils en secouant vigoureusement la tête. Des hommes très dangereux.

— Comment le savez-vous ?

— On l'a vu tout de suite.

— Ils n'étaient pas d'ici.

— Ils étaient habillés comme des étrangers, précisa un homme plus âgé.

— Il ne pouvait donc pas s'agir de brigands ?

— Oh ! non ! s'écrièrent les hommes d'un ton catégorique. Les brigands, on les connaît. Ils sont nos amis.

— Je vois.

— D'ailleurs, les brigands restent dans les champs de canne.

Owen aperçut soudain le fleuve devant eux. À cet endroit, il était large d'environ huit cents mètres, et, bleu, il luisait au soleil.

Ils amenèrent les chevaux au bord de l'eau et attendirent un bateau. Quelques hommes mirent pied à terre et se mouillèrent la tête. Les autres restèrent en selle et apprécièrent la brise fraîche de la rive.

Le bateau qui arriva était petit et ne pouvait pas transporter plus de deux chevaux à la fois. Owen traversa le premier avec le serviteur âgé, et patienta un long moment de l'autre côté. Ils laissèrent les chevaux grignoter l'herbe maigre de la rive et s'accroupirent sur la terre desséchée.

— Ça prend toujours assez longtemps, surtout quand on est nombreux, fit remarquer le serviteur en surveillant le bateau qui se faufilait à travers les bancs de sable. Quand nous accompagnons le pacha, ça n'en finit pas.

— Heureusement que vous ne devez pas le faire souvent, dit Owen d'une voix compatissante.

— Ces temps-ci, on le fait souvent. Depuis l'arrivée du pacha, on traverse presque tous les jours.

— Presque tous les jours ? répéta Owen, surpris. Pas avec le pacha, tout de même ?

— Si. Ça nous a étonnés. Les autres fois, il n'aimait pas autant se promener à cheval.

— Il ne peut pas y avoir beaucoup de villages sur cette rive.

— Il n'y en a pas. Bon, il en existe un, un peu plus haut. Tu comprends, sur cette rive, on ne cultive pas depuis longtemps. À l'époque de l'ancien pacha, on ne cultivait pas du tout. C'est seulement depuis une vingtaine d'années qu'on a commencé à le faire. Les villages se trouvent tous de l'autre côté. Les gens habitent toujours là-bas et traversent pour aller travailler.

— Alors que vient faire le pacha ici ?

— Il y a un lieu saint sur le versant du djebel. C'est là qu'il va.

— Tous les jours ?

Le serviteur haussa les épaules.

— Il est devenu très pieux tout à coup.

— C'est pourtant un endroit très retiré.

— Ça rend bien sûr le pèlerinage d'autant plus efficace. Peut-être que le pacha a besoin de l'aide d'un saint au grand pouvoir.

— Il ne vient pas ici pour chasser le lièvre ?

— Le lièvre ?

Le regard que lui décocha le serviteur semblait signifier qu'Owen n'avait plus toute sa tête.

Lorsque, enfin, tout le groupe eut gagné la rive opposée, chacun se remit en selle pour traverser les champs. De ce côté, la canne à sucre était plus haute et plus touffue. Même à cheval on ne voyait rien devant soi et on avait l'impression de traverser un tunnel.

Owen fut content d'apercevoir enfin le désert. Ragaillardis eux aussi, les chevaux dressèrent la tête. En arrivant en terrain découvert, ils adoptèrent de leur propre chef un petit galop.

Au-delà du sable, Owen distinguait devant lui les contours rocheux du djebel qui pointait sur le désert plat telle une dent.

Le djebel était plus loin qu'il ne le paraissait, et les chevaux ralentirent l'allure. Un léger vent soufflait en permanence du désert. Au début, il semblait très agréable après la chaleur confinée des champs de canne, mais bientôt serviteurs et traqueurs se protégèrent le visage dans un pan de leur galabieh.

Owen regrettait de ne pouvoir les imiter. Au temps où il effectuait des patrouilles dans le Nord, il portait le même turban que les autres, et à présent il aurait apprécié d'en avoir un. En effet, même faible, le vent projetait des grains de sable irritants sur sa peau, et il était presque obligé de fermer les yeux à cause du sable et du soleil.

Il se remémora ses premiers jours en Égypte, où il avait été affecté après avoir servi en Inde. Les grands espaces, la vacuité du désert le ravissaient, contrastant avec les villes côtières indiennes surpeuplées.

Il dut toutefois vite constater, et avec quelque inconfort, qu'il n'avait pas pratiqué l'équitation depuis un certain temps. Il se demanda comment Ali Osman s'en était accommodé.

À quoi rimait cette histoire de visite aux villageois et de chasse au lièvre ? Le pacha débordait visiblement d'imagination. Peut-être avait-il tout inventé pour compenser l'austérité relative de la vie provinciale. Ou peut-être son hédonisme cachait-il une survivance des traditions de dureté et de frugalité en usage dans le désert.

Tel un Élie ou un Élisée modernes, le pacha pouvait se rendre dans le désert pour communier avec lui-même, espérant trouver ainsi un regain de spiritualité.

Ou alors, plus probablement, c'était là l'image qu'il voulait avoir de lui-même, nouvelle œuvre de son imagination. Arraché à la capitale, où il était dans son élément, il n'avait qu'une seule façon de se réconcilier avec un endroit tel que Hamada : jouer un rôle afin de transformer l'exil en grand drame personnel.

Owen ne parvenait pas vraiment à déceler chez Ali Osman un besoin de quête spirituelle. En revanche, il n'avait aucun mal à l'imaginer en train de jouer ce rôle.

Sous réserve qu'il n'ait pas trop à souffrir dans sa chair. Le trajet jusqu'à Nag Balyana était parfait : assez long et inconfortable pour lui permettre de se persuader qu'il portait le cilice, assez court pour pouvoir regagner le soir les agréments de ses coussins, ses serviteurs, et la fraîcheur de sa maison.

Le djebel parut durant un long moment ne pas se rapprocher du tout, et Owen succomba à la stupeur qui semblait inhérente à chaque grande expédition dans le désert. Lorsqu'il en émergea, il vit l'éminence dressée devant lui.

Ils avançaient à présent sur un sol rocailleux recouvert d'une mince couche de sable. Les sabots des chevaux claquaient sèchement sur cette surface dure.

Des pierres affleurèrent bientôt et les chevaux furent contraints de les contourner. Le djebel élevait devant eux sa face escarpée.

Cette chaîne de montagnes rocheuses peu élevées courait devant eux sur moins de deux kilomètres. À une certaine distance, on avait l'impression que sa ligne était ininterrompue, mais en s'approchant, on remarquait des brèches et des renfoncements, des affleurements qu'il fallait contourner et qui pouvaient facilement servir de cachette.

Owen commença à comprendre comment Ali Osman avait pu tomber aussi brusquement sur ses poursuivants.

S'ils l'avaient bien poursuivi. Owen n'aurait vu dans toute cette histoire qu'une pure invention d'Ali Osman s'il n'y avait eu ce détail : les hommes portaient des vêtements de ville.

Owen et ses compagnons longeaient à présent la face du djebel. Les chevaux empruntaient instinctivement le chemin le moins pénible en contournant les rocs. Owen repéra dans le sable les empreintes d'autres chevaux.

Ou peut-être de ces mêmes chevaux. Ses hommes ne s'y intéressèrent pas.

Au détour d'un affleurement rocheux, le chef des serviteurs désigna quelque chose. Inutilement. Les traqueurs avaient déjà vu ce qu'il montrait.

Ils se laissèrent glisser à terre et avancèrent à pied. À quelques mètres du versant, de gros blocs s'incurvaient autour de sa base en formant un rift. Les hommes s'arrêtèrent à l'endroit où le tournant était le plus serré et examinèrent le sol.

Owen les rejoignit. Le sable était piétiné par les pattes de plusieurs chameaux, et Owen eut l'impression que toute trace distinctive avait été effacée.

— Six chameaux, précisa le chef des traqueurs. Dont deux de bât, qu'on guidait. Je crois que les étrangers devaient être dessus.

Il montra à Owen des empreintes peu nettes et ajouta :

— Ils se sont arrêtés ici avant de faire demi-tour.

— Quand ? demanda Owen.

— Il y a trois jours.

L'un des hommes se mit à suivre les traces dans le rift.

Remonter cette piste en valait-il la peine ? Owen ne parvenait pas à se décider. En trois jours, ces gens pouvaient avoir parcouru un long chemin et être arrivés à mi-parcours de la route des voleurs. Ils devaient être au moins quatre. Ses trois agents étaient armés, mais Owen, comme d'habitude, ne l'était pas. Quant aux serviteurs du pacha, ils ne l'étaient certainement pas non plus et se tenaient en retrait.

Il s'agissait sans doute de simples voleurs de chameaux et, si le pacha s'était senti menacé, c'était le fruit d'une imagination portée à l'inquiétude. Owen ne pouvait pas se permettre de s'absenter trop longtemps du Caire. Peut-être ferait-il mieux d'en rester là.

Une seule chose le retenait.

— Pouvez-vous me dire, en examinant les traces, s'il y avait des citadins parmi eux ?

— Bien sûr ! Celui-là et celui-là, répondirent ses hommes en désignant certaines empreintes.

— Comment le savez-vous ?

L'un des traqueurs chercha non sans mal à l'expliquer avec des mots.

— D'après leur manière d'avancer, dit-il. On voit qu'ils se sont engagés au milieu des blocs, c'est pas malin. Et ils ne se tiennent pas correctement en selle.

Il se mit à réfléchir intensément, puis écarta les bras d'un air impuissant.

— Ça se voit qu'ils n'ont pas été élevés avec des chameaux, c'est tout.

— Très bien. Nous allons les suivre. Mais pas longtemps, rectifia Owen.

Ils retournèrent auprès de leurs montures et, à cheval, contournèrent la face du djebel.

À une certaine hauteur, quelque chose de blanc leur apparut.

— Qu'est-ce que c'est ?

— Un lieu de pèlerinage, dit l'un des traqueurs d'un ton indifférent.

— C'est le tombeau de Hadj Abbas, précisa l'un des serviteurs.

— L'endroit où se rend le pacha ?

— Oui. Il y a un sentier qui part du rift.

— Est-ce que vous l'avez déjà accompagné ?

— Oui. On attendait dehors pendant que le pacha priait.

Le sol était maintenant couvert de grosses pierres et

les chevaux avançaient avec difficulté. Un éboulement important s'était produit.

— Jusqu'où tu veux aller, effendi ? demanda le serviteur. Si tu ne fais pas bientôt demi-tour, tu ne pourras pas être au fleuve avant la tombée de la nuit.

Owen s'était lui aussi préoccupé de cette question.

Ils arrivèrent devant un éboulis. Les chevaux hésitèrent, puis s'élancèrent pour le traverser, leurs sabots glissant sur les pierres qui roulaient.

Les serviteurs s'arrêtèrent.

— On rentre maintenant, effendi.

— Très bien. Prête-moi seulement ton turban, dit Owen à l'un d'eux. Le soir va bientôt venir et tu n'en auras plus besoin.

— Tout ce que j'ai est à toi, répondit machinalement l'homme en retirant sa coiffure.

Owen sentit toutefois son léger malaise. Aucun Arabe n'aimait rester longtemps tête nue.

— En échange, tu n'as qu'à prendre mon chapeau, proposa-t-il.

Rayonnant, le serviteur le coiffa et s'éloigna tout heureux.

— Rapporte-le-moi demain ! lui lança Owen.

De l'autre côté de l'éboulis, le sol s'enfonçait brusquement en une énorme dépression. Ils avaient l'impression de descendre la pente d'une dune.

L'un des traqueurs marmonna quelque chose. Tous trois parurent soudain avoir découvert un indice intéressant devant eux.

Sur la pente opposée de la dépression, on apercevait une série d'empreintes dans le sable, qui coupaient à angle droit puis se mêlaient à celles qu'ils suivaient.

— Des amis les ont rejoints ? questionna Owen.

Le chef des traqueurs secoua la tête.

— Les mêmes gens. Sauf que les traces sont plus récentes.

— Qu'est-ce que tu es en train de me dire ?
— C'est le même groupe, mais plus tard.
— Quand ?
— Ce matin.
— Dans ce cas, continuons.

Ils atteignirent l'extrémité du djebel. La piste restait à proximité de sa base et épousait la courbe des blocs. Lorsque la ligne de la falaise s'incurva, les traces la suivirent tout d'abord pour se diriger à l'est, et s'orientèrent ensuite au nord, derrière la chaîne.

Elles continuaient cependant à longer le roc. Tels les arcs-boutants d'une cathédrale, de petites crêtes saillaient sur ce versant, les obligeant à faire de constants détours et bloquant la vue devant eux.

C'est pourquoi ils ne repérèrent pas les hommes tout de suite.

Ils étaient parvenus au sommet d'un éperon et allaient redescendre de l'autre côté quand les traqueurs s'immobilisèrent. Au début, Owen ne vit rien. Puis, sur une pente éloignée, il distingua un groupe de minuscules silhouettes : quatre hommes et six chameaux. Il y avait deux Bédouins parmi eux. Les deux autres étaient Roper et Plumley.

Owen jura. Être venu jusqu'ici, avoir pris toute cette peine pour découvrir... ça !

Il maudit Ali Osman pour l'avoir attiré ici avec ses sornettes, et il maudit sa propre crédulité. Il se maudit surtout lui-même. Qu'avait-il besoin de chevaucher dans la campagne alors qu'il aurait dû se trouver au Caire où Dieu seul savait quels incidents s'étaient sans doute produits dans l'intervalle ?

Les traqueurs lui jetèrent un regard admiratif.

— Quels beaux jurons ! s'écria l'un d'eux. Ça vous requinque un homme, d'entendre ça.

Avec résignation, Owen leur fit signe de se diriger vers Roper et Plumley.

Ils étaient sur le point de passer la crête de l'éperon lorsqu'un coup de fusil claqua, suivi par plusieurs autres détonations.

En face, les silhouettes semblèrent se figer un moment, puis foncèrent désespérément vers les rochers.

Les fusils parlèrent de nouveau, et on entendit le heurt d'une balle contre le roc. Il n'y eut pas d'écho, mais dans l'air pur le bruit fut particulièrement net.

Pour autant qu'Owen pouvait en juger, les silhouettes atteignirent les rochers sans incident, sautèrent à bas de leur monture et se mirent à couvert.

Un instant plus tard, elles tirèrent à leur tour.

D'où il se trouvait, Owen voyait parfaitement leurs assaillants. Allongés au milieu des rocs au bas de la pente, une poignée d'hommes en galabieh maintenaient un feu nourri.

— Des brigands, dit Owen.

— Des bohémiens, répliqua l'un des traqueurs d'un ton méprisant en épaulant son fusil.

Owen l'arrêta.

— Approchons-nous.

Les deux groupes étaient tellement distants qu'il y avait peu de chance pour qu'ils s'infligent de sérieux dommages ; quant au groupe d'Owen, il était encore plus loin. Les Bédouins — et assurément ses propres traqueurs — étaient bons tireurs, mais leur gros défaut était de faire feu à une distance maximale, d'où il serait certes spectaculaire, mais fort improbable, de toucher quelqu'un.

En outre, Owen était censé maintenir l'ordre public.

Ils dévalèrent bien vite l'éperon en restant hors de vue. En bas, un oued à sec courait plus ou moins dans la bonne direction et se terminait par des rocs.

Ils abandonnèrent les chevaux dans l'oued et

s'accroupirent pour se faufiler entre les rocs. Recrutés parmi les tribus indisciplinées du désert, les traqueurs étaient dans leur élément.

Mais pas Owen. Une fois de plus, il était surpris sans arme à un moment où il en aurait eu particulièrement besoin.

De temps à autre, il entendait fuser des détonations. Aucun des deux groupes n'avait quitté son abri. Les assaillants semblaient peu désireux de passer à une attaque sérieuse.

Ce qui n'était pas étonnant s'il s'agissait réellement de bohémiens. Comme quiconque dans le désert, ils sautaient volontiers sur une bonne occasion, et un petit groupe avec des chameaux de bât en était une à ne pas manquer. Mais ils ne cherchaient sûrement pas les ennuis.

Owen songea que, une fois arrivé tout près, il pourrait les obliger à se rendre en masse. Il ne savait pas au juste quelle suite donner à cette action, mais il entendait leur faire comprendre que quelqu'un maintenait l'ordre dans ce pays. Si on se contentait de les effrayer, ils s'enfuyaient en considérant que leur attaque avait réussi.

Se prenant au jeu, les traqueurs l'entraînèrent tellement vite au milieu des rocs qu'il avait peine à les suivre. Ce chemin les conduisit jusqu'aux bohémiens, et ils leur tombèrent dessus avant d'avoir été repérés.

Les coups tirés du sommet avaient peu à peu cessé. De là-haut, Roper et Plumley avaient sans doute observé la scène.

Les traqueurs se mirent en position de tir derrière des rochers. Sur l'ordre d'Owen, ils lâchèrent une salve au-dessus de la tête des bohémiens.

Ces derniers cessèrent brusquement de tirer.

Owen leur hurla de jeter leurs armes. La salve puis la voix anglaise suffiraient sans doute à les convaincre qu'un châtiment était imminent.

Pourtant, rien ne semblait se passer.

Owen demanda à l'un de ses agents — un seul, car il ne voulait pas révéler leur petit nombre — de faire feu. Cette fois, le traqueur visa juste sur la gauche de celui qui paraissait être le chef. Un peu de sable jaillit à environ trente centimètres de l'homme allongé.

Il se hâta de se redresser et leva les mains en l'air. Un par un, les membres de sa bande l'imitèrent.

Owen sortit de son abri avec un traqueur. Les autres le couvraient.

— Ne bougez pas ! lança-t-il aux bohémiens.

Le traqueur récupéra les armes.

Owen ordonna aux hommes de s'asseoir. Ils s'exécutèrent d'un air morose. Maintenant qu'il les voyait de près, Owen constata qu'il s'agissait en effet de bohémiens.

Du coin de l'œil, il vit aussi que le groupe posté au sommet commençait à descendre.

Le traqueur empila les fusils et s'assit dessus. Puis, après réflexion, il en attrapa trois, les chargea et les posa soigneusement sur ses genoux. Pas un instant le canon de son propre fusil n'avait vacillé.

— Ce sont des représentants du gouvernement que vous avez attaqués, déclara Owen d'un ton dur.

— Je sais, reconnut tristement un bohémien. Et maintenant nous allons y avoir droit. Tu vas nous mettre en prison.

— On ne voulait pas vraiment les tuer, dit un autre.

— Puisque Dieu mettait une telle abondance de biens sur notre chemin, ça ne semblait pas correct de refuser, expliqua un troisième.

— Vous n'avez pas le droit d'attaquer de paisibles voyageurs.

— C'étaient des étrangers. On s'est dit que ça ne comptait pas.

— Si, ça compte, et vous n'allez pas tarder à vous en apercevoir, répliqua sévèrement Owen.

Roper arriva dans une averse de sable.

— Je vous tire mon chapeau, Owen, dit-il. Comment diable saviez-vous que nous allions être attaqués ?

— Que faites-vous ici ? demanda Owen sans aménité.

— Un levé de terrain. Avec notre ami que voici, répondit Roper en désignant Plumley.

— Je ne pensais pas qu'il y aurait des problèmes, dit Plumley d'une voix angoissée. Nous avions prévenu que nous serions dans le coin.

— Il n'y a pas de problèmes. En général.

Owen regarda les bohémiens déconfits et ajouta :

— Avez-vous l'intention de continuer votre levé ?

— Autant le finir, répondit Roper.

— Sauf qu'on aimerait mieux que ces zozos nous laissent tranquilles.

— Qu'est-ce que vous allez faire d'eux ? demanda Roper. Les fusiller ou leur donner un coup de pied au derrière ?

— Je devrais les boucler.

— D'habitude, on ne prend pas cette peine, glissa timidement Plumley.

— D'habitude ?

— Eh bien, ce genre de chose se produit de temps en temps, reconnut Plumley en ayant l'air de s'excuser. En général, ils nous tirent dessus, on leur tire dessus, et au bout d'un moment ils repartent.

— C'est ce qui se passe chaque fois que vous faites un levé ?

— Pas chaque fois, de temps en temps.

— Et ça ne vaut pas la peine d'être signalé ?

— Pas vraiment. Ce n'est pas votre avis ?

Si, ça l'était. Le temps que des policiers arrivent sur les lieux, les assaillants seraient à des centaines de kilomètres.

— J'en emmènerai peut-être un avec moi. Juste pour leur donner une leçon.

— Aujourd'hui, c'est trop tard, déclara Roper en regardant le soleil.

En fait, les traqueurs étaient capables de retrouver leur chemin aussi facilement dans l'obscurité qu'en plein jour. Mais Owen estima qu'il aurait avantage à passer la nuit sur place. Il pourrait ainsi garder un œil sur les bohémiens. Le lendemain, il ferait partir Roper et Plumley les premiers pour leur donner de l'avance. Puis il enverrait les bohémiens dans la direction opposée.

Il lui faudrait en outre éviter tout vol pendant la nuit. S'ils n'étaient pas des tireurs d'élite, les bohémiens étaient en revanche des voleurs hors pair.

À l'évidence, Roper se faisait les mêmes réflexions. Il appela l'un d'eux, le fit asseoir par terre, puis lui lia les pieds. Après quoi, il se tourna vers les bohémiens assemblés.

— Si quelque chose disparaît cette nuit, sa tête disparaîtra elle aussi, dit-il en tapotant son fusil. Vous pigez ?

Ils comprirent ses gestes sinon ses paroles.

Owen prit lui aussi ses dispositions. Il ordonna aux bohémiens de se retirer au fond de la dépression et d'y établir leur camp. Dès qu'ils s'exécutèrent, d'autres membres de leur bande, surtout des femmes et des enfants, commencèrent à émerger de derrière les rocs.

Debout, Owen les observait quand il sentit soudain une main qui lui effleurait la hanche. Il l'attrapa tout en se retournant. Elle appartenait à une jeune femme qui s'était glissée furtivement derrière lui.

— Espèce de garce, quel culot ! s'écria-t-il. Tu oses me voler, bon Dieu !

— Je ne te volais pas ! protesta-t-elle.

Elle expliqua alors où elle voulait mettre la main.

— Seigneur ! lâcha Roper. C'est encore cette fille !

C'était Soraya, celle qu'ils avaient rencontrée dans la boîte de nuit.

— Tu te promènes beaucoup, fit remarquer Owen.

— Je suis bohémienne.

— Et qu'est-ce que tu fiches ici ?

— Nous venons toujours ici à cette époque de l'année. Nous remontons le fleuve jusqu'à Assiout, puis nous traversons le désert jusqu'à Hourghada, et ensuite nous longeons la côte vers le nord jusqu'à Suez. Parfois nous allons directement à Alexandrie, ou alors à Alep. Je suis d'Alep.

— Oui, je me rappelle. Et je me rappelle aussi ce que tu faisais dans la boîte de nuit.

— Tu peux venir me voir cette nuit, proposa Soraya.

— Bon Dieu, ne laissez pas passer cette occasion, mon vieux ! conseilla Roper. Vous êtes malade ou quoi ?

— J'ai d'autres soucis en tête. Empêcher qu'ils vous tranchent la gorge, par exemple.

— Je ne crains rien, dit Roper avant de s'éloigner.

— Tu veux que je lui tranche la gorge ? demanda Soraya.

— Seigneur ! non.

Il s'aperçut qu'il lui tenait toujours le bras et le relâcha. Soraya parut déçue.

— Va là-bas, lui ordonna fermement Owen en montrant son camp.

Soraya obéit d'un air maussade.

Dès qu'il commença à faire sombre, Owen se dirigea vers le camp des bohémiens et traca une ligne dans le sable avec son pied. Il appela alors l'un de ses hommes et le présenta.

— Voici Hosein. C'est un excellent traqueur. Il voit dans le noir. Si quelqu'un traverse cette ligne d'ici l'aube, il le tuera.

Hosein acquiesça avec enthousiasme.

Les bohémiens évaluèrent l'autre camp, l'espace qui le séparait du lcur, puis le traqueur. Owen ne se faisait aucune illusion : leurs calculs n'étaient pas nécessairement les mêmes que les siens.

Il retourna dans l'autre camp et se joignit à Plumley et à Roper pour le dîner.

Ce n'était pas un Bédouin, mais Plumley qui avait fait la cuisine avec toute la compétence d'un homme habitué à camper dans le désert.

— J'aime venir ici, dit-il. Bien sûr, je n'aimerais pas y rester en permanence. Il y a des choses que j'apprécie au Caire et qui me manqueraient. Mais de temps à autre, ça fait du bien de s'absenter du bureau.

— Voyagez-vous seul en général ?

— J'emmène deux hommes quand je fais des levés de terrain. On a besoin de quelqu'un pour tenir le théodolite, et il vaut mieux que quelqu'un garde les chameaux.

Roper alla se coucher peu après le repas.

— Il n'a pas encore l'habitude, fit remarquer Plumley pour l'excuser. Parcourir de longues distances à dos de chameau le fatigue.

Owen et Plumley s'attardèrent devant le feu.

— Vous n'êtes pas venu à Hamada uniquement dans le but de nous sauver la vie, je suppose ? demanda tranquillement Plumley.

— Non, en effet.

Owen lui parla de la bombe. Plumley l'écouta avec attention.

— Voilà qui est intéressant, dit-il. Très intéressant.

— Nous ne semblons pas avancer. Je n'arrive même pas à repérer l'endroit où les choses se sont passées.

— Je pourrais peut-être vous aider.

— C'est vrai ?

— Oui. Je crois avoir vu cet endroit. J'étais en train de faire un levé par là-bas, il y a environ un an, et je suis tombé sur des ossements. Vous savez, entre les faucons et les fourmis... Et je ne comprenais pas pourquoi on ne les avait pas enterrés normalement, alors qu'ils se trouvaient aussi près d'un village. Je me suis alors rendu compte qu'il y avait eu une explosion.

Plumley lança un regard presque contrit à Owen.

— J'ai l'habitude. Des explosions. Bref, je ne comprenais pas. Comment pouvait-il y avoir eu une explosion de ce genre à cet endroit ? Quelqu'un avait dû transporter de la dynamite. Et puis j'ai regardé autour de moi et j'ai aperçu le tuyau. J'ai supposé qu'il s'agissait d'une bombe artisanale. N'empêche, une bombe à cet endroit ?

Plumley agita timidement la tête et ajouta :

— De toute façon, c'est resté gravé dans mon esprit.

— Il y a un an, dites-vous. Pensez-vous pouvoir retrouver l'endroit pour me le montrer ?

— Bien sûr. Je l'ai noté. J'étais en train de faire un levé, ne l'oubliez pas. Et je crois que je pourrais m'en souvenir. Voulez-vous que nous vous accompagnions demain ?

— Très volontiers. En temps normal, j'aurais scrupule à vous déranger dans votre travail, mais pour l'instant...

— Ça ne nous dérangera pas beaucoup. Nous devions passer ensuite sur cette rive. Notre trajet sera inversé, voilà tout.

Quand Owen s'allongea sur le sable un peu plus tard, la main sur sa sacoche de selle, il se dit qu'il pourrait revenir sur les malédictions dont il avait accablé Ali Osman ; en partie.

Hosein, l'excellent traqueur qui voyait la nuit, ne voyait pas assez bien. Owen ne dormait pas depuis longtemps lorsqu'il se réveilla en sentant une main courir sur son corps. Il la saisit et la tordit pour immobiliser son assaillant. Un grognement de surprise se fit entendre, puis une voix douce protesta.

— Tu me fais toujours mal.

— Bon Dieu, qu'est-ce que tu fiches ici ?

— C'est que...

Plumley les emmena directement à l'endroit en question. Il se trouvait à la lisière de celui qu'ils avaient passé au peigne fin. De là, un sentier menait au village.

— Pourquoi ne nous ont-ils pas parlé de ce sentier ? s'écria Owen.

— Il n'est pas direct, répondit Plumley. S'ils voulaient aller dans le désert, ce n'est pas celui qu'ils emprunteraient.

— Alors pourquoi l'ont-ils emprunté quand ils ont entendu l'explosion ?

Perché sur son chameau, Plumley tourna le regard vers les champs de canne à sucre.

— Ils se sont sans doute laissé guider par le bruit.

Et le mamour l'avait oublié, songea Owen avec amertume. Ou peut-être pas.

Quand ils ressortirent des champs de canne, Plumley marqua une pause pour consulter la carte qu'il avait établie, puis se lança sans hésitation dans le désert.

Les traqueurs l'aperçurent les premiers : une cage thoracique blanche, arrondie comme un panier en osier, enfoncée dans le sable. En s'approchant, ils aperçurent d'autres os, puis un reflet métallique noir et un bout de tuyau tordu, déformé, obstrué de sable.

— C'est exactement la même, voyez-vous, dit Plumley en mettant pied à terre. Bien entendu, je l'ignorais à l'époque. Mais ce modèle de bombe est devenu courant depuis quelques années. Au Caire. On a déjà fait appel à moi.

Les ossements étaient dispersés sur une zone assez étendue.

Plumley sortit un bloc à dessins.

— Je vais vous faire un croquis, proposa-t-il. Ça aide toujours le laboratoire.

Les traqueurs se mirent à travailler avec méthode. Ils dégageaient des fragments, exposaient des os, mais les laissaient sur le sol.

Roper les observa un moment, puis, lassé, se mit à marcher pour se dégourdir les jambes après son trajet à dos de chameau et commença à décrire un large cercle dans le désert pour étudier le terrain.

Owen se pencha sur les restes de la bombe. C'était exactement la même que celle qui avait explosé dans le café et celle qui avait été lancée sur Nouri. Un modèle courant, sans aucun doute, comme l'avait dit Plumley ; mais que faisait-elle ici ?

L'un des traqueurs l'appela. Une omoplate sur le sable. L'homme attira son attention sur un endroit particulier. Un minuscule objet était à moitié soudé à l'omoplate, telle une tête de clou. Owen mit un certain temps à se rendre compte qu'il s'agissait d'un bouton. Quelques brins de tissu étaient pris autour.

Le traqueur creusa dans le sable pour dégager des os plus petits. L'un ressemblait à une clavicule. Lorsqu'elle fut délicatement mise au jour, Owen constata que du tissu y adhérait, conservé dans l'air sec et le sable.

Le traqueur le retourna du pouce et de l'index. Jaunissant, curieusement luisant, il mesurait environ deux centimètres carrés. On y remarquait de légères éraflures, des marques à demi effacées.

Soudain Owen comprit de quoi il s'agissait : l'étiquette d'un tailleur.

— Voulez-vous que je vous prête ma loupe ? proposa Plumley d'un ton hésitant. Je m'en sers pour examiner les roches.

Les éraflures et les marques devinrent plus nettes. C'étaient des lettres. Owen crut distinguer « Guill... ». Après quoi l'étiquette était déchirée.

Il rendit la loupe à Plumley.

— Merci. Vous m'avez été très, très utile.

9

— Oui, ça vient de chez nous, confirma le tailleur.

— Pourriez-vous retrouver le client ?

— Nous avons la liste de tous les costumes vendus, avec le nom du client. Ça facilite les règlements.

— Jusqu'à quand pouvez-vous remonter ?

— Quinze ans, répondit le tailleur avec un soupçon de fierté.

— Cinq ans seraient suffisants.

Le tailleur descendit prestement quelques marches menant à une cave dans laquelle une demi-douzaine d'hommes s'affairaient à coudre. Il revint avec un registre relié en cuir.

— Tout est là. Voulez-vous recopier les noms ?

Owen ouvrit le registre. Il contenait nom, adresse et mesures des clients.

— Puis-je l'emprunter pendant deux ou trois jours ?

Les mensurations aideraient peut-être Nikos. Le laboratoire avait pu leur donner une approximation de la taille et de la carrure, pas assez précise pour s'en faire une idée exacte, mais suffisante pour exclure certaines associations.

— Je vous promets de vous le rendre, dit Owen en voyant le tailleur hésiter.

— C'est que je n'aimerais pas le perdre. Il a... bon,

je l'ai commencé le jour où j'ai lancé l'affaire. Il y a quinze ans.

— Vous vous en êtes bien sorti.

Owen jeta un coup d'œil autour de lui. La boutique n'était pas grande. Suspendus tout autour des murs, les vêtements laissaient à peine assez de place pour que deux hommes se tiennent au milieu. On y taillait uniquement des vêtements masculins, des costumes pour les centaines d'employés de bureau et de petits fonctionnaires dont Le Caire regorgeait.

Quiconque travaillait dans un bureau portait un costume. C'était une marque de réussite sociale. Complet sombre et tarbouche étaient les insignes qui distinguaient les gens instruits exerçant une profession libérale, ou un peu moins instruits, exerçant une profession moins prestigieuse, des hommes en galabieh.

Les étudiants portaient un complet, même les lycéens en portaient un. Mais, en général, ils ne le mettaient pas pour aller à la campagne. C'est pourquoi Owen fut un peu surpris. Bien sûr, rien ne garantissait que l'autre garçon, Salah, fût lui aussi étudiant, mais Owen s'y attendait plus ou moins.

Peut-être n'avait-il tout simplement pas de vêtements de rechange.

— Comptez-vous beaucoup d'étudiants parmi vos clients ?

— Non, pas beaucoup. La plupart sont trop pauvres. Et les juristes sont trop riches. Nous avons surtout des employés de bureau, des enseignants, ce genre de personnes.

En fait, le costume en question appartenait à un certain Salah Foukhari, qui enseignait dans une école primaire publique dans l'un des quartiers les plus pauvres de la ville. Ou plutôt avait enseigné, car environ dix-huit mois auparavant, à la rentrée après les longues vacances d'été, il avait planté là l'école et n'y était plus jamais retourné.

— Je crains que ça arrive, parfois, reconnut le directeur à regret. Ce n'est pas facile d'être maître d'école, et on ne gagne pas bien sa vie.

— Avez-vous essayé de le retrouver ?

— Je suis allé chez lui. Quand il n'est pas revenu pour le trimestre suivant. Je pensais qu'il avait peut-être simplement oublié la date de la rentrée. Ça arrive aussi, mais pas souvent.

La maison, ou plutôt la pièce que Foukhari avait occupée avait à présent un nouveau locataire. Owen demanda au propriétaire ce qu'il avait fait des affaires de Foukhari.

— Il n'y en avait pas.

Il disait peut-être la vérité.

— Avait-il des amis ? demanda Owen au directeur d'école.

Ce dernier réfléchit un instant.

— Il ne s'en est pas fait ici. Il restait la plupart du temps à l'écart. Mais je crois qu'il avait des amis. Peut-être ceux qu'il s'était faits à l'École normale ?

À l'École normale, on se souvenait bien de Foukhari.

— Après tout, ça fait seulement trois ans qu'il est parti.

Se rappelaient-ils ses amis ?

Non, mais ils pouvaient mettre Owen en relation avec quelqu'un qui avait étudié en même temps que lui, qui était même dans sa classe.

— Il n'était pas vraiment un ami, expliqua l'ancien étudiant quand ils allèrent le voir à l'école primaire où il enseignait à présent. Salah n'avait pas beaucoup d'amis. En tout cas, pas dans notre cercle.

Dans quel cercle, alors ?

— Il allait toujours quelque part avec quelqu'un. À l'École de droit, je pense. Il fréquentait des étudiants en droit. Il se rendait à des réunions avec eux.

Des réunions ?
— Des réunions publiques.
— Politiques ?
— Oui.
— Nationalistes ?
L'ancien étudiant hésita.
— C'est probable, répondit-il d'un ton neutre. Je crains de ne pas m'en souvenir exactement.
— Était-il engagé politiquement ?
— Je ne peux pas vous le dire avec certitude. Il faudrait demander à quelqu'un qui le connaissait mieux que moi.
À qui, par exemple ?
Sur ce point, l'ancien étudiant fut capable de les aider. Il se rappela que, durant sa dernière année d'École normale, Salah était devenu membre d'un groupe de discussion de tendance extrémiste. Ce groupe existait toujours et se réunissait régulièrement dans un café près des grandes écoles.
— Voilà un boulot pour Georgiades, à mon avis, estima Owen.
Il se rendit toutefois lui aussi dans ce café où il sirota du café et lut un journal — un hebdomadaire radical arabe — pendant que Georgiades, le regard innocent, s'engageait dans une conversation animée avec des étudiants à la table voisine.
Finalement, au bout de plusieurs conversations similaires, Georgiades fut invité à une réunion qui se tenait dans une salle du premier étage.
— La fin de la domination impérialiste, la nécessité du nationalisme, la révolution imminente, ce genre de choses, raconta-t-il ensuite à Owen. Rien que de très inoffensif.
— Ils se contentent de parler ?
— Après tout, c'est un groupe de discussion.
Foukhari avait continué à participer aux débats dans le café un an après avoir quitté l'École normale.

— Et ensuite, il a apparemment abandonné, reprit Georgiades. Ainsi que quelques amis. Ils disaient que les discussions ne menaient à rien. Ils voulaient passer à l'action.

— Passer vraiment à l'action ? Ou aller plus loin dans les discussions ?

— Au début, aller plus loin dans les discussions. L'un d'eux a été mentionné. Quand le moment de passer à l'action est venu, ce type s'est défilé et a préféré retourner dans son groupe de discussion. C'était parler qui l'intéressait.

— Vous avez des noms ?

— Un seul. Narouz Rachid. Un assistant à l'École de droit.

— Un assistant ? Il doit donc toujours y enseigner.

— Peut-être.

Georgiades hésita.

— Au cas où il y serait toujours, convient-il de l'approcher directement ? Parce que, s'il était activiste à l'époque, il peut l'être encore aujourd'hui. Il ne faudrait pas lui mettre la puce à l'oreille.

— Non, en effet. Pas de questions directes. Du moins pas à ce stade. Une enquête discrète, voilà tout. Et il vaudrait mieux qu'un autre que vous s'en charge. Il faut éviter qu'un étudiant de l'École de droit s'aperçoive que vous travaillez pour nous. Je vais mettre quelqu'un d'autre là-dessus.

— Qu'est-ce que vous voulez que je fasse ?

— Vous pourriez traîner autour de l'École de droit.

Georgiades continua donc à traîner autour de l'École de droit et d'autres agents enquêtèrent discrètement. Nikos, qui se voyait plutôt en analyste de la situation, surtout par grande chaleur, rassemblait les renseignements.

— C'est un extrémiste et il a presque à coup sûr été impliqué dans des attentats. Mais nous n'avons jamais réussi à prouver quoi que ce soit. Nous avons failli y parvenir il y a quatre ou cinq ans — c'était avant votre arrivée, bien sûr.

Nikos aimait bien rappeler à Owen qu'il était un petit nouveau.

— Que s'est-il passé ?

— Un étudiant en droit a lancé une bombe sur le sultan Hassan. Quelqu'un lui a attrapé le bras et la bombe a manqué son objectif, mais elle a explosé dans la rue et blessé plusieurs personnes. L'étudiant s'est livré à la police. Il a déclaré qu'il voulait tuer Hassan mais n'avait aucune intention de blesser d'honnêtes passants égyptiens. Il l'a répété lors du procès. Il a bien sûr été condamné à mort, mais plus tard la sentence a été commuée en peine de prison à perpétuité.

— Que vient faire Rachid là-dedans ?

— Plusieurs personnes étaient manifestement impliquées dans cet attentat, mais l'étudiant a refusé de les dénoncer. Nous avons essayé de traiter avec lui en lui promettant de ne pas l'exécuter, mais il n'a rien voulu savoir. Il a dit qu'il était fier de mourir pour l'Égypte. De toute façon, le sultan a fait commuer la peine. Il ne voulait pas se retrouver avec un martyr sur les bras.

— Et Rachid était l'un de ses complices ?

— C'est presque certain. Ils faisaient partie d'un petit groupe d'extrémistes. Les autres ont filé. Rachid, lui, est resté. Il a reconnu qu'il partageait leurs opinions politiques, mais n'approuvait pas l'attentat. Tant que Helbaoui se taisait, il ne craignait rien.

— Helbaoui était l'étudiant ?

— Oui.

— Où est-il maintenant ?

— Sans doute en train de casser des cailloux dans les carrières de Toura.

— Revenons à Rachid.

— Helbaoui avait été l'un de ses étudiants. Ils formaient un petit groupe d'extrémistes, comme je le disais. Les autres sont partis à l'étranger. Rachid a dit qu'il n'était pas responsable des actes de quelques têtes brûlées. Ses collègues l'ont soutenu en arguant de la liberté d'expression des enseignants, et ainsi de suite. Ce fut une *cause célèbre**.

— Et il est devenu un héros, je suppose ?

— Exact. Mais un héros modeste. Et il a su rester effacé depuis. Il publie des pamphlets, ce genre de chose. Mais il ne se met pas en avant, ne fait rien qui pourrait vraiment lui valoir d'être épinglé.

Parmi les faits qui ne pouvaient pas vraiment lui valoir d'être épinglé, il y avait son adhésion à divers mouvements extrémistes, tels que le groupe de discussion auquel Foukhari avait appartenu.

— En réalité, c'est lui qui y a fait entrer Foukhari. Foukhari était l'ami d'un de ses étudiants. Ils se rencontraient, parlaient dans des cafés, et apparemment Rachid leur avait suggéré à tous deux de se joindre au groupe de discussion. Ils ont participé à quelques débats, puis Rachid a glissé que ça manquait de virulence, ne débouchait sur rien, et leur a proposé de s'engager dans quelque chose de plus tangible.

— À savoir ?

— Une cellule politique quelconque. Mon informateur — l'étudiant en droit, l'ami de Foukhari — n'a jamais su laquelle. Il n'est même pas sûr de son existence. Rachid ne cessait de parler mystérieusement de quelque « projet » dans lequel ils pourraient s'engager, mais ça n'a jamais abouti. En tout cas, à en croire l'informateur. Il a pris ses distances et perdu le contact. Mais Foukhari, lui, a continué.

— Pour mourir ensuite en tripotant des bombes.

— Pendant que Rachid restait en retrait, comme d'habitude.

— Je me demande ce qu'il peut trafiquer aujourd'hui dans la coulisse. Rien ne permet de le relier au bombardement du café, n'est-ce pas ?

— Ce n'est pas sûr, dit Nikos. Il y a ces deux étudiants qui ont été tués.

— Oui, mais ils étaient inscrits à l'École d'ingénieurs.

— Et ils avaient un ami étudiant en droit. Vous vous rappelez ?

— Vous croyez qu'il s'agissait de Rachid ?

— Non. Je ne pense pas qu'il travaille de cette façon. Il agit indirectement, par l'entremise d'étudiants, d'amis d'amis. À mon avis, il est toujours à l'affût de recrues potentielles. Il les teste dans un innocent groupe de discussion. Après quoi, si elles semblent prometteuses, il les fait passer dans une organisation plus sérieuse.

— Oui, mais je ne crois pas que cette méthode ait été employée avec les étudiants tués dans le café. Parce que, pour ce qui les concerne, c'étaient des victimes, et non pas...

— Ah bon ? fit Nikos. Vous en êtes sûr ?

— Regardons les choses sous cet angle, suggéra Georgiades. Personne n'a lancé la bombe dans le café. Par conséquent, il faut bien que quelqu'un l'ait apportée. Les deux aides d'Ali dorment sur place et jurent leurs grands dieux qu'on ne l'a pas posée pendant la nuit. Nous avons épluché la liste de tous ceux qui y sont allés le lendemain matin et nous avons fait chou blanc. La bombe n'a pu se retrouver là que si les deux étudiants eux-mêmes l'y ont apportée.

Georgiades avait été invité à se joindre à la discussion et s'était rangé à l'avis de Nikos.

— Ils auraient donc eu l'intention de se faire sauter avec tous les autres clients ? rétorqua Owen d'un ton sceptique. Je n'y crois pas.

— Ce n'était peut-être pas leur objectif. Ils pouvaient fort bien être allés là-bas pour remettre la bombe à quelqu'un. Disons à cet étudiant en droit qui était leur ami.

— N'empêche ! Apporter une bombe prête à exploser dans un café bondé ! Pour l'amour du ciel !

— Le café n'était pas bondé. Ils ont choisi un moment où ils savaient qu'il n'y aurait pas grand monde.

— Oui, mais quand même, une bombe prête à exploser !

— Les ingénieurs manient ces engins avec désinvolture. Voyez Plumley.

— Ils sont peut-être désinvoltes, mais pas complètement idiots.

— Ça se tient, insista Nikos. Vous comprenez, c'est là qu'ils entrent en scène. En tant qu'ingénieurs. Leur rôle était de fabriquer les bombes. Ils savaient s'y prendre et avaient accès aux matériaux et à l'équipement nécessaires. C'est pour ça qu'on a eu recours à eux.

— Ils n'étaient pas des activistes politiques, en tout cas pas au sens où on l'entend généralement, dit Georgiades. Ils n'allaient pas à des meetings, ne prenaient pas la parole, ne portaient pas de banderoles, ne participaient pas à des manifestations, ne distribuaient pas de tracts. Ils n'étaient pas du genre à ça. Non, ce qu'ils savaient faire, c'était fabriquer des bombes.

— Pas assez bien : ils se sont fait sauter.

— Ça arrive souvent, répliqua Nikos. Regardez les dossiers. Prenez cette histoire de Hamada, pour commencer.

— Qu'est-ce qu'ils fichaient avec une bombe dans ce trou perdu ?

— Ils la testaient. Ils essayaient d'en fabriquer une plus efficace. À propos, il s'agissait aussi d'un élève ingénieur.

— Entendons-nous bien, dit Owen. D'après vous, l'explosion du café était un accident ?

— Exactement. Et les victimes sont les poseurs de la bombe. Sauf qu'elle n'a pas été vraiment posée. Elle a sans doute été apportée dans le café pour être remise à quelqu'un.

— Un étudiant de l'École de droit.

— Oui.

— Bon, c'est une idée, concéda Owen à contre-cœur. Alors, qu'est-ce qu'on fait maintenant ?

— À mon avis, ça ne change pas grand-chose, estima Georgiades. C'est seulement un lien de plus avec l'École de droit, et éventuellement Rachid.

— Nous devrions nous renseigner davantage sur ce Rachid, suggéra Nikos.

— Revenons à ce que vous disiez tout à l'heure, reprit Owen. Ce fameux Helbaoui — celui qui a été emprisonné pour avoir lancé une bombe sur le sultan Hassan et qui était peut-être un ami de Rachid. Ne devrions-nous pas aussi nous intéresser à lui ?

— Certainement, répondit Nikos. Mais n'en attendez pas trop. Personne n'a réussi à lui tirer les vers du nez à l'époque.

— C'était il y a quatre ans. Depuis, il casse des cailloux. Il a peut-être changé d'avis.

Helbaoui avait en effet changé d'avis ; et de façon intéressante.

Les conditions de détention dans les prisons du khédive s'étaient notablement améliorées depuis dix ans — la poigne réformatrice de Cromer se sentait même dans ce domaine — mais elles restaient dures. Les travaux forcés avaient toujours fait partie du système pénal égyptien et, d'ailleurs, ils avaient leurs bons côtés. Les prisonniers avaient avantage à se trouver en plein air pour échapper aux conditions sanitaires déplorables qui prévalaient généralement dans les prisons.

Mais aux condamnés tels que Helbaoui, qui avait tenté de tuer un membre de la famille royale, on réservait des tâches aussi pénibles que possible. Travailler dans les carrières de Toura comptait parmi les plus dures.

Helbaoui aurait pu être brisé ; mais il ne l'était pas, et ne se rebellait pas en permanence non plus. Il était amer, bien entendu, toutefois sa rancœur ne visait plus seulement le khédive et les Britanniques ; elle s'étendait à ceux qui avaient poussé un jeune étudiant inexpérimenté à commettre ce qu'il considérait à présent comme un acte de folie.

— Ils se sont servis de moi, dit-il à Owen lors de leur troisième entretien, alors qu'il commençait à mieux le connaître et semblait enclin à lui faire confiance. Ils m'ont chargé du sale boulot tandis qu'ils restaient tranquillement à l'abri des ennuis.

— Est-ce que ce sont eux qui ont indiqué la cible ?

— Maintenant je ne sais plus, avoua Helbaoui. Nous discutions sans fin. À l'époque, je pensais que c'était moi qui avais eu cette idée lumineuse, mais aujourd'hui je n'en suis plus aussi sûr. Je crois qu'ils ont pu m'inciter à le penser.

— Ils ont fourni le matériel, je suppose ?

— La bombe ? Oui.

Helbaoui remontait le temps et resta un instant plongé dans ses réflexions.

— S'ils ne m'avaient pas donné la bombe, je ne l'aurais peut-être pas fait, reprit-il soudain. J'hésitais. Je n'arrivais pas à me décider. Fallait-il sauter le pas ? Mais, une fois que j'ai eu la bombe dans les mains, il m'était difficile de revenir en arrière.

— Quel âge aviez-vous ?

— Dix-sept ans, répondit Helbaoui en haussant les

épaules. Je ne rejette pas sur eux l'entière responsabilité de cet acte. C'est moi qui l'ai commis. Je le voulais. J'y voyais un coup d'éclat en faveur de la liberté. Quelque chose qui aurait aidé l'Égypte. Bon, ce n'était sans doute pas impossible. Mais aujourd'hui je pense qu'on n'a pas besoin d'aller aussi loin. Il y a d'autres moyens d'agir, après tout. Bien sûr, à l'époque, il n'y avait pas encore de parti nationaliste.

Il regarda Owen et ajouta :

— Ils vont y arriver, à votre avis ?

— À entrer au gouvernement ? Non, pas cette fois.

— Vous avez sûrement raison. C'est trop demander.

— En revanche, le khédive va sans doute être obligé de nommer quelqu'un qui leur sera favorable.

— Vous croyez ? Et vous n'y voyez pas d'inconvénient ? Vous pensez que les Britanniques vont le laisser faire ?

— Oh ! que oui. En fait, nous aimerions bougrement accélérer les choses ! s'exclama Owen qui perdit toute retenue en voyant là l'occasion de disserter sur l'un de ses sujets de prédilection.

Il se rendit compte que Helbaoui le considérait avec curiosité.

— Ce serait un facteur de stabilité, expliqua-t-il sans grande conviction.

— Ah oui.

Helbaoui se tut.

— Ça paraît étrange, n'empêche, reprit-il au bout d'un instant, plus pour lui-même qu'à l'adresse d'Owen. On en vient à se demander...

Il haussa les épaules.

— Les choses changent. Ou la manière qu'on a de les regarder change.

Ses yeux croisèrent ceux d'Owen.

— Pourquoi m'avez-vous fait venir ?

— Pour vérifier si votre manière de regarder les choses avait changé.

— C'est le cas. Mais je ne sais toujours pas si je suis prêt à vous dire quoi que ce soit.

— Vous éprouvez encore un sentiment de loyauté à leur égard ?

Helbaoui hésita.

— Je ne dirais pas ça. Mais ce n'est pas pour autant que je vais parler.

— Si je vous pose la question, c'est que, à mon avis, ils continuent à se servir d'étudiants naïfs, comme ils se sont servis de vous. Sauf que ces jeunes se font tuer.

— Tuer ?

Owen lui raconta ce qui s'était passé dans le café et à Hamada.

Helbaoui resta un long moment plongé dans ses réflexions. Pendant ce temps, Owen réfléchissait lui aussi.

— Qu'est-ce que vous voulez ? demanda enfin Helbaoui.

— Pas des renseignements. Parce que je crois déjà en disposer.

Helbaoui eut l'air perplexe.

— Dans ce cas...

— Je veux davantage. Je veux que vous m'aidiez. En échange, je veillerai à vous faire libérer.

— Je vous écoute.

— Tu es sûr de ne pas vouloir d'aide ? demanda Paul.

— Bien sûr que si, j'aimerais en avoir. Celle de Dieu, de préférence.

— Je ne voyais pas aussi loin, répliqua Paul, qui hésita avant d'ajouter : En fait, je pensais à l'armée.

— Je t'ai déjà dit...

— Bon, d'accord, d'accord ! s'empressa de répliquer Paul en levant une main apaisante. Mais il faut que tu sois raisonnable. Ça va être très important. Il y aura des gens partout. Pas seulement devant le palais, mais tout le long du trajet. Tes effectifs ne sont pas suffisants.

— Je vais en faire venir du reste du pays.

— Tu l'as dit toi-même je ne sais combien de fois : les policiers de province ne valent bougrement rien au Caire.

— Pourquoi es-tu aussi partisan de l'armée tout à coup ?

Paul soupira.

— Nous commençons à recevoir des récriminations de chez nous. À quoi bon avoir une armée si on la consigne en permanence dans ses baraquements ? Dans ce cas, faut-il vraiment en avoir une ? De cette importance ? Ou une armée tout court ? On pourrait faire des économies. La seule mention d'économies fiche une trouille bleue au ministère de la Guerre. Ils sont tout le temps sur notre dos, veulent savoir à chaque instant ce que nous faisons. Mettez l'armée dans les rues pour montrer qu'elle est importante, mieux, indispensable !

— J'ai assez de problèmes comme ça avec le maintien de l'ordre au Caire sans devoir assurer celui de l'armée, bon Dieu !

— Il y a aussi autre chose. Tous ces hommes enfermés dans leurs baraquements. C'est très malsain. Imagine qu'une épidémie se déclare ? Elle tuerait toute la troupe. Seigneur, Gareth, ce n'est plus de l'hostilité, c'est de la vengeance. Tu ne seras donc pas satisfait avant d'assister au massacre de toute l'armée britannique ? Et les parties de tennis de John ?

— C'est un élément à prendre en considération, je dois le reconnaître. Nous pourrions faire une exception pour les délassements. Voilà qui devrait les rendre heureux.

— Non. À moins que les bordels soient inclus dans le chapitre délassements.

— Pour l'instant, je préfère qu'ils ne se mêlent pas aux Égyptiens.

— Nous ne pourrons pas tenir longtemps. C'est un avertissement que je te donne.

— Ne peux-tu pas dire que l'armée est déployée ? En fait, on la garde en réserve, voilà tout.

— Elle devrait être en première ligne. C'est là qu'est sa place.

— Bon, elle est en première ligne. Quasiment.

— Dans les baraquements ?

— C'est seulement une ruse de notre part. En réalité, les hommes sont tous armés jusqu'aux dents et prêts à se précipiter au premier signal.

— En fait, ce serait peut-être une bonne idée s'ils l'étaient. Juste pour les deux ou trois jours à venir. Des jours qui coïncident avec ces manifestations.

— Bon, d'accord, concéda Owen de mauvaise grâce. Si ça peut te rassurer.

— Merci. Ça me rassure.

Comme d'habitude, les manifestations devaient partir d'al-Azhar, la grande université islamique. Le cortège emprunterait les ruelles étroites de la vieille ville jusqu'à la porte Bab Zouwayla, où il tournerait à droite et traverserait la place Bab el-Kalk afin de défiler devant le siège de la police en guise de provocation.

Il passerait ensuite entre le palais d'Ali Bacha Chérif sur la droite et l'École de droit sur la gauche, où il grossirait considérablement, et bifurquerait enfin à gauche pour gagner la place du palais khédivial.

Là, d'éminents leaders du mouvement nationaliste, y compris Saad, le ministre de la Justice, prendraient la parole durant des heures.

— Je ne vois pas comment il peut combiner ça avec ses fonctions de ministre, remarqua Garvin d'un ton aigre.

— Pourquoi ne pas le cueillir ? suggéra McPhee.

— Pour en faire un héros ? C'est précisément ce qu'il cherche.

McPhee s'obstina.

— Ça ne me paraît pas correct.

Malgré de nombreuses années passées dans le pays, il restait d'une incorrigible droiture, une qualité qui l'avait grandement handicapé durant quelques mois lorsqu'il avait exercé les fonctions de mamour zapt par intérim avant l'arrivée d'Owen.

— Qu'est-ce qui l'est ? rétorqua sèchement Garvin et, pendant que McPhee y réfléchissait, il se tourna vers Owen. Au moins, sa présence empêchera sans doute la situation de dégénérer.

— Ah bon ?

— Oui. Impressionner le khédive avec la foule qui vous soutient est une chose. La laisser se déchaîner devant le palais en est une autre. Ce n'est pas le bon moyen de persuader le khédive qu'on est exactement le bras droit qu'il lui faut.

— Pour ma part, je doute de la capacité de Saad à maîtriser les manifestants.

Garvin baissa les yeux sur ses documents.

— Eh bien, s'il ne l'a pas, vous feriez bougrement bien de l'avoir à sa place.

Owen et McPhee partirent ensemble. En sortant, Owen dit à McPhee :

— Rien de tout ça ne serait nécessaire si ce fichu khédive arrivait à se décider.

McPhee émit un grognement prudent.

— Il reste encore une chance, estima-t-il.

— Ah oui ?

— C'est ce que j'ai entendu dire. Un nouveau nom circule.

— Lequel ?
— Ali Osman.

— C'est vrai, confirma Nouri Pacha d'un ton lugubre. Il a fait sa rentrée politique.
— Comment diable s'y est-il pris ? Aux dernières nouvelles, il se trouvait à Hamada.
— Il est revenu au Caire la semaine dernière.
— Quand je l'ai vu, il ne pensait pas avoir la plus petite chance.
— La situation a évolué entre-temps.
— Elle a évolué sacrément vite ! Qu'est-ce qui l'a modifiée ?
— L'argent. Ali Osman a soudain mis la main sur une grosse somme. C'est là quelque chose qui impressionne toujours le khédive.
— Oui, mais tout de même... Ali Osman !
— Exactement, reconnut Nouri Pacha, sans sa vigueur habituelle, toutefois.
— Vous pensez vraiment qu'il a une chance ?
— Il reste tout le temps enfermé à discuter avec le khédive en ce moment.
— Et les nationalistes ? Ali Osman doit représenter pour eux le mal absolu.
— C'est là, bien entendu, le but des manifestations : faire passer le message au khédive.
— Ne t'inquiète pas, dit Zeinab, qui avait entendu ces derniers mots en entrant dans la pièce. Les manifestations vont lui faire peur et le détourner d'Ali Osman. Mais aussi des nationalistes. Et alors il reviendra vers toi.
— Tu crois ? demanda Nouri Pacha, dont le visage s'éclaira.

— Ce n'est pas de gaieté de cœur que je vous le demande, dit Owen. Mais...

— Je vais le faire, s'empressa de répondre Mahmoud.

À présent, Owen n'était plus sûr que c'était une bonne idée. Il avait l'impression de profiter de Mahmoud ; de son amitié, de son sens du devoir, de... de son tempérament arabe. Il y avait en effet en lui une impulsivité, une tendance à manifester ses émotions d'une manière exagérée, du moins aux yeux des Britanniques.

Owen avait envie de le calmer. C'était le genre de chose qu'il fallait envisager sans s'emballer.

À la manière des Britanniques.

Malheureusement, Mahmoud n'avait rien de britannique.

— Oui ! s'écria-t-il dans le feu de l'enthousiasme. Je vais le faire.

— Nous pourrions ainsi épingler toute la bande, vous comprenez.

— Oui, oui.

— Mais c'est beaucoup vous demander.

— Non, ce n'est rien ! déclara Mahmoud.

— Si, insista Owen. Le risque...

Mahmoud balaya l'objection d'un haussement d'épaules.

— Pour vous peut-être, et même sûrement. Ce serait impossible pour vous. Mais pour moi...

— Il y a un risque réel, rappela Owen.

Dans son souci d'amener Mahmoud à bien réfléchir avant de se lancer là-dedans, il commençait à reconsidérer toute l'affaire d'un œil critique.

— Tout d'abord, supposez qu'ils vous connaissent ?

— Pourquoi me connaîtraient-ils ?

— Vous êtes magistrat, oui ou non ? Vous avez fréquenté l'École de droit.

— Cela fait longtemps.

— Il y aura sûrement quelqu'un pour se souvenir de vous.

— Et alors ?

— On vous prendra pour un agent infiltré.

— Quand bien même ils découvriraient que je suis du parquet, ça ne ferait pas de moi un agent infiltré.

Toutefois, avec une inconsistance fort peu anglo-saxonne — mais peut-être galloise —, Owen avait réussi à adopter un point de vue contraire.

— Non, non. C'était une idée stupide. N'y pensez plus. Je trouverai quelqu'un d'autre.

Il avait fait preuve d'irresponsabilité. Persuader un tiers de risquer sa vie. Un homme qui, il le savait, ne le laisserait pas tomber.

— Non, non. N'y pensez plus. C'était idiot depuis le début.

Mais au fur et à mesure que son enthousiasme retombait, Mahmoud s'enfiévrait.

— C'est une bonne idée ! s'écria-t-il avec fougue. Nous pourrions épingler toute la bande. Et c'est très bien, c'est tout à fait normal que vous vous adressiez à moi. Au parquet.

Mahmoud tirait une immense fierté de son travail.

— C'est normal que le parquet fournisse quelqu'un, reprit-il. Voilà qui replace les choses dans la stricte perspective de l'ordre public.

Mahmoud considérait les activités du mamour zapt avec le regard réprobateur d'un ferme partisan du droit constitutionnel. S'il aimait bien la personne qui les exerçait, il s'opposait par principe à l'existence de ce poste.

— Non, non, je vais le faire, déclara-t-il d'un ton catégorique.

Un moment de silence suivit. Owen réfléchissait au moyen de dissuader Mahmoud. Ce dernier, quant à lui, ne s'était pas arrêté en si bon chemin.

— Cette situation pourrait même avoir ses avantages, dit-il. Pensez-y. Admettons qu'ils se renseignent et découvrent que je suis du parquet. Que découvriront-ils d'autre ? Que je suis nationaliste, d'accord ? Comme vous le déplorez souvent. Encore l'année dernière, sous la pression britannique, on m'a retiré une affaire en raison de mes opinions politiques...

— Cette histoire de Senousis[1] ? Pour l'amour du ciel, tout le monde sait...

— Non. Vous, vous savez, Garvin sait, l'entourage du consul général sait. Et les gens du parquet. Du moins les plus haut placés. Mais personne d'autre n'est au courant. Tout ce qu'on sait, c'est qu'on m'a retiré l'affaire à grand bruit et que j'ai des raisons d'être amer. Suffisamment pour avoir envie de me venger.

Malgré lui, Owen vit la logique du raisonnement.

— Croyez-vous que ça pourrait marcher ? demanda-t-il, à demi convaincu.

Maintenant qu'il envisageait de passer à l'action, Mahmoud s'était calmé, selon son habitude.

— Je crois que ça vaut le coup d'essayer, répondit-il. Voulez-vous que je voie Helbaoui ?

Owen consacrait le plus clair de son temps à se préparer aux manifestations, et Zeinab s'en plaignit. Vu l'expérience qu'elle en avait eue chez son père, elle trouvait en effet difficile de prendre au sérieux les crises politiques et, de toute façon, estimait que sa vie privée devait passer avant.

Owen lui proposa un opéra, mais ils étaient déjà allés voir tous les spectacles au cours des quinze jours écoulés, et Zeinab tenait à passer une soirée qui le forcerait à lui consacrer toute son attention.

Un dîner, donc. Zeinab aurait préféré aller danser, car elle y prenait grand plaisir et aimait aussi afficher sa supériorité vis-à-vis d'Owen qui, lui, n'y tenait pas

1. Voir *Le Coin des ânes*, 10/18, n° 3566.

beaucoup, étant piètre danseur. Mais les seuls endroits où les hommes et les femmes pouvaient danser à l'occidentale étaient les hôtels et les bals militaires.

Owen trouvait que ces derniers n'étaient pas indiqués pour le moment ; quant à Zeinab, elle dédaignait les pistes des hôtels, trop fréquentées à son goût par les touristes et les jeunes Anglaises fraîchement débarquées de Londres, qu'elle considérait comme des rivales potentielles.

Un dîner, donc, qu'ils pourraient réussir à combiner avec quelques danses si Zeinab s'attendrissait et si Owen s'attendrissait encore davantage.

Restait un problème, car c'étaient les hôtels qui proposaient, et de loin, les meilleurs repas du Caire. Sauf, bien sûr, ceux qu'on servait chez les chargés d'affaires français, mais là aussi on rencontrait des touristes et des jeunes filles fraîchement débarquées d'Angleterre.

Finalement, ils se décidèrent pour un bel établissement connu des seuls initiés cairotes, le *Sémiramis*, dont la terrasse aménagée au dernier étage, petite, intime, offrait une vue magnifique sur le Nil.

Malheureusement, le *Sémiramis*, connu des initiés, était déjà bien rempli lorsqu'ils y arrivèrent. Owen crut entendre la voix de Paul derrière des palmiers en pot. Le serveur les conduisit toutefois à une table retirée, à l'abri de palmes, et Zeinab était toute disposée à se sentir satisfaite.

Owen aussi. Zeinab, certes, ne passait pas inaperçue, mais elle était plus frappante que belle au sens classique du terme. Elle avait un visage étroit, osseux, et un nez arabe sévère. Vue au repos, elle n'avait rien d'exceptionnel.

On la voyait toutefois rarement au repos. Son état normal était la fougue. Ses grands yeux flamboyaient alors, son front se plissait de fureur, ses lèvres frémissaient, et sa beauté devenait redoutable.

Owen était habitué à son tempérament et l'adorait. Mais parfois il représentait une épreuve. Attablé à la terrasse du *Sémiramis*, face au visage de Zeinab plongé dans l'ombre et à ses grands yeux qui le regardaient par-dessus les bougies, alors que la lune s'argentait déjà sur le fleuve, qu'une touche de cramoisi et d'or s'attardait sur l'eau à l'ouest, et que les grands suffragis à la robe ceinturée d'une écharpe rouge se déplaçaient discrètement entre les tables, Owen sentit que son cœur gallois, toujours impressionnable, chavirait une nouvelle fois.

Zeinab s'en rendit parfaitement compte et en conçut une grande satisfaction. Car elle n'exigeait pas tant l'assujettissement d'Owen que son entière attention, qu'elle obtenait rarement, à l'en croire.

Le repas se déroula d'une manière agréable et paisible. Au centre de la terrasse, des couples évoluaient sur une piste minuscule. Elle était si petite qu'on ne pouvait en vouloir à un danseur peu habile ; ému par le clair de lune, Owen y entraîna Zeinab.

Lorsqu'ils se faufilèrent entre les tables, ils passèrent devant un groupe compact d'Européens assis dans un renfoncement. C'était la délégation en visite, escortée par le consul général en personne, sa femme et Paul. Elle était au complet, Roper compris.

Il était installé tout au bout du groupe, une petite rangée de verres devant lui, et avait l'air de s'ennuyer.

Son regard s'alluma quand il aperçut Owen.

— Quel veinard ! s'écria-t-il. Celle-ci en plus de la fille dans le désert.

— La fille dans le désert ? répéta Zeinab.

Le reste de la soirée ne fut pas un franc succès.

Du haut de son cheval, Owen bénéficiait d'un bon point de vue. Jusqu'ici — et les discours duraient déjà depuis plus de trois heures — la manifestation s'était déroulée dans le calme. Une marée humaine avait envahi la place du palais, mais tous les visages en extase se tournaient vers l'orateur juché sur l'estrade de fortune érigée à la hâte devant les grilles du palais, et il n'y avait pas eu de problème.

Si des débordements devaient se déclarer, ils viendraient de la lisière de la foule où des fanatiques agitaient leurs banderoles. Mais dans les petites rues environnantes, des policiers étaient massés, sur le qui-vive, matraque à la main. Et la fameuse police montée du Caire était présente elle aussi, impatiente de déployer une nouvelle fois ses talents.

En outre, à moins de huit cents mètres, dans les immenses baraquements construits près de la rive, l'armée attendait.

Owen avait l'intention de la faire attendre longtemps.

Jusqu'ici, tout s'était bien passé. Le cortège grossissait dans la bonne humeur au fur et à mesure qu'il défilait. Lorsqu'il arriva devant l'École de droit, il était immense. Si Saad Pacha cherchait à impressionner le khédive par l'ampleur de son soutien populaire, c'était sans doute gagné.

Bien sûr, ce soutien n'était pas vraiment à porter à son seul crédit. La manifestation aurait été organisée plus ou moins de la même manière sans lui. Les nationalistes n'avaient eu qu'à se placer habilement en tête du cortège.

Et, encore plus habilement, Saad s'était faufilé à la première place. Son discours était le point culminant de toute l'affaire, et il en tirait le meilleur parti.

Il n'attaqua pas directement le khédive, mais s'en prit à ses conseillers. Il insinua que si le souverain était disposé à se mettre au service de la cause nationaliste, des hommes du passé le retenaient et faisaient de l'obstruction. Le khédive aurait applaudi, mais pas Ali Osman.

Il réserva naturellement ses attaques les plus virulentes aux Britanniques. Sa technique consistait à glisser une pointe de temps à autre : il réveillait ainsi une attention chancelante, mais cessait aussitôt si ses propos échauffaient par trop l'auditoire.

Au début de son discours, les passages incendiaires étaient nettement espacés. À présent, ils se faisaient plus rapprochés. Saad était sans doute sur le point de conclure. Il terminerait sûrement sur une note de forte vitupération.

C'est alors que les débordements se produiraient.

Owen jeta un coup d'œil à ses troupes. Elles étaient prêtes.

Lorsque Saad haussa le ton pour sa péroraison, la foule se mit à ponctuer ses propos en scandant des slogans. En orateur expérimenté, il réussit à les incorporer dans son discours, à poser une question, à attendre la réponse de la foule, à la répéter et à la faire sienne, en invitant les gens à prendre la parole.

Saad exprimait ainsi la volonté du peuple.

Sur les bords de la foule, de petits groupes commencèrent à se détacher de la masse et à tenter d'escalader les grilles.

Owen leva la main et la police entra en action.

Les slogans étaient devenus continus. Saad s'était tu, mais personne ne l'avait remarqué. La foule se rua en avant.

Mais la police s'était déjà interposée entre elle et les grilles en formant un mur compact, solide. Les matraques étaient levées.

Quelqu'un monta sur l'estrade et essaya d'inciter les manifestants à rentrer chez eux. Sa voix se perdit dans le tumulte.

La première ligne de la foule se heurtait au mur de policiers. Owen apercevait la haute taille de McPhee qui dirigeait les opérations.

La foule poussa, mais le mur tint bon. Sur ses ailes, cependant, des bagarres éclatèrent. Les matraques se mirent à s'élever et à retomber.

Les manifestants poussèrent et le mur vacilla. Les matraques étaient maintenant à l'œuvre d'un bout à l'autre du premier rang.

Une autre poussée, et le mur faillit céder.

Owen leva les yeux. Sentant que c'était le moment d'intervenir, la police montée commença à se frayer un chemin.

Un ou deux rebelles avaient déjà réussi à escalader les grilles. Mal leur en prit, car ils furent aussitôt attrapés et emmenés.

Le lendemain, le khédive se plaindrait de l'invasion de son domaine. Mais il se serait plaint de toute façon.

Une partie du mur de policiers s'effondra. La masse humaine ne poussait plus en bloc mais s'agitait de façon désordonnée pour garder l'équilibre.

Owen leva de nouveau la main.

Un clairon sonna. La police montée émergea d'une rue et se dirigea droit sur le flanc de la manifestation. Il céda bientôt.

Les chevaux étaient ralentis par la densité de la foule. Leurs cavaliers firent alors usage de leur matraque.

Un autre clairon sonna, et un détachement similaire au premier se rua sur l'autre flanc.

Les gens vacillèrent. Certains se mirent à courir.

La pression céda sur le mur constitué devant les grilles et les policiers commencèrent à avancer avec méthode, en matraquant tous ceux qui se trouvaient sur leur passage.

Les deux détachements à cheval avaient progressé, de sorte qu'ils ne contenaient pas seulement les flancs, mais aussi les premiers rangs.

Les manifestants furent forcés de reculer.

Ils reculaient toujours. Les cavaliers se regroupèrent et chargèrent de nouveau, cette fois par-devant.

La masse se désagrégeait. Les bagarres étaient maintenant contenues dans de petites poches, sauf sur un côté de la place, où tout un groupe tentait encore d'atteindre les grilles.

Owen s'y dirigea sur sa monture.

Là, la lutte était acharnée. Tout autour des combattants, des gens gisaient à terre, des étudiants pour la plupart, à en juger par leurs vêtements.

D'autres étudiants vinrent les aider à se relever.

La place était presque dégagée à l'exception de cette large zone agitée. Les policiers à pied abandonnèrent le reste de la manifestation pour y concentrer leurs efforts.

Le groupe récalcitrant se scinda soudain. La plus grosse partie fut immédiatement submergée par une marée policière.

Les autres échappèrent au cordon et se précipitèrent sur les grilles. Ces exaltés se jetèrent dessus, agitèrent le poing et hurlèrent menaces et insultes.

Si le khédive observait la scène, il comprendrait sans peine le message.

La police se rassembla et les arracha un par un aux barreaux.

Les plus provocateurs grimpèrent tout en haut et s'y accrochèrent pendant assez longtemps en donnant des coups de pied aux policiers qui se trouvaient dessous.

Owen fit avancer son cheval.

La police réussit enfin à les déloger et les emmena. Owen en reconnut deux : Mahmoud et Georgiades.

10

— D'accord, d'accord ! admit Paul d'un ton apaisant. Il est vraiment emmerdant, je sais. Mais il n'y en a plus pour longtemps. La délégation a presque terminé son travail. Dans quinze jours, tout le monde sera retourné à Londres, Roper compris.

— Où que nous allions, il se pointe et sort une grossièreté qui la met en fureur.

— Il ne sortira rien la prochaine fois. Du moins pas dans les jours qui viennent. Il a quitté Le Caire.

— Où est-il ?

— Seigneur, je l'ignore. Quelque part dans le désert. Avec Plumley. Là au moins, il n'embête personne.

— Le seul inconvénient, c'est qu'il va revenir.

— À son retour, il ne lui restera plus que quelques jours à passer ici. Ensuite, Le Caire redeviendra un endroit sûr.

Owen se sentait encore à vif. Il venait toutefois de consacrer une demi-heure à en parler à Paul et songea qu'il était temps de cesser.

— Un verre ?

Il se dirigea vers le bar. Lorsqu'il revint, Paul avait imaginé une diversion.

— Le vieux était très content au sujet de la manifestation. Tout s'est bien passé, pas vrai ?

— À peu près, reconnut Owen en pensant à Mahmoud et à Georgiades.

— Pas de blessés. Des dégâts très limités. Pas trop d'insultes à l'adresse du khédive. C'était parfait !

— Et sans le secours de l'armée, fit remarquer Owen d'un ton appuyé.

— Sans doute, mais elle n'en était pas moins un facteur décisif. Du moins, c'est ce que j'ai dit aux militaires. Les choses ne se seraient jamais déroulées aussi tranquillement si les manifestants n'avaient pas su que l'armée était prête à leur tomber dessus au premier débordement.

— Du moins, c'est ce que tu leur as dit.

— Exact. De toute façon, il vaut beaucoup mieux être qualifié de héros qu'avoir à en faire la démonstration.

Owen revint en arrière.

— Tu ne saurais pas par hasard où il est allé ?

— Roper ? Je jugerais un peu excessif d'aller le débusquer là-bas pour lui faire la peau, si c'est ce que tu avais à l'esprit.

— Non, pas du tout. Mais quel que soit l'endroit où il se trouve, les problèmes surgissent aussitôt, en général. Je prends donc mes précautions.

— Quelque part dans la région de Minieh.

— Pas à Hamada ?

— Si, je crois que c'est le nom du patelin.

— C'est drôle.

— Pourquoi ?

Owen le mit au courant.

— Je ne pense pas qu'il faille y voir quoi que ce soit de spécial. Il a probablement un boulot à terminer là-bas.

— Oui, et je commence à me demander de quel genre de boulot il s'agit, conclut Owen.

Mahmoud et Georgiades furent détenus vingt-quatre heures, comme la plupart des manifestants fauteurs de troubles, puis relâchés. Le gouvernement ne prit pas la peine d'engager des poursuites.

Georgiades devint alors une sorte de héros pour les étudiants, mais sut rester modeste.

Mahmoud attira lui aussi l'attention. Les étudiants ne l'avaient pas encore vraiment remarqué car il ne suivait pas leur cursus, étant déjà diplômé, mais assistait à quelques cours de spécialisation pour mettre ses connaissances à jour dans certains domaines. Georgiades avait toutefois eu l'occasion de lui parler pendant qu'ils étaient ensemble en prison, et put mettre les étudiants au courant de sa triste histoire.

Apparemment, il avait eu des démêlés avec les Britanniques. Sa façon de traiter une affaire ne leur avait pas plu et ils l'avaient accusé de parti pris politique, ce qui était un peu fort de leur part, et plus ou moins insisté pour qu'on le mute à la campagne.

C'était là un coup fatal pour n'importe quel jeune haut fonctionnaire ambitieux, et, à juste titre, Mahmoud avait protesté. Une fois débouté, il avait tout plaqué.

Il allait à présent essayer de gagner sa vie en plaidant dans les tribunaux mixtes. Mais il s'agissait d'un domaine assez spécialisé et Mahmoud devait tout d'abord rafraîchir ses connaissances en droit international. Un de ses amis, assistant à l'École de droit, lui avait suggéré de solliciter une dérogation pour assister à quelques conférences et, à sa grande surprise, elle lui avait été accordée.

Le doyen s'était montré fort compatissant, semblait-il. Peut-être avait-il lui aussi, des siècles plus tôt, eu des problèmes avec les Britanniques. En tout cas, il s'était débrouillé pour faire aboutir la demande. Les étudiants ne l'en auraient pas cru capable.

Après leur expérience carcérale commune, Mahmoud et Georgiades étaient restés en contact. Ils se rendaient souvent dans un café avec d'autres étudiants et y parlaient droit et politique.

En fait, Mahmoud était d'un grand secours dans le domaine juridique. Il réussit même à expliquer certains points à Georgiades. On avait tout intérêt à l'écouter pour grappiller des connaissances.

Tous deux étaient amers sur le plan politique, ce qui n'avait rien d'étonnant.

Mahmoud, qui s'y connaissait visiblement fort bien en droit, fit remarquer que la réaction britannique à la manifestation avait été extrajudiciaire, et donc inadmissible en termes constitutionnels. On ne suivait pas toujours parfaitement tous les points qu'il développait — il fallait au moins être en dernière année pour comprendre certains arguments —, mais on voyait que la manière dont il avait été traité l'avait ulcéré au plus haut point.

Même Georgiades, ce type doux, peu porté à la critique, paraissait remonté. Après réflexion, les étudiants conclurent au réveil de sa conscience.

Un jour, quelqu'un leur présenta un enseignant de droit favorable à leurs idées. Ils prirent l'habitude d'aller ensemble dans un café après les cours.

Il semblait prêter une réelle attention à ce qu'ils avaient à dire. Les étudiants, observa-t-il, étaient souvent plus au fait des problèmes que le corps enseignant. D'autres personnes seraient intéressées elles aussi. Il leur demanda un soir s'ils n'aimeraient pas l'accompagner dans un club de discussion dont il était membre.

Ce qu'ils firent. Et, en effet, il y avait là beaucoup de gens qui avaient l'air de partager leurs idées. Le ton des débats était pour le moins virulent. Mahmoud parla vraiment bien. Georgiades ne comprit pas tout.

Ensuite, ils allèrent dans un autre café avec une poignée des gens présents et poursuivirent la discussion.

Entre-temps, la crise constitutionnelle perdurait. Ali Osman était nettement revenu en faveur. Le brio dont Saad avait fait preuve lors de la manifestation n'avait pas tout à fait convaincu le khédive. Ou, plutôt, il l'avait inquiété. Quiconque maîtrisait à ce point une foule était potentiellement dangereux. Mieux valait ne pas lui donner trop de pouvoir.

En outre, Ali Osman savait s'y prendre avec l'argent. Il paraissait capable d'en dénicher de grandes quantités comme par magie. Le khédive estimait que c'était là une qualité enviable chez un ministre, en tout cas chez un de ses ministres.

La grande manifestation avait néanmoins eu une conséquence inattendue : elle semblait pour l'instant avoir allégé quelque peu la pression nationaliste. Au cours des jours suivants, les rues furent relativement calmes.

Personne ne se fit suivre ni attaquer.

La raison pouvait bien entendu être cherchée ailleurs. Une présence policière impressionnante se trouvait dans les rues. Owen avait gardé quelques-uns des effectifs provinciaux réquisitionnés pour la manifestation et les déployait de façon visible.

Et le plus important, peut-être, ses agents étaient partout. De fortes récompenses étaient offertes en échange de renseignements. La description des hommes que la police voulait interroger était largement diffusée. Les deux poursuivants de Jullians auraient sûrement eu quelque peine à se reconnaître dans la leur, mais ils se tinrent sans doute sur leurs gardes, car au fur et à mesure que les jours passaient, aucun nouvel incident n'était signalé.

Owen savait que cette accalmie n'allait pas durer. Mais elle lui laissait un temps précieux pour agir. Si ceux qui tiraient les ficelles tenaient vraiment à conserver l'anonymat de leurs agents, ne seraient-ils pas tentés d'en recruter un nouveau ? Disons quelqu'un de très engagé sur le plan politique, avec une dent contre les Britanniques, et une immense amertume ?

Fairclough, qui attirait sans doute l'attention pour la première fois de sa vie, commençait à devenir assez ennuyeux. Owen l'entendait régaler une fois de plus ses copains au bout du comptoir.

— La main d'Allah, voilà ce que je croyais au début. Le destin m'avait désigné. Au hasard. Mais maintenant je n'en suis plus aussi sûr. Je suppose qu'ils m'avaient dans le collimateur. Et vous savez pourquoi ?

— C'était le seul moyen de vous faire taire, Fairclough, suggéra quelqu'un qui avait surpris ses paroles en passant.

Fairclough l'ignora.

— Pour cette affaire de sel.

— De sel ? Je ne vous suis pas, Fairclough, dit un membre de l'équipe opposée d'un air confondu.

La partie de bridge s'était terminée un instant plus tôt et les joueurs qui recevaient offraient à présent à boire aux autres.

Fairclough expliqua que ses fonctions aux Douanes et Taxes l'avaient conduit à Hamada.

— Pour les Arabes, le sel est très important. Apportez-leur du sel et vous serez leur ami à vie.

— Alors pourquoi voulaient-ils vous tuer, Fairclough ? demanda l'homme qui s'était dirigé tout à l'heure vers le bar et revenait avec un verre dans chaque main.

Fairclough le laissa passer.

— Donc tout ce sel, à Hamada, était très tentant. Il y avait un endroit dans la montagne où on stockait celui qu'on avait récupéré dans la région entière. Des bâtiments abandonnés — je crois qu'il s'agissait jadis d'un lieu saint. Mais encore en assez bon état. Et du fait qu'ils se trouvaient à l'écart, les Douanes se disaient que les gens ne repenseraient pas sans cesse au sel qu'on leur avait confisqué.

— Pourquoi ne le leur avez-vous pas rendu, tout simplement ?

— Impossible, mon vieux. À l'origine, c'était un produit de contrebande. On ne pouvait pas rendre un produit illégalement acquis à ceux qui l'avaient illégalement acquis.

— Bon, mais le laisser là...

— C'était tenter le diable. Je vous le disais. Le vieux pacha de la région se faisait du souci. D'après ce qu'il m'a dit, il devait faire garder les lieux par toute une troupe d'hommes armés. Autrement, les brigands locaux se seraient jetés dessus. Sans parler des bohémiens. Ils étaient drôlement nombreux le jour où j'y suis allé.

Fairclough reposa son verre.

— Merci. Je veux bien. La même chose. Oui, le coin grouillait de bohémiens. Le vieux pacha m'a dit : « Écoutez, effendi, il faut d'abord que je vire ces mendigots. » Bon, il n'a pas tout à fait employé ces termes, mais ça revenait à ça. « Vous voulez bien revenir demain ? »

— En Égypte, c'est toujours « demain », fit remarquer l'un des visiteurs, un Anglais fraîchement débarqué et déjà expert sur le pays. *Bokra*, ajouta-t-il pour montrer sa maîtrise récente de la langue.

— Oui, ils remettent toujours au lendemain, lui concéda Fairclough. Remarquez, le pacha n'avait pas tort. Il y avait des gens partout, et il ne pouvait pas laisser les choses en l'état. Il fallait les virer d'une manière ou d'une autre, et je suis sûr qu'il n'avait pas très envie que je voie comment il s'y prenait. Ils sont un peu frustes en province, et les coups de corbak pleuvent encore à la moindre occasion. Merci. À la vôtre.

Sa première gorgée fit baisser le niveau de moitié. Son teint commençait à s'empourprer.

— Je lui ai dit que je lui accordais une heure. Et, soyons juste, il faut reconnaître qu'ils avaient disparu à mon retour. Les bohémiens, s'entend.

— En raflant tout sur leur passage, je suppose, glissa un autre membre de l'équipe invitée, un vieux routier quant à lui. Y compris votre pantalon.

— Non, pas dans mon cas. Du moins pas cette fois, précisa Fairclough avec un gros rire qui se termina en hoquet.

— Je ne saisis toujours pas le rapport, reprit l'homme prosaïque qui avait questionné Fairclough le premier. Qu'est-ce que ç'a à voir avec le fait qu'on vous a tiré dessus au Caire ?

— Ils m'ont aperçu à cette occasion, vous comprenez, expliqua Fairclough. C'est la seule fois que j'ai quitté le bureau, alors c'est sûrement à ce moment-là. Et comme le sel a une grande importance pour eux, mon image s'est gravée dans leur esprit. Je suis celui qui est venu leur prendre le sel. Fairclough. C'est pourquoi ils voulaient me tuer.

— À leurs yeux, vous étiez le gouvernement.

— Eh bien, oui, admit modestement Fairclough en baissant les yeux sur sa bière. Je suppose.

— Je ne vois toujours pas le rapport avec un incident qui s'est passé au Caire, répéta le visiteur prosaïque avec obstination.

— L'Égypte a beau être un grand pays, c'est aussi tout petit, dit le vieux routier d'un air avisé. Les rumeurs circulent. Quelqu'un a dû voir Fairclough à Hamada, l'a revu au Caire et a fait passer le mot.

— C'est moi qui ai fait passer le mot, mais les mendigots ont tout fait louper, lança celui qui était intervenu au début de la discussion et repassait cette fois avec des verres vides.

Soraya le nia avec force.

— Sûrement pas ! On n'a pas fait attention à lui. Et même si on l'avait aperçu, il n'aurait pas valu la peine qu'on en parle.

Elle se jucha sur les genoux d'Owen. D'un geste machinal, il allait mettre son argent à l'abri, mais se ravisa et le partagea équitablement entre eux deux.

Soraya accepta sa part de bonne grâce.

— Merci, dit-elle. Tu peux garder le reste. C'est un cadeau que je te fais.

Ils étaient attablés dans une boîte de nuit située près des grands hôtels. Owen s'était rendu dans la Citadelle sans grand espoir et, surpris et content, avait appris que Soraya était revenue en ville. Il pensait que les bohémiens effectuaient encore l'un de leurs longs périples de nomades.

— C'est le cas, assura son informateur. Mais Soraya est revenue. Elle s'est disputée avec son homme à Minieh et elle est rentrée toute seule.

Comme d'habitude, elle s'activait dans la zone touristique, où Owen l'avait trouvée.

— Bien sûr qu'on transmet des renseignements, admit-elle en posant la tête sur l'épaule d'Owen. Mais personne ne s'intéresse à un petit Anglais gras et rigolo. D'ailleurs, on ne saurait pas à qui donner ces renseignements. Pas au Caire. À Hamada, bien sûr, on saurait. En province, c'est différent.

— Quel genre de renseignements transmettez-vous ?

— Des messages pour les marchands. « Rejoignez Abdul Latfi à Bir Hamna avec les chameaux », ce genre de chose. C'est très important, alors ils nous paient. Voilà le genre de renseignements qui nous intéressent.

— Pourquoi est-ce aussi important ?

— Bon, suppose que tu aies un gros acheteur à Alep. Disons qu'il veut une douzaine d'esclaves pour le marché d'Istanbul. Le meilleur endroit pour trouver des esclaves, c'est le Soudan. Il envoie donc une commande...

— Par vos soins ?

— En général, non. Les accords sont déjà conclus. Tout ce qu'on apporte comme message, c'est à quel moment ça va se passer.

— À quel moment les agents du marchand vont venir chercher les esclaves ?

— Oui. Il faut le faire en secret, bien sûr, parce que ça fait bondir les Britanniques. Les marchands choisissent le plus souvent un endroit à l'écart d'une ville...

— Dans les montagnes près de Hamada, par exemple ?

— Bon, oui.

Soraya fit la moue.

— Tu ne t'intéresses pas vraiment à moi. Tu ne penses qu'à ton travail.

Zeinab lui avait adressé le même reproche. En fait, ce n'était pas vrai. Il s'intéressait à des tas d'autres choses. À Soraya, par exemple.

— Mais non, protesta-t-il en lui caressant la nuque.

Soraya se redressa.

— On pourrait aller quelque part, suggéra-t-elle, les yeux luisants.

Owen songea que ce serait peut-être préférable. Ils commençaient à attirer l'attention. Se livrer à des gestes de tendresse en public n'était pas dans les mœurs musulmanes, même dans une boîte de nuit minable.

Mais ensuite, lorsque Soraya, somnolente, se blottit dans ses bras, il revint à ses autres centres d'intérêt.

— À la Citadelle, on m'a dit que tu avais quitté ton homme.

— Oui, répondit Soraya d'une voix endormie.

— Vous vous êtes disputés parce que tu es venue à moi à Hamada ?

— Oui. Non, rectifia-t-elle. C'est parce que je ne lui ai pas donné d'argent après.

— Je ne t'en avais pas donné.

— C'était par amour.

Soraya se redressa soudain, bien réveillée, les yeux flamboyants.

— On a fait ça par amour. C'est ce que je lui ai dit. Il m'a frappée, alors je l'ai poignardé. Les Ghawazi n'acceptent pas qu'on porte la main sur elles. Sauf si elles le veulent, bien sûr. Tu peux me battre si tu en as envie, proposa-t-elle en se glissant de nouveau entre ses bras.

— Non, merci. Mais je suis désolé de t'avoir créé un problème avec ton homme.

— C'est pas grave. Il reviendra. Ou j'irai peut-être le retrouver.

Owen fut soulagé d'apprendre que le coup de poignard n'avait pas été mortel.

— Pour quelle raison étiez-vous allés à Hamada ? demanda-t-il. Pour apporter un message à Ali Osman ?

— Il y a sans doute eu des messages, mais ce n'est pas pour ça qu'on est allés à Hamada. On devait transporter les fusils à Khamda.

— Les fusils ?

— Je ne t'ai pas dit ? On ne paye pas les esclaves en argent, mais en armes. On a toujours besoin de fusils au Soudan.

— Les mahdistes ?

— Le mahdi n'est pas mort ?

— Si, mais...

Owen se demanda s'il ne venait pas de tomber sur une information intéressante. Depuis que les Britanniques avaient écrasé les forces du mahdi et pris le contrôle du pays, les responsables en poste en Égypte redoutaient constamment le regroupement et le soulèvement des mahdistes.

— À qui sont destinés ces fusils ? demanda-t-il.

— Je ne sais pas. Ils atteignent un bon prix dans le Sud.

Il lui faudrait vérifier ce point. Si des armes arrivaient à certaines tribus importantes de l'ouest du Soudan, notamment aux plus indépendantes, installées près de Darfour, les Britanniques devraient être mis au courant.

— Les bohémiens apportent les fusils à Khamda ?

— Oui.

— Pourquoi là-bas ?

— C'est là qu'on rencontre les marchands d'esclaves.

— Vous échangez les fusils contre les esclaves ?

— On n'échange rien du tout. On apporte seulement les fusils.

— Pourquoi devez-vous passer par Hamada ?

— Parce que c'est là que se trouvent les fusils. C'est là qu'on les prend.

— Ce n'est pas vous qui les apportez ?

— Non. Ce serait trop dangereux. De toute façon, ils arrivent par une autre voie. Par la mer, à Ras Gharib. Ensuite, ils sont transportés à travers le désert jusqu'à Hamada.

— Que se passe-t-il à Hamada ?

— On les laisse là-bas, c'est tout. Il y a un endroit dans la montagne.

— Près d'un lieu saint ? demanda Owen, qui commençait à y voir plus clair.

— Oui. Dans la montagne. Près de l'endroit où tu nous as trouvés.

Tout en effleurant de ses lèvres la nuque de Soraya, Owen réfléchit. La vente d'armes et d'esclaves était illicite. Mais largement pratiquée.

Le commerce des esclaves s'enracinait profondément dans la culture de cette région. Depuis des siècles, les marchands arabes descendaient du nord et, depuis des siècles, les villages noirs du sud leur fournissaient des esclaves. Khartoum, la capitale du Soudan, avait été la plaque tournante de l'Afrique jusqu'à l'arrivée des Britanniques, qui avaient mis un terme à cette activité.

Ou croyaient y avoir réussi. Le commerce des esclaves était à présent illicite dans un Soudan administré par les Britanniques, mais comment une poignée de préfets et de commissaires de police, moins d'une centaine en tout, pouvait-elle surveiller des milliers de kilomètres de désert ? Dans les zones reculées, il était toujours florissant. Rien de plus facile que de faire traverser le désert à des esclaves sans s'approcher d'une ville, sans même apercevoir une seule habitation, de remonter le Soudan pour gagner les régions tout aussi isolées du sud et de l'ouest de l'Égypte.

Là, il était très facile de les amener au bord de la mer Rouge et de les embarquer pour des destinations où non seulement on ne posait aucune question, mais où les esclaves faisaient partie intégrante de l'économie.

La demande était encore énorme dans ce qui restait de l'Empire ottoman. Les Noirs du Soudan atteignaient un prix particulièrement élevé.

Le commerce des armes était plus récent, mais très rentable lui aussi. Posséder un fusil était l'ambition de tout Arabe du désert. Apparemment, toutefois, ces fusils étaient achetés en gros. Il serait fort intéressant d'apprendre par qui et pour quoi.

Les deux trafics rapportaient des sommes énormes. Il se demanda quelle était leur ampleur.

— Est-ce que les marchands d'esclaves viennent souvent ? demanda-t-il.

— Quatre fois par an. Mais cette fois, il y avait trop de fusils pour les envoyer d'un coup. Il y aura une autre expédition.

— Elle n'est pas encore arrivée ?

— Non.

— Quand doit-elle arriver ?

— D'un jour à l'autre.

— À Hamada ?

— Oui.

— Est-ce que tu sais...

Mais Soraya avait maintenant l'esprit ailleurs.

Les étudiants étaient redescendus dans la rue.

— On n'avait vraiment pas besoin de ça en ce moment, constata McPhee en se préparant à aller les calmer avec un détachement de policiers.

— C'était à prévoir, dit Owen avec une sérénité que McPhee trouva surprenante. La situation était trop calme.

Depuis son retour de Hamada, une étrange accalmie s'était imposée. L'énorme manifestation du palais Abdin avait épuisé une grande partie des énergies antigouvernementales, et les éruptions sporadiques de violence avaient nettement décru.

Curieusement, moins de gens avaient signalé qu'on les avait suivis. En outre, les cas recensés semblaient davantage le fait de jeunes plaisantins que de véritables terroristes.

— Vous leur avez fichu la trouille, assura McPhee avec loyauté.

Nikos ne partageait pas cet avis.

— Ces deux types étaient les seuls à savoir fabriquer des bombes. Quand ils ont sauté, Rachid n'a pu se tourner vers personne d'autre.

— Cela n'explique pas pourquoi moins de gens ont été suivis, fit remarquer Owen.

— De toute façon, les neuf dixièmes de ces histoires étaient imaginaires, répliqua Nikos.

Quelle qu'en fût la raison, cette accalmie était la bienvenue. Mais elle semblait terminée. Et les Britanniques ne pouvaient s'en prendre qu'à eux-mêmes.

En effet, si les étudiants étaient descendus dans la rue, c'était à cause de la détermination manifeste des Britanniques à poursuivre Mahmoud pour le rôle de premier plan qu'il avait joué au cours de la manifestation du palais Abdin. Ils semblaient avoir exigé son expulsion de l'École de droit.

— Il est victime des Britanniques ! déclara l'étudiant aux scarifications tribales, qu'Owen avait déjà remarqué, en abattant son poing sur la table.

— Il est victime des Britanniques ! répétèrent ses amis.

— Il est victime des Britanniques ! s'écria Georgiades avec un temps de retard, mais il était toujours un peu lent à piger.

— Nous devons résister ! reprit l'étudiant scarifié avec passion. Cédons maintenant, et ils bafoueront à jamais nos libertés !

— Oui à la résistance !

— Oui à la résistance !

Les exhortations s'élevaient jusqu'au plafond en plâtre du café. Les clients plongés dans leur journal, parmi lesquels Owen, n'en continuèrent pas moins leur lecture sans y prêter attention.

— Défilons dans la Citadelle !

— Défilons devant le palais !

— Allongeons-nous devant la caserne des Anglais et disons-leur qu'ils peuvent nous tuer s'ils en ont envie, mais qu'il faut annuler l'expulsion de Mahmoud !

— Oui ! Oui !

Tous se mirent à cogner sur les tables.

— Que se passe-t-il ? demanda le propriétaire de l'établissement.

— Nous allons défiler devant la caserne.

— Parfait. Dites donc, vous ne voudriez pas y aller le plus tôt possible ?

Indignés, les étudiants se levèrent et sortirent comme un seul homme. Une fois dehors, ils hésitèrent un instant.

— Est-ce qu'on ne devrait pas d'abord aller voir le doyen ? demanda Georgiades. Bon, nous ne savons pas encore si Mahmoud a vraiment été expulsé.

Les étudiants estimèrent que c'était une bonne idée et se dirigèrent droit sur le bureau du doyen. En cours de route, des sympathisants se joignirent à eux. Lorsqu'ils arrivèrent, leur nombre avait tant augmenté qu'ils occupaient toute la petite place située devant le bâtiment administratif.

Ils restèrent là un moment à agiter le poing et à clamer des slogans, et enfin quelqu'un descendit leur demander ce qu'ils voulaient.

Ils exigèrent la réadmission de Mahmoud.

— Il n'a pas encore été expulsé, dit l'émissaire. Le doyen n'a pas pris sa décision.

— Il ne doit même pas envisager l'expulsion, déclara l'étudiant aux scarifications, qui s'était érigé en leader.

— Il faut bien qu'il l'envisage. Il a reçu une demande en ce sens du ministère de l'Éducation.

Fort contrariés par cette nouvelle, les étudiants firent un chahut monstre sur la place pendant le reste de la matinée, et cessèrent seulement en apprenant que le doyen, comme tout le monde, était rentré déjeuner chez lui en passant par une porte de derrière.

Il n'y avait pas de fenêtre à briser, si bien qu'ils durent se contenter de lancer des pierres sur les lourds volets de bois.

La décision du doyen fut annoncée le lendemain. La manière dont il avait contourné le règlement pour permettre à Mahmoud de suivre certains cours par dérogation lui avait valu un respect considérable, même de la part des étudiants. Il le perdit aussitôt en s'inclinant devant les pressions britanniques.

À contrecœur, il était parvenu à la conclusion qu'il était dans l'intérêt bien compris de l'École de droit de mettre un terme aux dispositions spéciales concernant Mahmoud, déclara-t-il. L'accès aux conférences lui serait donc dorénavant interdit.

Furieux, les étudiants se rendirent en masse devant le bureau du doyen et le bombardèrent de pierres durant plusieurs heures, puis ils formèrent un cortège et marchèrent sur le palais Abdin où ils manifestèrent jusqu'à la tombée de la nuit.

La situation semblait si menaçante que l'armée resta en état d'alerte. C'est sans aucun doute ce qui persuada finalement les étudiants de rentrer chez eux, ainsi, bien sûr, que l'obscurité.

Le khédive se plaignit officiellement auprès du consulat général de l'injustice subie par ses sujets et de la tolérance de l'administration pour des manifestations de violence et de désordre devant sa porte.

Les protestations continuèrent un certain temps, quoique avec un peu moins d'ampleur. Leur véhémence suffit néanmoins à pousser les autorités à une concession peu judicieuse. Dans une tentative éhontée d'apaisement, on libéra un ancien étudiant, un certain Helbaoui, condamné pour avoir tenté d'assassiner un membre de la famille royale.

Cette mesure ne plut ni au khédive, qui transmit une nouvelle plainte officielle au consul général, ni aux étudiants, qui y virent une tentative de les rouler, vu que cette grâce, de toute façon, aurait dû être accordée depuis longtemps.

Helbaoui, quant à lui, réagit comme il convenait. Il déclara que son seul crime était le combat pour la justice. La lutte devait continuer. Le tort causé à Mahmoud n'était qu'un nouvel exemple dans la longue succession d'injustices qui caractérisait la domination britannique en Égypte, et il appela les étudiants à résister, tout comme il avait lui-même tenté de le faire.

Les étudiants trouvèrent son discours vraiment parfait, et courageux aussi, dans la mesure où les Britanniques devaient le garder à l'œil et n'hésiteraient sûrement pas à le jeter de nouveau en prison s'il faisait mine de ne pas marcher droit.

L'intérêt était vif, pour ne pas dire plus, quand Helbaoui demanda à être admis de nouveau à l'École de droit pour terminer les études interrompues par son emprisonnement. L'esprit des étudiants était échauffé. Le sachant, le doyen accepta sagement de reprendre Helbaoui, réparant ainsi une partie des dommages causés par sa décision précédente.

Helbaoui fut réinscrit et retrouva immédiatement sa place. Le jour de sa rentrée, les étudiants le portèrent en triomphe autour de la place, sous les fenêtres du doyen. Helbaoui prononça un discours formidable, dans la même veine que le premier.

Mais, ensuite, il étudia paisiblement. Il ne participait même pas aux défilés ni aux manifestations que ses camarades organisaient tous les jours à présent. Au début, les étudiants en furent étonnés, puis, à la réflexion, ils comprirent que, vu les circonstances, le pauvre diable ne pouvait pas agir autrement. On l'avait sans doute prévenu que le moindre signe de dissidence le renverrait aussitôt en prison.

En revanche, il voulait bien prendre la parole dans des réunions privées. Au cours des jours suivants, il multiplia les interventions dans des cafés, salles de conférence et résidences d'étudiants.

Il évoquait surtout sa vie en prison. Il faisait preuve d'une retenue étonnante, s'exprimait avec calme et objectivité, comme s'il décrivait ce qui était arrivé à quelqu'un d'autre. Mais parfois, notamment quand il abordait la période où il avait taillé des pierres dans les carrières de Toura, il ne pouvait empêcher l'amertume de percer dans sa voix.

On sentait que si, pour l'instant, il ne pouvait pas faire grand-chose, à l'avenir il sauterait sur la première occasion de se venger.

Quelqu'un qui était vraiment amer, et à juste titre, c'était Mahmoud. Comme il le disait, les Britanniques vous viraient de la fonction publique, et quand vous tentiez de trouver du boulot ailleurs, ils vous fermaient aussi les portes, ou du moins vous empêchaient de gagner votre vie. Ils vous tenaient de toute façon.

Et ça continuerait tant que les Britanniques resteraient aux commandes. Aujourd'hui, ils s'en prenaient à lui, demain ce serait à eux, expliquait-il aux étudiants. Le seul moyen de s'en sortir, c'était de résister tout de suite, de jeter les Britanniques à la mer, selon sa formule.

Les étudiants l'applaudirent avec enthousiasme. Mahmoud avait raison. C'était le seul moyen de s'en sortir.

Georgiades, qui avait été assez proche de Mahmoud au moment où ils avaient été détenus ensemble, mais semblait s'être à présent quelque peu éloigné, voulait savoir comment ils allaient s'y prendre au juste. Il pensait qu'il ne serait pas facile de jeter les Britanniques à la mer.

Certains étudiants perdaient patience avec lui, surtout celui qui avait des scarifications. D'autres, toutefois, sachant qu'il était plein de bonne volonté, lui faisaient remarquer que la vague de protestation estudiantine, assez faible pour l'instant, allait monter de plus en plus haut, et un raz de marée submergerait les Britanniques.

Georgiades parut satisfait. Il suffisait de lui expliquer les choses.

Si la vague de protestation estudiantine n'avait pas encore pris des proportions gigantesques, elle déferlait cependant avec une vigueur suffisante pour inquiéter l'armée. Celle-ci avertit le consul général que, à son avis, la situation devenait incontrôlable et que ce n'était plus qu'une question de temps pour qu'on fît appel à elle.

Le mamour zapt semblait néanmoins considérer les choses avec beaucoup de sérénité.

Il avait toutefois des ennuis sur un autre front.

— À Hamada ? lui demanda Zeinab d'un ton incrédule. Encore ?

— Il s'est passé quelque chose.

— C'est cette fille !

— Ne dis pas de bêtise. Elle se trouve au Caire.

Zeinab saisit la balle au bond.

— Puisque tu es si bien renseigné, c'est que tu la fréquentes !

Owen perdit également cette bataille.

Cette fois, il s'y rendit par la voie du désert et abandonna le bateau à Faza, où des traqueurs l'attendaient avec des chameaux. Ils avancèrent toute la nuit et atteignirent les hauteurs proches de Hamada juste avant l'aube.

Les chameaux furent dissimulés derrière des rochers et les hommes gravirent à pied les pentes pierreuses. Le soleil se levait dans leur dos et éclairait le sol d'une étrange lumière irréelle.

Owen avait froid et se sentait ankylosé après son parcours à dos de chameau. La nuit, dans le désert, la température descend au-dessous de zéro. Il s'était enveloppé dans des robes de Bédouin, mais à présent il n'était pas mécontent de s'étirer et de se donner de l'exercice. Le soleil commença peu à peu à lui chauffer le dos.

Ils contournèrent un versant, se retrouvèrent dans l'obscurité, puis émergèrent sur une petite corniche surplombant une vallée. Cette vallée remontait jusqu'à mi-hauteur de la montagne ; lorsque le soleil éclaira le bas du versant, Owen aperçut un bâtiment bas aux murs blancs.

L'un des traqueurs lui effleura l'épaule et montra quelque chose. Au-delà du lieu saint, dans un creux, si bas qu'on pouvait à peine le distinguer, il y avait un autre bâtiment. Il était construit avec les mêmes briques crues que le lieu saint, mais, sans son stuc blanc, il se fondait dans la paroi rocheuse.

— Le dépôt de sel, expliqua le traqueur.

— C'est là qu'on a apporté les armes ?

L'homme inclina la tête.

Les marchandises avaient été livrées deux jours plus tôt. Vingt chameaux de bât, lourdement lestés, avaient été nécessaires. La caravane était arrivée pendant la sieste, et le déchargement avait duré jusqu'à la tombée de la nuit.

Les hommes de la caravane avaient passé la nuit sur les rocs devant le dépôt de sel, blottis les uns contre les autres pour se tenir chaud, devant un unique feu de camp alimenté avec des bouses de chameau séchées. Car, bien sûr, il n'y avait pas de bois, ni dans la montagne ni dans le désert. Le lendemain matin, ils étaient repartis avec leurs bêtes.

Dans le dépôt de sel, des hommes s'étaient activés presque toute la matinée à mieux empiler les armes, probablement sous des sacs de sel. Ces hommes étaient partis eux aussi.

— On a surveillé toute la journée. Il n'y a pas de gardiens.

Owen baissa les yeux sur les deux bâtiments qui commençaient à peine à émerger de l'ombre. Le soleil grimpait peu à peu les versants et posa une touche de rouge sur le blanc du lieu saint.

— Descendons, décida Owen.

Les portes étaient barricadées par de lourds verrous en bois, mais pas cadenassées. Les traqueurs firent sauter les verrous avec la crosse de leur fusil.

À l'intérieur, il faisait noir et les yeux d'Owen mirent un instant à s'y habituer. Par terre, empilées contre les murs, des balles étaient surmontées de gros sacs. Du pied, il en repoussa un. Dessous, la balle était compacte et pesante. Un traqueur la fendit de son poignard. Un filet de poudre s'écoula, blanc et cristallin.

L'homme se lécha le doigt.

— Du sel, dit-il.

Ils déplacèrent la balle. Moins volumineuse, moins compacte, celle du dessous présentait des angles. Le traqueur l'ouvrit. Il y plongea la main et en ressortit un fusil.

Intéressés, les traqueurs l'approchèrent de la porte éclairée par le soleil et l'examinèrent d'un œil connaisseur.

Il était neuf et graisseux. Owen regarda par-dessus leur épaule. Fabrication allemande.

Il rappela les traqueurs pour examiner toutes les balles. Il voulait vérifier s'il y avait autre chose que des armes.

Les hommes étaient parvenus aux deux tiers d'un mur quand ils s'interrompirent et se regardèrent. Deux d'entre eux allèrent jeter un coup d'œil dehors.

— Quelqu'un arrive.

Ils se mirent à couvert, chacun d'un côté du seuil. L'un repoussa doucement la porte.

Ses compagnons braquèrent leurs fusils dessus.

La personne qui approchait était à pied et semblait seule.

Elle arriva devant le bâtiment et lâcha un grognement de surprise en voyant que la porte n'était plus barricadée. Sans se méfier, elle la poussa et entra.

L'un des traqueurs l'attrapa adroitement par le cou. L'autre lui enfonça son fusil dans le flanc.

— Qu'est-ce qui se passe, bon Dieu ? s'écria Roper.

11

— C'est la première fois de ma vie que je mets les pieds ici, affirma Roper. Je ne sais rien du tout sur cet endroit.

— Vous vous promeniez simplement dans le désert ?

— Exactement.

— Il est un peu tôt, non ?

— La température est plus fraîche de bon matin.

— Vous faisiez un levé de terrain ?

— Quoi d'autre ?

— C'est bien ce que je vous demande. Quoi d'autre ?

— Écoutez, à quoi rime cette histoire ? Je suis sorti faire un levé comme d'habitude. J'aperçois ce bâtiment, alors je viens y jeter un coup d'œil. Quel mal y a-t-il à ça ?

— Vous jetez un coup d'œil à tous les bâtiments que vous voyez, je suppose ?

— Par ici, il n'y en a pas beaucoup — et même aucun. C'est pourquoi, quand j'ai aperçu celui-ci, je me suis approché.

— Plumley vous accompagne-t-il ?

— Pas ce matin.

— Où est-il ?

— À près de sept kilomètres, en train de se préparer du thé.

L'un des traqueurs sortit discrètement.

— Ramène-le, lui demanda Owen.

— Ne t'inquiète pas, lui dit Roper. Tu vas le retrouver sans difficulté. Je ne l'ai pas tué.

Il se retourna vers Owen.

— Mais enfin, à quoi vous jouez, bon sang ?

— Je croyais que vous aviez terminé votre travail dans cette région.

— C'est le cas. Je voulais juste vérifier quelque chose.

— Quoi ?

— Des gisements de cristaux.

— Du sel ?

Roper cilla.

— Il y a sans doute du sel dans ces montagnes, mais ce n'est pas ce que je cherchais.

— Pourriez-vous me montrer ces gisements ?

— Avec plaisir. Plumley pourrait le faire, lui aussi.

— Sait-il que vous êtes ici ?

Il cilla de nouveau légèrement.

— Nous ne nous disons pas toujours où nous allons.

— Ni ce que vous faites ?

— Nous nous répartissons les tâches. La zone est vaste.

— Quelqu'un d'autre vous accompagne ?

— À qui pensez-vous ?

— Un guide, un garde.

— Nous avons deux Bédouins. Ils sont allés chasser.

— Le lièvre ? compléta Owen d'un ton sceptique.

Il se rappela soudain quelque chose.

Roper haussa les épaules.

— Il n'y a pas grand-chose d'autre. On peut apercevoir une gazelle, je suppose, mais c'est rare. Du lièvre, ce n'est pas si mal. Deux ou trois dans la marmite amélioreraient notre ordinaire.

— Au petit déjeuner ?

— Exactement. Écoutez, c'est tout à fait normal pour un Bédouin d'aller chasser.

— Vous n'avez pas eu envie de les accompagner ?

— Mon boulot, c'est de faire des levés. Je n'en ai pas d'autre.

— Vous ignorez donc ce qu'il y a dans ce bâtiment ?

Du pied, Roper repoussa un sac.

— Des armes, semble-t-il.

— Vous ne savez rien à ce sujet ?

— Pourquoi voulez-vous que je sache quoi que ce soit ?

— Je pensais que vous les aviez peut-être apportées vous-même.

Roper parcourut la pièce du regard.

— J'ai l'impression qu'il y en a trop pour que j'aie pu les apporter tout seul, répondit-il sèchement. Bien sûr, j'aurais pu demander à Plumley de m'aider.

— Oh ! je ne pensais pas au transport. Des amis pouvaient s'en charger.

— Alors à quoi pensiez-vous ?

Owen garda le silence. Tout s'était passé un peu trop vite. Il n'avait pas eu le temps de préparer ses questions, d'y réfléchir comme il aimait à le faire.

Roper le considéra d'un air amusé.

— Je ne crois pas que vous ayez quoi que ce soit à me reprocher, dit-il.

Le problème, c'était qu'il avait raison. D'accord, son arrivée était suspecte. Mais il avait fourni des explications plausibles, du moins suffisamment pour réduire la marge de manœuvre d'Owen.

Sauf que les armes étaient là, que Roper était là, et qu'Owen avait peine à croire qu'il s'agissait d'une simple coïncidence.

— Puis-je partir, monsieur ? demanda Roper avec une politesse narquoise.

— Non.

Owen sortit du dépôt de sel et se retrouva dans la luminosité matinale. Il resta là un moment, laissa son regard errer sur les versants, sur le lieu saint presque éblouissant au soleil levant, et sur le désert. Très loin, des petits points se rapprochaient.

— Non, reprit-il en se tournant vers Roper, toujours figé devant la porte. Non, je voudrais vérifier une ou deux choses.

Il s'éloigna posément. Il avait besoin de temps pour réfléchir. Plumley allait arriver dans quelques instants et Owen devrait alors soit libérer Roper soit l'inculper. Sa décision dépendrait, devrait dépendre de ce que dirait Plumley. Et donc des questions qui lui seraient posées.

L'un des traqueurs sortit du dépôt de sel et se dirigea vers les rocs où le chameau de Roper était entravé. Il resta un moment à côté de lui en silence. Puis il s'éloigna et se mit à errer de-ci de-là, apparemment sans but.

Owen s'assit sur une grosse pierre. Étonné de la trouver si froide, il se releva et se mit à faire les cent pas pour se réchauffer. Le soleil inondait à présent la vallée de sa lumière, mais cette lumière était dépourvue de chaleur. Quelques vrais cristaux de gel parsemaient encore les rochers.

Les points qui avançaient dans le désert étaient devenus des hommes. Owen reconnut tout de suite Plumley. Deux Bédouins l'accompagnaient, ainsi que son propre traqueur.

Owen les observa pendant qu'ils grimpaient le versant.

— Bonjour ! lui lança Plumley en faisant agenouiller son chameau pour pouvoir mettre pied à terre. Quel est le problème ?

— Il n'y a pas de problème particulier, répondit Owen. J'ai seulement une ou deux questions à vous poser.

Afin qu'on ne puisse ni les entendre ni les voir du dépôt du sel, il entraîna Plumley à l'écart. Il n'avait pas envie que Roper s'en mêle.

— Je suis surpris de vous voir dans la région, dit-il. Je croyais que vous aviez terminé votre travail.

— Plus ou moins. Il nous restait juste une ou deux choses à vérifier.

— Que vous vouliez vérifier ? Ou que Roper voulait vérifier ?

— Roper, je suppose. Bien que ça nous intéresse tous les deux.

— C'est lui qui a suggéré de revenir ?

— Oui, je crois.

— Que voulait-il regarder plus particulièrement ?

— Des formations rocheuses. Des couches de quartz.

— Des gisements de cristaux ?

— Oui. Sans doute. Dites...

Plumley hésita.

— Il ne lui est rien arrivé ?

— Non, non.

— C'est que je me le reprocherais...

— Non, non. Il va bien.

— Je n'aurais peut-être pas dû le laisser partir seul.

— Je suis étonné qu'il n'ait pas emmené un Bédouin.

— Il n'a pas voulu. Je le lui ai suggéré. Mais il a dit qu'il s'en sortirait très bien. Naturellement, il sait se débrouiller. Presque aussi bien que moi.

— Ne serait-il pas déjà venu ici ? En plus de votre précédente excursion ensemble ?

— Non, non. Je voulais dire qu'il sait se débrouiller en général.

— Vous revenez du désert, d'après ce que j'ai cru comprendre.
— Oui.
— Avez-vous croisé des gens ?
— Quelques nomades.
— Une caravane ?
— Non.
Plumley hésita de nouveau.
— Mais on a rencontré quelqu'un qui en faisait partie. À Falya. C'est une petite oasis. Bon, à peine. En fait, il n'y a qu'un arbre, mais c'est ce genre de baobab creux que les nomades remplissent d'eau. Bref, nous y avons croisé un cavalier. Il a dit qu'il était avec une caravane.
— A-t-il parlé à Roper ?
— Roper ne parle pas l'arabe.
— Vous avez servi d'interprète ?
— Oui, oui. C'est plus ou moins ça.
— Pouvez-vous me rapporter cet échange ?
Plumley le regarda avec une expression inquiète.
— Y a-t-il quelque chose...
Il s'interrompit, haussa les épaules, puis reprit :
— Je ne m'en souviens guère. Rien d'important. Sauf une chose qui m'est restée à l'esprit parce qu'elle m'a surpris. C'est l'homme de la caravane qui a pris la parole le premier.
— Excusez-moi, dit Owen. Je ne vois pas vraiment...
— C'est lui qui a engagé la conversation. Il m'a demandé : « Dis à l'étranger que... »
— Que quoi ?
— Bon, c'est cette entrée en matière qui m'a étonné. Ce que j'avais à dire à Roper n'avait aucun caractère extraordinaire. Non, c'est le début qui m'a frappé. Il avait l'air de transmettre un message. Comme si c'était ce qu'on attendait de lui.

— Quel était ce message ?

— Rien de très important. « Les marchandises ont été livrées. » Quelque chose de ce genre.

— C'est suffisant, remarqua Owen.

Il demanda à Plumley de l'attendre et retourna au dépôt de sel.

Le traqueur solitaire errait toujours sur le versant. Il rejoignit Owen.

— L'étranger ment, annonça-t-il. Il dit qu'il n'est jamais venu au dépôt de sel.

— Mais tu sais qu'il est venu ?

— C'est ce que disent les traces.

— Es-tu sûr que c'était lui, et pas seulement le chameau ?

L'homme l'entraîna vers des rochers. À côté, une petite dépression de sable portait des empreintes à peine visibles.

— C'est là qu'il a laissé le chameau. Les mêmes traces, tu vois.

— Il ne les a pas faites cette fois-ci ?

— Non, répondit le traqueur d'un ton catégorique.

— Comment sais-tu que c'est lui qui montait le chameau ?

— C'est pas difficile. On voit bien comment il monte. Pas du tout comme un Bédouin, il place pas son poids de la même façon. Tiens, tu vois, c'est là qu'il a fait agenouiller le chameau. Un vrai chamelier ne s'y prendrait pas comme ça. Et puis son pied, regarde, il n'est pas arabe. On peut le suivre. Il va directement au dépôt de sel.

— Merci, Abou. Tu me prouves une fois de plus que tu es le meilleur des traqueurs.

L'homme inclina la tête de plaisir.

Owen retourna auprès de Plumley.

— Roper a-t-il effectué d'autres excursions matinales ? Je me demandais s'il ne pouvait pas être venu ici.

Plumley réfléchit un instant.

— Si, répondit-il enfin. Il y a deux jours. Il est parti seul et revenu vers midi. Mais...

— Merci, lui dit Owen avant de pivoter pour s'éloigner.

Plumley fit quelques pas avec lui.

— De quoi s'agit-il ? demanda-t-il tranquillement.

— D'armes. Une grosse livraison de fusils est entreposée ici.

Plumley hocha la tête, puis resta en arrière pour réfléchir. Owen continua jusqu'au dépôt de sel.

Roper leva les yeux sur lui.

— Alors ? fit-il.

— Je crois que vous allez devoir me raconter une autre histoire.

— Ah bon ? Et pourquoi donc ?

— Parce que la précédente n'était pas vraie.

— Elle me paraissait très acceptable.

— Vous saviez que les fusils étaient ici parce que l'homme vous avait prévenu.

— Quel homme ?

— Celui que vous avez rencontré à l'oasis de Falya. Près du baobab.

— Vous avez parlé à quelqu'un.

— Oui.

— Il n'a pas bien compris, avança Roper. C'est fréquent lorsqu'on ne parle pas bien une langue.

— Plumley parle très bien l'arabe.

— Oh ! bien sûr. Mais l'argument se tient sur le plan juridique.

— Il y a aussi autre chose. Vous prétendiez n'être encore jamais venu ici.

— C'est exact.

— Je suis persuadé du contraire.

— Je ne m'en souviens pas. Je suis pourtant sûr que je me rappellerais un endroit comme celui-ci.

— Il y a deux jours.

— Il y a deux jours ? répéta Roper en fronçant les sourcils. Je suis parti seul, c'est vrai. Mais pour mon travail. Et loin d'ici.

— Alors que font vos traces ici ?

— Oh ! je vois.

Roper regarda le traqueur.

— Il est malin, celui-là ! s'exclama-t-il avant de secouer la tête. Mais je ne pense pas que ça marche, ajouta-t-il presque à regret. Pas devant un tribunal. C'est un peu mince comme preuve.

— Pas par ici. La parole d'un traqueur suffit à faire pendre un homme.

— Mais l'écouterait-on ?

L'une des injustices les plus flagrantes du droit égyptien était ce qu'on appelait les Capitulations, un système de privilèges accordés aux étrangers. Ces privilèges comprenaient l'exemption d'impôts directs et l'immunité face à la loi égyptienne.

Aucun Européen ou Américain ne pouvait être condamné, sauf si on prouvait qu'il avait violé non pas la loi égyptienne, mais celle de son propre pays. Cette preuve valable devant la loi de son pays — quel qu'il soit, et la nationalité était une notion plutôt élastique au Caire — était exigée pour engager des poursuites. De plus, le présumé coupable devait être jugé par une juridiction consulaire de son pays.

— Je pense que nous trouverons le moyen de nous en assurer, répliqua Owen avec plus de confiance qu'il n'en éprouvait.

— Vous comprenez, je suis un cas un peu spécial. Ce n'est pas seulement la délégation qui est en cause, mais les intérêts qui sont derrière. De gros intérêts, voyez-vous. Très importants, dans la City, à Londres.

— Concernent-ils aussi les livraisons d'armes ?

— Quelle question ! Je suis choqué. Vous m'avez

vraiment choqué, Owen. Ne faites-vous donc aucune confiance à vos compatriotes ? Alors que vous êtes un fichu représentant de la Couronne, qui plus est ! Pour l'instant, en tout cas.

— Je crois que je vais vous placer en détention, après tout. Oui, absolument.

— Tu n'as pas le droit, répondit Paul tout net.

— Pourquoi ?

— Pour commencer, il a sollicité la liberté sous caution, et le juge ne peut pas la lui refuser.

— Que le juge aille se faire voir ! Je suis le mamour zapt, oui ou non ?

— À ce train-là, tu ne le resteras pas longtemps.

— Je peux détenir quiconque menace l'ordre public.

— Tu peux détenir un individu ordinaire. Roper n'est pas ordinaire. Il est membre d'une délégation en visite. En outre, il a des amis influents.

— Je devrais les placer eux aussi en détention.

— Fort bien. Mais si leur influence incite le Premier ministre à fermer les yeux à Londres, pendant qu'en Égypte le consul général juge préférable de ne pas bouger et que le khédive ne voit sans doute pas où est le mal, on se demandera alors pour qui se prend cet Owen.

— Je ne vais pas le laisser s'en tirer comme ça.

— Eh bien, tu ne l'as pas fait, remarqua Paul d'un ton mesuré. Tu as saisi les armes, tu as mis un terme au trafic...

— Mais ce sale type va s'en tirer à bon compte.

Paul haussa les épaules.

— Comme la plupart des sales types qui se livrent à ce genre de trafic.

— Est-ce que tu es en train de me dire que je n'ai qu'à le relâcher ? À l'emmener au Sporting Club pour lui payer un coup, c'est ça ?

— Laisse-le t'en payer un. Il le ferait volontiers. Il éprouve un grand respect pour toi, Gareth. Il affirme que tu es le premier policier honnête sur lequel il tombe. Et au Caire ! Ça lui a fait un énorme choc, Gareth. À mon avis, il aurait bien besoin de boire un coup.

— Paul, tu ne prends pas cette affaire au sérieux.

— Si, si. Suffisamment pour te conseiller de séparer ton propre intérêt de celui de l'humanité, et, pour une fois, de t'attacher au premier.

— Ce serait capituler !

— Écoute, Gareth, cette histoire n'a qu'une importance secondaire. N'as-tu pas déjà passé trop de temps là-dessus ? Je croyais que ton souci principal, en ce moment, était d'éviter une conflagration au Caire ?

— Ces armes vont provoquer une conflagration au Soudan.

— Nous pourrons alors envoyer l'armée pour l'étouffer. Voilà d'ailleurs une excellente idée. C'est loin et les militaires partiront pour plusieurs mois. Plus j'y pense, plus ça me plaît.

— S'il faut choisir entre mettre fin à une guerre au Soudan et mettre fin à quelques attentats au Caire, qu'est-ce qui est le plus important ?

— Tout dépend du point de vue qu'on a. Si tu parvenais à empêcher que nous nous fassions canarder en allant au boulot, personnellement, je considérerais que c'est là une plus grande réussite, Gareth.

Il regarda Owen d'un œil compatissant.

— Voilà ce que je te propose : tu pourras arrêter la guerre si ça te fait plaisir. Après avoir étouffé la conflagration au Caire. Mais laisse Roper tranquille. Tu vas t'y brûler les doigts. Il y a sûrement d'autres personnes dans ce trafic. Pourquoi ne pas t'en occuper ?

— Tu aurais dû me laisser le tuer depuis le début,

dit Soraya en s'étirant sur les coussins. Je peux encore le faire, tu sais, proposa-t-elle.

— Non, merci. Ce ne sera pas nécessaire.

— Je le ferais par amour. Pour te montrer à quel point je t'aime.

— Tu peux me le montrer autrement.

— Ça aussi, je veux bien, lui accorda Soraya avec générosité.

Après quoi, elle lui dit d'une voix somnolente :

— Ce serait peut-être mieux de me mettre dans ton harem. En général, les Ghawazi n'acceptent pas ça, mais pour toi, je ferais une exception.

— Merci. Je prévois toutefois des difficultés.

— Lesquelles ?

Owen hésita.

— Je ne suis pas sûr qu'il y aurait de la place, dit-il.

Soraya eut l'air perplexe.

— Je ne comprends pas. Ta maison n'est pas assez grande ?

— Non, non. C'est seulement que, bon, mon harem est déjà occupé.

— Tu as sûrement de la place pour une personne de plus. Combien d'épouses as-tu ? demanda Soraya avec intérêt.

— Eh bien, ce n'est pas tant une question de... En fait, il n'y en a qu'une. Mais je ne crois pas que ça lui plairait.

— Nous nous battrions. C'est normal entre épouses.

— Je ne crois pas que la situation serait très paisible.

— Ça non, mais il y aurait beaucoup de passion.

— Oh ! ce n'est pas ce qui manque !

— Ton épouse est passionnée ? Alors, on s'entendrait bien.

— Je ne crois pas.

— Elle serait jalouse, bien sûr. Mais ça la rendrait

d'autant plus passionnée. Moi aussi. C'est bon qu'il y ait des rivales dans un harem.

— Je ne suis pas sûr que je pourrais m'en accommoder. Merci quand même. Ce serait très agréable, je n'en doute pas, mais...

— Tu ne m'aimes pas !

Soraya se redressa, les yeux étincelants.

— Mais si, je t'aime !

Il tenta de l'obliger à se rallonger. Elle se dégagea avec indignation.

— Non ! C'est elle que tu aimes, pas moi. Je ne suis rien pour toi, et elle est tout. Je vais la tuer !

— Pour l'amour du ciel !

Il l'agrippa par les épaules et la plaqua contre les coussins.

— Calme-toi un peu...

Soraya le regarda un instant avec fureur. Puis elle ferma les yeux.

— Voilà qui est mieux, dit-elle.

— Ali Osman est-il au courant de la livraison d'armes ? reprit ensuite Owen.

— Évidemment. C'est lui qui organise tout.

— Comment ça, qui « organise tout » ?

— Il est l'intermédiaire. Les acheteurs lui font savoir quand ils remontent du sud. Il transmet le message aux vendeurs du nord, qui envoient alors les fusils, et Ali Osman organise la rencontre. Parfois, il doit stocker les armes.

— Au dépôt de sel ?

— Oui.

— Et les esclaves ?

— On les amène dans une oasis, au sud. Il ne faut pas les garder trop longtemps, parce que ce n'est pas facile de cacher des gens. C'est mieux de stocker des fusils.

— Ali Osman reçoit sa part, je suppose ?

— C'est un bon filon, dit Soraya d'un air envieux. Les deux parties payent bien.

Curieusement, la réaction de Zeinab ne fut pas différente de celle de Soraya.

— Laisse-moi m'en charger, dit-elle aussitôt quand Owen évoqua ses difficultés.

— Te charger de quoi ?

— De Roper. Je vais le faire assassiner.

— Attends un peu...

— Mon père me fournira les hommes. Il n'y aura aucun problème.

— J'en suis persuadé. Néanmoins...

— Tu n'as pas besoin de t'inquiéter. Personne ne le saura. Il vaut mieux que tu ne t'en mêles pas, je le vois bien. Tu me parles toujours de ces parlementaires libéraux en Angleterre. D'ailleurs, peut-être conviendrait-il de les faire assassiner eux aussi, ajouta-t-elle après réflexion.

— Il y en a trop. Quelqu'un ne manquerait pas de s'en apercevoir.

— Bien sûr, ça ne serait pas facile à une telle distance. Tu pourrais peut-être tous les convier à un festin ici. Il serait alors possible de les empoisonner.

— Non, non et non.

— Ou bien tu pourrais les inviter à Paris !

Les yeux de Zeinab étincelèrent. En parfaite francophile, comme de nombreux Égyptiens de la haute société, elle plaçait Paris au cœur de son univers culturel.

— Je pourrais me débrouiller pour les faire massacrer par les zouaves sur les Champs-Élysées.

Elle partit d'un joyeux éclat de rire en voyant la mine d'Owen et reprit :

— Tout compte fait, mieux vaudrait peut-être s'en tenir à notre plan initial. Je vais parler tout de suite à mon père.

— Non, pas question. Tu restes ici. Et laisse Roper tranquille. Je m'occupe de lui.

— Tu vas te battre avec lui ?

— D'une certaine façon, répondit Owen.

— Félicitations, pacha ! s'exclama Owen.

Ali Osman sourit aimablement.

— Merci. Mais pour quelle raison me félicitez-vous au juste ? demanda-t-il prudemment.

— Votre récent succès auprès du khédive.

Le pacha agita un index replet d'un air de reproche.

— Vous anticipez, mon ami. Pas de beaucoup, mais vous anticipez.

— On ne l'a pas encore annoncé ?

— Non, à moins qu'on vous ait mis au courant avant moi, dit Ali Osman avec une ardeur soudaine.

— Non. Mais on sent vraiment que c'est dans l'air.

Un peu déçu, Ali Osman s'adossa de nouveau à ses coussins.

— On m'assure que c'est une question d'heures, confia-t-il.

— Dire que vous avez réussi à ce point votre retour après tant de revers !

— Bon, un homme d'État ne doit jamais se laisser abattre, déclara Ali Osman d'un air modeste.

— Quand je pense à votre situation au moment où je suis venu vous voir pour la première fois...

— Après l'attaque brutale dont j'avais été victime, rappela Ali Osman en frissonnant à ce souvenir.

— Alors que vos rivaux semblaient avoir l'avantage ! Eh bien, je vous félicite d'un tel retournement de situation.

— L'expérience ! C'est l'expérience qui finit par l'emporter.

— En effet. L'expérience vous apprend à quel moment il convient de faire usage de son argent.

— Je n'exprimerais pas les choses tout à fait ainsi, protesta Ali Osman. Vous adoptez un point de vue trop cynique.

— Je suis sûr que c'était l'élément déterminant. Surtout en ce qui concerne le khédive.

— Attendons la victoire pour avoir ce genre de discussion, dit Ali Osman avec un large sourire.

— Ce qui m'intrigue toutefois, pacha, c'est que vous ayez pu trouver une somme à ce point considérable à la fin de la campagne. Vos ressources, si immenses soient-elles, ont dû être mises à rude épreuve par une aussi longue bataille.

— Ce fut une véritable saignée. Vous n'imaginez pas l'argent que certains sont prêts à dépenser !

— Alors comment avez-vous fait ?

— Des amis. Des amis se sont mobilisés. On n'est pas sans soutien. Surtout quand les gens se rendent compte de ce qui se passe. En entrevoyant certaines éventualités, ils ont véritablement frémi. Et ils se sont dit : « Soutenons l'homme que nous connaissons. »

Avec une lueur malicieuse dans les yeux, Ali Osman ajouta :

— Mieux vaut un mal connu qu'un mal inconnu.

Owen eut un petit rire aimable.

— Si tant de gens se sont soudain rendu compte que vous étiez l'homme à qui ils pouvaient faire confiance, c'est à porter au crédit de votre personnalité, pacha.

— Bon...

D'un geste de la main, Ali Osman balaya ce compliment.

— Nul doute que l'argent de la traite a joué son rôle.

— La traite ?

— La traite des esclaves. Et bien sûr, le commerce des armes. Ce qui m'intrigue cependant, comme je vous le disais, c'est le moment choisi. Il ne s'agit sûrement pas d'une coïncidence ? Et l'expédition d'armes n'était-elle pas plus importante que d'habitude ? Au point de nécessiter deux livraisons ? J'ai l'impression que la coïncidence a été suscitée. C'est pourquoi je vous félicite, pacha.

Ali Osman garda le silence. Sa bonhomie le déserta comme l'air fuit d'un ballon percé et laissa un homme concentré, au regard perçant, à la face d'oiseau, non pas un aimable moineau, mais un énorme et redoutable prédateur, un faucon.

— Vos paroles ne sont pas parfaitement claires, dit-il.

— L'argent, expliqua Owen. C'est de là qu'il provient. Les marchands d'armes et d'esclaves vous ont payé. Grassement.

— Même s'ils l'avaient fait, la commission prise sur de telles transactions ne va pas chercher très loin.

— Non. Et c'est aussi une chose qui m'a intrigué. Mais ensuite j'ai pensé : ces hommes ont intérêt à continuer leur négoce. Et qui pourrait leur offrir meilleure garantie qu'un Premier ministre en exercice ? Un prêt n'aurait-il pas pu alors être consenti sur cette base ? Un prêt important, à long terme, remboursable... non, pas « remboursable », mais « escomptable », en échange de votre soutien futur ?

— Mes amis se sont regroupés, comme je vous le disais, pour me proposer un tel prêt. Il n'y a là rien d'inhabituel.

— Ces gens sont vos amis ?

— Certainement pas. Le commerce des esclaves est illicite en Égypte, vous ne pouvez l'ignorer. Quant au commerce des armes, il est réservé aux Britanniques.

— Je crois que je vais être obligé de vous réclamer les noms de vos amis.

— Je serais ravi de vous rendre service, mais je dois d'abord leur demander leur accord. Voyez-vous, il y a les noms d'éminents Britanniques parmi eux. Des dirigeants de maisons réputées dans la City.

— Représentées dans la délégation, peut-être ?

— Vous avez tout compris ! dit Ali Osman d'un air rayonnant.

La vague de colère estudiantine consécutive à l'expulsion de Mahmoud monta à une hauteur considérable, frémit dangereusement — il y eut plusieurs protestations bruyantes devant le palais Abdin — puis, curieusement, céda.

Owen n'y était pour rien. La situation semblait évoluer de son propre chef. À un moment donné, les étudiants protestaient dans les rues, et tout de suite après, ils se rendaient paisiblement en cours, leurs livres sagement coincés sous le bras. On aurait dit qu'ils avaient soudain perdu tout intérêt pour la rébellion.

— Je n'y comprends rien, dit Georgiades. Je me suis réveillé un matin, je suis allé là-bas, et ils avaient l'air déconnectés.

— Les étudiants sont comme ça, remarqua Owen. Un jour une question leur paraît d'une importance primordiale, et le lendemain ils l'ont complètement oubliée.

— J'ai un peu éprouvé ça moi-même, admit Georgiades. Quand j'ai trouvé tout le monde en train de parler d'autre chose, cette histoire de contestation m'a tout à coup paru bien lointaine. J'ai eu plaisir à aborder d'autres sujets. Mais je ne l'avais pas totalement oubliée comme eux.

— Ah ! ils sont jeunes, voyez-vous.

— Et je suis vieux. C'est ce que ma femme ne cesse de me répéter. N'empêche, laissez-moi vous dire que la vie d'étudiant est bien agréable. On va à quelques cours, on s'attable pour discuter pendant des heures, et il faut un bon bout de temps pour que le manque de travail se fasse sentir. Je crois que cette vie me plairait assez.

— N'oubliez pas qu'un étudiant n'est pas payé.

— Eh bien, pour une fois j'ai apparemment eu le meilleur de ces deux mondes.

La petite fraction radicale s'était scindée. Durant quelques jours, la tension avait augmenté entre les modérés, dont Georgiades était peut-être représentatif, et un petit nombre d'extrémistes regroupés autour de Mahmoud.

Écœurés, les modérés avaient fini par claquer la porte des réunions en entraînant un Georgiades un peu déconcerté, pauvre diable, mais toujours obligeant.

Les extrémistes se retrouvaient donc d'autant plus isolés. Ils s'éloignèrent de l'École de droit, et on les voyait parfois agglutinés dans des cafés. Un ou deux d'entre eux reprirent leurs cours au bout d'un moment. Mahmoud paraissait avoir tout laissé tomber.

Assis dans son bureau, Owen se sentait blessé.

Il était allé voir Paul en espérant obtenir son aide pour épingler Roper, et son ami lui avait plus ou moins dit qu'il ferait mieux de ne plus y songer. C'était déjà déplaisant. Pire encore, Paul avait suggéré que d'autres personnes étaient sans aucun doute impliquées, et qu'il n'avait qu'à se rabattre sur elles.

Toutefois, quand il avait voulu s'en prendre à Ali Osman, ce dernier s'était empressé de se livrer au même petit jeu que Roper !

Ce n'était pas juste. Bon, le mot n'était pas vraiment approprié. Après tout, il n'y avait aucune raison pour que les Égyptiens ne jouent pas les mêmes cartes que les Européens ; mais ce qui lui restait en travers de la gorge, c'était le fait en soi d'utiliser ces cartes.

Selon lui, personne n'aurait dû pouvoir se soustraire à la loi.

À commencer par Roper.

Et, maintenant qu'il y réfléchissait, Ali Osman non plus.

Ce n'était pas juste, flûte alors, ce n'était pas juste ! Une enquête à laquelle il avait consacré tout ce temps et qui ne débouchait sur rien.

Paul avait dit que cette histoire n'avait qu'une importance secondaire. Peut-être, mais elle comptait tout de même. Le fait d'introduire des armes dans une zone telle que le Soudan, où on risquait de s'en servir pour déclencher une guerre, avait au contraire une grande importance, et on ne pouvait le balayer d'un revers de main.

Il en allait de même pour le commerce des esclaves. Les Britanniques avaient cru l'avoir éradiqué, et voilà qu'il était florissant, comme si les Britanniques n'avaient jamais existé, et Ali Osman en tirait de sacrés bénéfices, qui lui permettaient non seulement de vivre, mais de peser sur la politique du pays ! Et pour ça, il en fallait, de l'argent !

Sa chaise en équilibre sur deux pieds, les épaules appuyées au mur, les pieds posés sur son bureau, une tasse de café à la main, Owen se sentait blessé.

Peu à peu, toutefois, le sens des proportions lui revint ; Paul avait raison, même s'il répugnait à le reconnaître. Le trafic des armes et des esclaves n'avait effectivement qu'une importance secondaire. Malgré le problème qu'il posait — et il devrait s'en occuper —, il n'était pas aussi vital que le maintien de l'ordre au Caire, qui constituait après tout sa tâche principale.

Paul avait raison. Pourquoi mêler Ali Osman aux étudiants qui lançaient des bombes au Caire ?

Sauf que... il y avait bien un rapport.

Deux de ces étudiants poseurs de bombe — pas un, mais deux, et pour deux affaires distinctes — étaient originaires du domaine du pacha, à Hamada.

Il ne pouvait s'agir d'une coïncidence.

Les pieds de la chaise retombèrent par terre avec fracas.

Ali Osman avait bel et bien quelque chose à voir avec les bombes !

Owen s'était rendu à Hamada en ignorant qui était le pacha local. Il savait seulement qu'une bombe y avait explosé en faisant deux victimes, et s'était demandé si l'explosion similaire du café, qui avait tué un autre garçon de Hamada, ne pouvait elle aussi trouver sa source au village.

Quand il avait appris qu'Ali Osman était le pacha de ce domaine, il avait été surpris, mais n'en avait tiré aucune conclusion.

Son attention s'était focalisée sur l'endroit. Qu'y avait-il là, s'était-il demandé, pour conduire deux garçons à se mêler à des groupes terroristes du Caire, chacun à une époque différente ?

À l'origine, il songeait à un groupe de fanatiques implanté là-bas, peut-être même de radicaux politiquement engagés. Mais cette idée n'avait pas résisté à son déplacement à Hamada. Les villages étaient ordinaires, somnolents, peu ardents en politique, et tout le contraire de radicaux.

Quelqu'un pouvait-il dès lors avoir influencé les garçons, un homme en situation de le faire, un maître d'école, peut-être ? Celui de Hamada n'avait toutefois pas paru être de ce tonneau, pas plus qu'aucun autre habitant du domaine. Personne n'était assez sophistiqué, informé, personne ne s'intéressait suffisamment à la politique pour s'impliquer dans des attentats terroristes au Caire.

Sauf Ali Osman.

Ali Osman, lui, était assez sophistiqué, informé, engagé politiquement, et à fond.

Pourtant, des terroristes... ? Ne s'opposaient-ils pas à tout ce que représentait Ali Osman ?

Alors ? Oui ? Que représentait Ali Osman ?

Ce dernier point au moins était évident : lui-même. Il visait la plus haute charge du pays après celle du khédive, et il avait clairement laissé entendre — très clairement, maintenant qu'Owen y repensait —, que rien ne l'arrêterait pour y accéder.

Il ne fallait pas s'en tenir au masque de sottise. L'homme à qui Owen avait parlé la veille était loin d'être stupide et, outre ses qualités de jugement, il possédait endurance et détermination.

Un trafiquant d'armes et d'esclaves pouvait fort bien se mêler aussi de terrorisme — si ça l'arrangeait.

S'il comptait en retirer un bénéfice politique.

Dans le labyrinthe de la politique égyptienne, Ali Osman pouvait avoir estimé avantageux de jouer la carte terroriste ; pas à la manière directe de Saad, qui avait rejoint les nationalistes, mais d'une façon plus détournée, plus secrète, celle d'un initié qui espère bouter l'intrus hors du bon vieux cercle de privilégiés.

Et dans ce cas, s'il avait décidé de jouer la carte terroriste, il la jouerait jusqu'au bout. L'homme qui échangeait des fusils contre des esclaves n'était pas du genre à se laisser étouffer par les scrupules ; des scrupules tels que la vie d'un étudiant, originaire de son domaine ou d'ailleurs.

Pour lui, les deux garçons de Hamada n'avaient été que des armes.

Mais pas des armes qu'il devait utiliser lui-même. Non, il fallait les placer dans les mains d'autres personnes.

De Rachid, par exemple.

12

— Je te connais, dit l'homme. Tu es le mamour zapt.

— Moi aussi, je te connais. Tu es au service d'Ali Osman. Un jour tu m'as apporté un message de sa part.

— C'est vrai, reconnut l'homme, heureux qu'on se souvienne de lui.

Ils s'étaient rencontrés sous les arbres, non loin du souk, où, après avoir effectué des achats pour leur maître, de nombreux serviteurs des grandes maisons allaient s'asseoir pour boire du thé et bavarder.

Pour faciliter le dialogue, Owen s'accroupit à côté de l'homme.

— Je me rappelle aussi que, si tu travaillais à Hamada chez le pacha, tu venais d'ailleurs.

— Je suis soudanais.

— De Dongola.

L'homme était surpris et content.

— Oui, de Dongola, confirma-t-il.

— Y a-t-il beaucoup de Soudanais au service du pacha ?

— Pas mal.

— Des esclaves ?

— Pas tous. Certains sont nés chez le pacha. Mais, bien sûr, nos parents étaient esclaves.

— Et toi ?

— Je suis arrivé tout petit dans une grande caravane.

— Alors tu dois servir le pacha depuis longtemps, dit Owen en le regardant. Une vingtaine d'années ?

— Un peu plus. Mais au début, c'était un autre pacha. Son père.

— Il y a donc pas mal de temps que les caravanes y viennent.

— Oh ! oui. Mon père les a toujours connues.

— Ton père se trouve-t-il toujours à Hamada ?

— Non. Il est mort il y a plusieurs années.

— Mais ta femme, elle, est à Hamada. Avec tes enfants. Je m'en souviens.

— Tu as une bonne mémoire.

— Si je me rappelle bien, tu m'as dit qu'il y avait longtemps que tu ne les avais pas vus.

— Quatre ans, précisa l'homme avec un soupir.

— Les enfants ont dû grandir.

— L'aîné travaille déjà dans les champs.

— C'est toi qui veux qu'il travaille dans les champs ?

— Je préférerais qu'il travaille dans la maison. Et il le fera peut-être un jour.

— Il suivra peut-être les traces de son père. C'est ainsi que les choses doivent se passer.

— J'ai de l'espoir.

Owen but à petites gorgées le thé noir amer des serviteurs.

— N'empêche que moi, si j'avais un fils à Hamada, je serais inquiet, dit-il en feignant de réfléchir à la question.

— Pourquoi ?

— Mon travail m'a fait rencontrer deux garçons de Hamada. Ils sont morts.

L'homme se figea.

— Ne t'affole pas. Ça n'arrive pas à tous les garçons de Hamada. Seulement à certains.

— Pourquoi est-ce que ça arrive à certains ?

— Ça arrive à ceux qui sont choisis par le pacha. Et c'est ce qui me tracasse.

— Je n'en ai pas entendu parler.

— Je crois que si. Tu te trouvais bien à Hamada quand les deux garçons ont été tués par la bombe ?

— Un seul était du village.

— Et tu te trouvais en ville quand l'autre a été tué. Aussi par une bombe.

— Je l'ai entendu dire.

— Il était lui aussi de Hamada. Comment se fait-il que les garçons de Hamada soient tués par des bombes ?

— À chaque fois il y avait quelqu'un d'autre avec eux. Quelqu'un qui n'était pas de Hamada.

— Et qui ne venait pas du même endroit. Dis-moi, qu'est-ce que les garçons de Hamada ont de spécial pour se faire tuer par des bombes ?

— Ils n'ont rien de spécial.

— Alors qu'y a-t-il de spécial à Hamada pour que deux de ses enfants se fassent tuer par une bombe ?

— Il n'y a rien de spécial non plus à Hamada, répondit l'homme, troublé.

— Alors c'est qu'il y a autre chose qui est spécial, et je veux savoir quoi.

— C'est pour ça que tu es venu me voir ?

— Tu as un fils à Hamada.

L'homme baissa les yeux sur la poussière devant lui. Il les garda longtemps fixés à terre. Enfin, il releva la tête.

— Je t'aiderais bien si je pouvais. Mais je ne vois pas de quoi il s'agit.

— Ça ne tient peut-être pas à Hamada. C'est peut-être quand les garçons viennent en ville. Qui les accueille ?

— Ils viennent dans la maison du pacha.

— Et que se passe-t-il ensuite ?

— On leur donne à manger et on les héberge pour la nuit. Le lendemain, on les envoie à la grande école.

— Qui les envoie ? Qui leur explique ce qu'ils doivent faire ?

— Mohammed. Mais ce n'est pas lui qui t'intéresse. Il répète ce qu'on lui a dit.

— Et de qui viennent ses instructions ?

— Je ne sais pas. L'ordre arrive.

— Qui le donne ?

— Les gens du pacha. Ceux qui s'occupent de ce genre de choses.

— Qui sont ces gens ?

— Des gens de l'extérieur. Ils ne sont pas dans la grande maison.

— Des gens de l'école ?

— Non, non. Ceux qui règlent les affaires du pacha.

— Connais-tu leur nom ?

L'homme garda le silence.

— Tu m'as dit la dernière fois que c'était toi que le pacha envoyait quand le message était important. As-tu apporté des messages à ces gens-là ?

— Oui, répondit l'homme à contrecœur.

— Tu n'accepterais pas de me révéler le contenu de ces messages, n'est-ce pas ? Parce que tu sers le pacha et qu'il a confiance en toi.

— Tu as raison. Je ne te le dirai pas.

— Je ne te poserai donc pas la question. En revanche, je vais te demander les noms de ces gens, car si tu ne me les donnes pas, d'autres le feront.

— Je ne te les donnerai pas.

— Très bien. Dis-moi quand même une chose. Pense à ces garçons et réponds-moi : est-ce que le pacha t'a déjà envoyé à l'École de droit ? Voir un certain Rachid ?

L'homme hésita. Il hésita longtemps.

— Il ne m'a envoyé voir personne à l'École de droit.

— Pense à ces garçons. Pense à ton fils.

— Il ne m'a envoyé voir personne à l'École de droit. Mais...

— Oui ?

L'homme croisa son regard.

— Je suis au service du pacha. Je suis loyal envers lui. Je ne veux rien te dire. Mais je pense aussi à ces garçons. Alors je vais te dire. Le pacha ne m'a envoyé voir personne à l'École de droit. Mais il m'a envoyé voir quelqu'un qui s'appelle Rachid.

— C'est un cabinet juridique, expliqua Nikos. Il gère les intérêts du pacha en matière de droit.

— S'occupe-t-il aussi de ses autres intérêts ?

— Il s'occupe de ses affaires en général. Il le représente.

— Ce cabinet aurait donc été chargé d'inscrire à l'École d'ingénieurs un garçon choisi par le pacha ?

— Exact.

— Notre Rachid en fait-il partie ?

— C'est un cousin. Il est le plus doué de la famille.

— Les autres ne doivent pas être idiots non plus.

— Une famille qui a creusé son trou s'occupe de la génération suivante. Rachid, notre Rachid, appartient à la nouvelle génération. C'est son oncle qui a fondé le cabinet juridique.

— Quand ces gens-là ont-ils commencé à gérer les affaires du pacha ?

— Eh bien, précisément, c'est ce qui leur a permis de démarrer. Rachid l'aîné a été élevé au domaine du pacha, et c'était visiblement un garçon intelligent. Le pacha l'a envoyé étudier en ville.

— Je croyais que ces jeunes étudiaient tous à l'École d'ingénieurs.

— Avec le pacha actuel, oui. Je parlais de son père.

— Je vois. On ne procédait pas de la même manière à l'époque.

— On n'a besoin que d'un nombre limité d'avocats.

— Surtout s'ils ont tendance à s'enthousiasmer pour des idées dangereuses.

— Ce n'était pas le cas du premier Rachid. Il s'en est tenu à l'écart. Il était trop occupé à gagner de l'argent et à affermir sa situation. En outre, il n'était pas libre à proprement parler. Bien que juriste diplômé, il était toujours au service du pacha.

— C'était un esclave ?

— Je ne pense pas. Plutôt un fellah. Ce qui était presque la même chose, je suppose. Sa mère était peut-être esclave. Tous les Rachid ont une goutte de sang noir. Mais ils servent le pacha depuis plusieurs générations. Et quand le premier s'est installé comme juriste, il était toujours à son service. Il gérait toutes ses affaires, et seulement les siennes.

— Et à présent, quelle est la situation ?

— Plus ou moins identique. Bien sûr, aujourd'hui, le cabinet a gagné en importance. Rachid y a fait entrer ses deux fils et un ou deux neveux. Tous peuvent en vivre. Ils ne s'en sortent pas mal du tout.

— Sont-ils toujours au service du pacha ?

— Oui.

— Et notre Rachid ?

— C'est l'indépendant de la famille. Il est le seul à aller son propre chemin.

— Jusqu'à quel point est-il indépendant ?

— Je l'ignore. Il reste sans aucun doute en contact avec le cabinet. Peut-être même est-il chargé de quelques tâches en plus de son travail. Un assistant ne doit pas gagner beaucoup d'argent.

— Ce n'est pas ce que je vous demandais.

— Que me demandiez-vous ?

— Est-il encore au service du pacha ?
— Ah ! C'est toute la question ! répondit Nikos.

Mahmoud téléphona.
— On m'a contacté, annonça-t-il.
Et il raccrocha.

— C'est encore toi, dit l'homme.
— Oui, c'est encore moi, reconnut Owen.
L'homme avait terminé ses achats au souk et s'apprêtait à repartir. Owen s'accroupit à côté de lui.
— C'est important, sinon je ne viendrais pas.
L'homme ne répondit pas. Il regarda devant lui en ayant l'air de calculer la distance qu'il devait parcourir.
— Qu'est-ce que tu veux savoir ?
— J'ai trouvé la famille de Rachid, et ça m'a aidé. Mais je voudrais te demander des précisions sur l'un d'eux.
Owen le décrivit.
L'homme secoua la tête.
— Je ne l'ai jamais vu.
— Il est à l'École de droit. Tu ne lui as pas apporté de message ?
— Je n'ai pas apporté de message à l'École de droit.
— Il habite dans la sharia Geheinat. Lui as-tu apporté un message là-bas ?
— Non.
— Tu sers ton maître, et tu le sers bien. C'est ce qu'il faut faire. Mais tu es aussi un père. Rappelle-toi la raison pour laquelle je t'ai interrogé.
L'homme inclina la tête pour montrer qu'il s'en souvenait. Puis il regarda Owen en face.
— Je t'ai dit la vérité.
Ce fut au tour d'Owen d'incliner la tête. Il réfléchit un instant.

— Tu dis la vérité quand je te pose une question, mais tu ne réponds pas aux questions que je ne te pose pas.

— Ce serait difficile.

— Pas si tu savais quelle est la grande question, celle qui est à la base de tout.

— Laquelle ?

— Elle concerne Ali Osman et ce Rachid dont je t'ai parlé. Se connaissent-ils ? Se sont-ils rencontrés ? Rachid est-il au service d'Ali Osman ?

— Ça ne fait pas une question, mais trois. Je crois quand même que je te comprends.

Il se tut un instant pour réfléchir.

— Je suis loyal envers le pacha, alors je vais seulement répondre aux questions que tu poses. Mais je n'oublie pas pour quelle raison tu les poses. Je te dirai donc que tu ne poses pas les bonnes questions. Est-ce que la montagne va à Mahomet ?

Owen se mit à réfléchir intensément. Ils quittèrent la grand-route et contournèrent quelques habitations pour emprunter un sentier où du sable remplaçait la terre dure.

Le sable leur collait aux pieds et les ralentissait. L'homme semblait satisfait de traîner un peu. Owen se rendit compte qu'il lui fallait saisir cette chance.

— Le pacha ne lui a envoyé personne, dit-il lentement. A-t-il envoyé quelqu'un au pacha ?

— Il n'a pas envoyé quelqu'un.

— Il y est allé, c'est ça ? Il est allé voir le pacha ?

— Il est venu voir le pacha. Plusieurs fois ces derniers temps.

— Merci. Voilà ce que j'avais besoin de savoir.

Owen hésita, puis reprit :

— Peux-tu me répéter ce qu'ils ont dit lorsqu'il est venu voir le pacha ?

— Non. Ils ont parlé seuls.

Ils longeaient à présent l'arrière de grandes maisons mameloukes. Owen devina que l'une d'elles appartenait à Ali Osman. Son intuition fut confirmée quand l'homme s'arrêta soudain et expliqua :

— Nous approchons de la maison de mon maître. Il vaut mieux qu'on ne nous voie pas ensemble.

Owen le remercia et se prépara à prendre congé. Ils se serrèrent chaleureusement la main. Puis, au moment où l'homme allait se détourner, Owen lui dit :

— Tu n'as pas répondu à ma dernière question.

— Quelle était-elle ?

— Rachid est-il au service d'Ali Osman ?

— À toi de le découvrir.

— Il s'agit d'un cabinet juridique de bonne réputation, objecta Nikos.

— Ce sont les gens du pacha. Vous l'avez dit vous-même.

— Oui, mais ça ne signifie pas pour autant qu'ils seraient mêlés à une telle affaire.

— Même s'il le leur demandait ? Le leur ordonnait ?

— Non. Je pense qu'ils n'iraient pas jusqu'à faire n'importe quoi.

— Ali Osman les garderait-il s'ils refusaient de s'exécuter ?

— Je ne crois pas qu'on en arriverait là. Il est trop malin pour leur demander de faire quelque chose de répréhensible. Et ils lui sont trop utiles en étant respectables.

— Il s'est donc adressé à quelqu'un d'autre ?

— Eh bien...

— Rachid ?

— Le fait qu'ils aient eu des entretiens seul à seul est curieux, admit Nikos.

— J'aimerais savoir s'ils se voyaient pour affaires.

— Voilà qui sera difficile à établir.

— Vous pourriez essayer de sonder les employés.

— Je vais le faire. Mais dans une telle entreprise ils ont tous tendance à être de la famille, et à faire preuve de loyauté.

— Vous pourriez essayer.

— On peut toujours courir le risque.

— Courez-le.

— On m'a contacté, annonça Helbaoui.

— Parfait ! dit Owen avec satisfaction.

— Bon, oui. Je suppose. J'espérais qu'ils ne le feraient pas.

— C'est pourtant pour ça qu'on vous a fait sortir.

— Je sais. N'empêche...

— Qui vous a contacté ?

— Un certain Hawzi. Je l'ai déjà vu près de la place. Il traîne autour de l'École de droit. Il m'a abordé au moment où je rentrais chez moi. Nous sommes allés dans un café.

— Saviez-vous où il voulait en venir ?

— Je m'en doutais. Il m'a parlé de gens furieux contre la manière injuste dont j'avais été traité, qui souhaitaient m'aider. Ils avaient récolté de l'argent pour me le donner.

— En échange de...

— Non, non. Me le donner tout simplement. À titre de... disons de soutien. Si je voulais bien l'accepter, il me l'apporterait le lendemain. C'était aujourd'hui.

— Vous l'a-t-il remis ?

— Oui.

— Vous avez donc l'argent ?

Helbaoui extirpa un petit sac de sous sa chemise.

— Combien y a-t-il ?

— Je n'ai pas compté.

— Et c'est tout ? Il s'est contenté de vous remettre l'argent ?

— Non, répondit Helbaoui. Ce n'est pas tout. Il m'a dit que cette somme était destinée à m'aider. Mais ils ne voulaient pas en rester là. Ils voulaient frapper à leur tour, venger mes souffrances. Par souci de justice, pour ainsi dire. Ils allaient le faire de toute façon, de leur côté. Toutefois, ils pensaient que j'aurais peut-être envie d'y être associé.

— Comprenons-nous bien. Ils allaient se venger. Et vous laisser le sale boulot.

— Non. Je n'avais pas un grand rôle à jouer. Je devais me mêler à la foule. Des voitures à cheval arriveraient. Quand une certaine arabeya approcherait, je devais donner le signal.

— C'est tout ?

— Pour moi, oui.

— Savez-vous ce qui devait se passer ensuite ?

— L'arabeya ralentirait en grimpant la pente — l'événement allait se produire dans la Citadelle — et, au moment où elle ralentirait, quelqu'un sortirait de la foule et tirerait. Il y aurait deux hommes, un de chaque côté.

— Deux hommes, répéta Owen.

— C'est ça. Mais il n'a pas précisé de qui il s'agissait.

— Aucune importance.

— Ensuite, je devais rentrer chez moi.

— D'accord. Bon, voilà qui nous est très utile. Vous pourriez nous montrer l'endroit où vous êtes censé vous poster, je suppose ?

— Oui.

— Parfait. Quand cela doit-il se dérouler ?

— Demain. Juste avant le coucher du soleil. Un petit rassemblement va commémorer le massacre des mamelouks. Tout un symbole, vous comprenez. La fin d'un ancien régime. Mon intervention est elle aussi symbolique.

— Combien de gens vont participer à cette célébration ?

— Une douzaine environ. Moins d'une vingtaine, à coup sûr. Ils veulent rester sélectifs. Seuls certains pachas aux ambitions politiques seront là.

— Des pachas ?

— Oui. Il s'agira d'une réunion intime rassemblant quelques élus à peine.

— Ont-ils été réellement élus ?

— Pas à ma connaissance. Toute l'affaire est précisément destinée à suggérer au khédive qu'ils devraient être choisis.

— Ce sera donc un rassemblement de pachas ? De seuls pachas ? demanda Owen, perplexe.

— Oui.

— Personne d'autre ?

— Non.

— Et qui... qui va être attaqué ?

— Ali Osman.

— Ali Osman ? s'écria Owen avec incrédulité. Mais c'est... c'est ridicule !

— Oui, c'est ce qu'ils m'ont dit, confirma Mahmoud. Ali Osman.

— Ali Osman Pacha ?

— Lui-même. Il fait partie de la vieille garde.

— Je le connais. Simplement ça... m'étonne.

— Pourquoi ? À mon avis, il constitue une cible naturelle pour les terroristes. Il est associé à l'ancien régime, ami du khédive, seigneur féodal, notoirement corrompu et impitoyable. Pour moi, il représente au contraire la cible idéale.

— Eh bien, oui, sans doute. Il se trouve juste que j'étais en train d'explorer d'autres pistes.

Il parla à Mahmoud de Hamada, des fusils et des esclaves.

— Un trafic d'esclaves ?

Le visage de Mahmoud s'assombrit. Il était à la fois un libéral et un ferme partisan de la loi comme fondation d'une société équitable.

— Je croyais qu'on l'avait aboli, reprit-il.

— Moi aussi. N'empêche qu'Ali Osman le pratique à grande échelle.

— Pourquoi ne l'avez-vous pas arrêté ?

Owen commença de le lui expliquer, puis se tut. Mahmoud était nationaliste, et il prendrait sûrement mal le souhait exprimé en haut lieu de ne pas inquiéter Ali Osman en raison des intérêts britanniques qu'il avait su s'assurer.

Surtout dans les circonstances présentes.

— J'essaie de dénouer les choses, sur le plan politique, s'entend, reprit faiblement Owen.

Mahmoud approuva. Il était suffisamment cairote pour savoir qu'on ne pouvait rien faire si ce n'était pas justifié sur le plan politique.

— Je vais l'épingler, promit Owen. Mais je veux d'abord laisser la situation macérer un moment.

— Bien sûr ! s'exclama Mahmoud avec enthousiasme. Vous voulez découvrir qui sont ses comparses. Pour réussir un beau coup de filet.

— C'est ça. Et il y a aussi autre chose. Qui m'intéresse particulièrement et pourrait vous intéresser. L'un de ses comparses est Rachid.

— Rachid ? Mon Rachid ?

Owen inclina la tête.

— Oui, votre Rachid.

— Mais... mais c'est impossible !

— C'est aussi ce que j'ai pensé. Quand vous m'avez prévenu que la prochaine cible serait Ali Osman.

Ils étaient attablés à la terrasse d'un café, dans une

ruelle très fréquentée, près de Bab el-Wézir. La célèbre colline sur laquelle la Citadelle avait été édifiée s'élevait devant eux.

La merveilleuse forteresse de Saladin était à présent presque entièrement en ruine. Sa partie la plus majestueuse, la salle de Joseph, avait été détruite à l'explosif en 1824 pour faire place à un bâtiment encore plus fabuleux, la mosquée de Mohammed Ali, avec ses dômes et ses minarets évoquant *Les Mille et Une Nuits*. Elle abritait maintenant, dans le palais déserté d'un ancien khédive, le quartier général de l'artillerie britannique stationnée en Égypte.

Tour à tour, le pays avait connu quatre conquérants, et chacun s'était éteint en ne laissant qu'un bâtiment derrière lui.

Sauf, bien sûr, les Britanniques.

Un lieu foisonnant de mythes. Et le plus tenace était le massacre des mamelouks.

Un jour de mars 1811, Mohammed Ali invita les mamelouks, ces princes qui avaient dirigé l'Égypte pendant plus de cinq cents ans, à une cérémonie à la Citadelle. Après les avoir bien accueillis, il leur proposa de traverser la ville en grande pompe, escortés par ses troupes.

Lorsque les mamelouks, encadrés par les soldats du pacha, descendirent le chemin escarpé, serré entre le roc et les remparts, qui mène de Bab el-Wastani à Bab el-Azab, ils se firent attaquer et tuer. Selon la légende, un seul en réchappa.

Le mythe était porteur d'une force supplémentaire. Au moment où leur dynastie avait pris fin, les mamelouks avaient beaucoup décliné et ne constituaient plus une caste de guerriers comme au début. Ils étaient devenus décadents et corrompus — aussi décadents et corrompus que les khédives et les pachas qui leur avaient succédé ? pouvait-on se demander. Et le tour de ces derniers n'était-il pas venu ? Ne fallait-il pas les chasser d'une manière aussi brutale et théâtrale que les mamelouks l'avaient été par Mohammed Ali ?

Connaissant le pouvoir des mythes et des symboles sur l'esprit musulman, Owen se sentait mal à l'aise. L'attentat devait être symbolique, avait dit Helbaoui. Owen était aussi préoccupé par le symbole que par l'attaque elle-même.

— Nous allons naturellement l'empêcher, dit-il. Nos hommes intercepteront les tueurs dès qu'ils les repéreront. Cette fois, pas question de rester à proximité les bras croisés. Nous n'allons pas commettre la même erreur. Au moins, les tueurs seront hors d'état de nuire. Mais c'est bien entendu sur Rachid que nous voulons mettre la main. Et c'est là que vous intervenez.

— Il est vraiment intelligent, remarqua Mahmoud. Il ne fait jamais rien lui-même. Il passe toujours par d'autres.

— C'est pourquoi ceci est important. S'il souhaite vraiment vous parler en personne.

— C'est le message que j'ai reçu.

— Je ne vois pas tout à fait... pourquoi il vous contacterait maintenant, alors qu'il a déjà monté le coup.

— Il songe peut-être au prochain.

— Oui. Ou peut-être...

Owen se redressa soudain.

— ... peut-être celui-ci comporte-t-il une partie que nous ignorons encore.

— Une autre personne devrait se faire tuer ?

— Un autre pacha, qui sait ? En plus d'Ali Osman. Je vais jeter un coup d'œil sur les participants.

Mahmoud termina son café.

— Si ça se trouve, il ne s'agit pas d'*une* autre personne.

— Que voulez-vous dire ?

— Il pourrait y en avoir plusieurs. Avez-vous oublié que Rachid a une prédilection pour les bombes ?

Mahmoud partit le premier. Owen resta un instant attablé et but une autre tasse de café. L'établissement se trouvait loin de l'École de droit et de Bab el-Kalk, et les deux hommes ne couraient pas grand risque de se faire reconnaître. Mieux valait toutefois se montrer prudent.

Owen sentit une main sur son épaule. Une petite main.

Soraya se glissa sur la chaise libérée par Mahmoud.

— Ton ami est parti. Tu peux me parler maintenant.

— Que fais-tu ici ? s'écria Owen, surpris.

— J'habite ici, répondit Soraya en montrant le bas de la rue. Tu veux venir à la maison avec moi ?

Owen avait oublié que c'était le quartier des bohémiens.

— Ce serait agréable, mais je suis en train de travailler.

— Au café ? Tu es comme mon homme. Il reste assis dans un café à boire du thé alors qu'il devrait être en train de voler.

— Est-ce que vous vous êtes remis ensemble ?

— Plus ou moins, répondit Soraya d'un air vague.

Le propriétaire de l'établissement sortit, jeta un regard sévère à Soraya, un regard interrogateur à Owen, puis haussa les épaules et retourna à l'intérieur.

Rayonnante, Soraya but un peu de café dans la tasse d'Owen.

— Ton ami a l'air gentil lui aussi, observa-t-elle. Plus gentil que l'autre.

— Tu veux parler de Roper ? Oui, c'est incontestable.

— Est-ce qu'il est marié ?

— Mahmoud ? Non.

— Il serait temps, déclara Soraya d'un ton critique. Et toi aussi.

— Je suppose que nous y viendrons un jour.

— Chez nous, la coutume est de se marier jeune, reprit Soraya d'une manière appuyée.

— Et toi, est-ce que tu es mariée ?

— Je suppose que j'y viendrai. Un jour.

— Me faire ça à moi ! s'exclama Ali Osman, bouleversé. Rachid !

— Il était à votre service, n'est-ce pas ?

— Jusqu'à un certain point.

— Jusqu'à quel point ?

— Quelle importance ? Visiblement, ça ne l'aurait pas empêché de me tuer.

— C'est très important au contraire. Il a accompli certaines tâches pour vous. Lesquelles ?

— Oh ! différentes courses.

— Il assurait la liaison avec des groupes nationalistes illégaux ?

— Bon, oui, on pourrait dire ça.

— Il les chargeait de suivre des fonctionnaires ? Pour créer une atmosphère de crise que vous pouviez tourner à votre avantage sur le plan politique ?

— Mon cher ami ! s'écria Ali Osman en le dévisageant. Que pouvez-vous bien vouloir dire par là ?

— Il leur a demandé de tirer sur Fairclough ?

— Certainement pas ! répondit Ali Osman avec fermeté. Quelle idée !

— De lancer des bombes ?

— Celle du café n'a pas été lancée, n'est-ce pas ?

— On en a bel et bien lancé une contre Nouri.

— Je n'ai rien à y voir dans un cas comme dans l'autre.

— Mais Rachid, si.

— S'il y est mêlé, ça ne me concerne en rien, soutint Ali Osman d'un ton grave.

— Il était pourtant à votre service, oui ou non ?

— Non, non, pas pour ce genre d'affaire, affirma Ali Osman avec ferveur.

— Je vous ai demandé jusqu'à quel point il l'était.

Ali Osman garda longtemps le silence en considérant Owen d'un air sérieux. Enfin il se décida.

— Je vais être obligé de vous le dire, c'est ça ?

— Oui.

Le pacha se tut de nouveau. Puis il se ressaisit.

— Puisque, à l'évidence, vous connaissez déjà la réponse, je vais vous le dire. Rachid est le neveu de Haround Rachid, mon conseiller juridique. Les Rachid sont de braves gens qui travaillent pour moi depuis longtemps. Tout à fait dignes de confiance. Sauf Narouz Rachid.

— Narouz est celui qui enseigne à l'École de droit ?

— Oui. Le brillant sujet de la famille. Et le moins digne de confiance. Notez-le bien, mon cher ! Les deux vont souvent de pair. L'instruction est néfaste et devrait être réservée aux plus stupides. C'est pourquoi je n'envoie que des garçons ternes au Caire pour y suivre des études. C'est pourquoi...

— D'accord, d'accord. Aviez-vous envoyé Narouz Rachid faire des études ?

— Non. Sa famille avait plus ou moins quitté mon domaine. Elle s'était installée au Caire par elle-même. C'était avant que j'hérite. Bien sûr, ils travaillaient encore pour nous, dépendaient encore de nos subsides. Mais ils pouvaient financer les études des enfants.

— Ils ont tous fréquenté l'École de droit ?

— C'est le seul endroit indiqué, après tout. Si l'on veut devenir juriste.

— Et Narouz ?

— Il y est allé, lui aussi. C'est son grand-père qui

lui a payé ses études. Un garçon intelligent, comme je vous le disais. Beaucoup trop. Il a des idées très personnelles. J'ai dit à son oncle : « Haround, ce garçon est dangereux. Il va finir par vous attirer des ennuis. Si tu veux un conseil, débarrasse-toi de lui. » Et c'est donc ce qu'ils ont fait. Très sagement.

— Comprenons-nous bien. Vous les avez poussés à se débarrasser de lui. Et maintenant il travaille pour vous ?

— Pas régulièrement. À l'occasion. Un assistant à l'École de droit n'est pas bien payé. Je n'éprouve aucune rancune contre lui.

— La question qui se pose, c'est : en éprouve-t-il à votre égard ? lui retourna Owen.

Ali Osman le considéra d'un air pensif.

— C'est ce qu'il semblerait, n'est-ce pas ?

— Parlez-moi des tâches que vous lui confiez.

Ali Osman écarta les bras et haussa les épaules.

— Très bien, si vous devez vraiment le savoir. Narouz Rachid est lié à divers groupes nationalistes que le parti nationaliste ne reconnnaît pas officiellement, préférant s'en tenir à l'écart. Dans un moment comme celui que nous traversons, ils peuvent se révéler utiles en causant des problèmes dans la rue. Si on les paie.

— Et vous les avez payés ?

— Rachid s'en chargeait. Je me contentais de fournir l'argent.

— Et à quelle fin les avez-vous payés exactement ?

— Rachid les payait, rectifia Ali Osman. Je fournissais l'argent. Je voulais qu'il y ait des problèmes dans les rues. Au cours des meetings, des défilés, des manifestations. Pas trop, naturellement. Juste assez pour inquiéter le khédive. Et pour gêner les nationalistes.

— Ça ne devait pas aller plus loin ?

Ali Osman le regarda posément.

— Je vous le jure.

Owen médita ces propos.

— Le reste, il l'a ajouté de son propre chef, reprit Ali Osman.

Owen réfléchissait toujours. Il se sentait assez tenté de croire Ali Osman. D'un autre côté, il n'ignorait pas qu'il avait devant lui un individu prêt à utiliser allègrement les autres à son profit, sans trop se soucier des conséquences pour quiconque se mettait en travers de son chemin.

— Très bien, dit-il. Je vais vous mettre à l'épreuve. Vous irez à la Citadelle exactement comme prévu. Vous ferez celui qui ne sait rien. Mes hommes seront dans la foule. Vous n'aurez rien à craindre.

— Je l'espère.

— Et si nous épinglons ces deux types, je serai peut-être disposé à considérer vos actes d'un œil indulgent. Certains d'entre eux, ajouta-t-il en repensant au trafic d'armes et d'esclaves.

Ali Osman inclina la tête pour signifier son accord.

— Et Rachid ?

— Là aussi, je vais avoir besoin de votre aide.

Ali Osman eut un léger sourire.

— Elle vous sera accordée avec le plus grand plaisir.

Mahmoud téléphona.

— Je l'ai vu.

— Rachid ?

— Oui.

— Qu'a-t-il dit ?

— Il m'a demandé de lancer une bombe. Sur le rassemblement de pachas devant la Citadelle.

— Il vous l'a vraiment demandé ? Directement ?

— Oui.

— Alors nous le tenons ! s'écria Owen d'un ton triomphant.

— Ne l'alpaguez pas à cause de ce que je vous ai raconté. Il pourrait toujours prétendre qu'il plaisantait. Ou qu'il me testait. Attendez que j'aie vraiment la bombe entre les mains.

— Qu'est-ce qui est prévu ?

— Ça se passera à la Citadelle.

— Quelqu'un vous la remettra ?

— Oui. Helbaoui.

— Helbaoui !

— Oui. Il ne le sait pas encore. Il croit qu'il n'aura qu'à donner le signal quand l'arabeya d'Ali Osman arrivera. On le chargera de livrer un paquet juste avant qu'il se mette en route.

— Rachid sera-t-il présent ?

— En personne ? Je l'ignore.

— Je vais le faire filer. Il faut que nous sachions où il se trouve pour pouvoir l'appréhender aussitôt.

— Par quelqu'un de doué, alors.

— Par quelqu'un de très doué, dit Owen.

Il réfléchit un instant.

— Est-ce qu'on tirera quand même des coups de feu ?

— Sur Ali Osman ? Oui. Mais ce n'est qu'un leurre. Ils vont se débrouiller pour que son arabeya arrive en dernier. Les autres seront déjà rassemblés. Ils entendront les tirs et, au moment où tout le monde se mettra à courir dans tous les sens, je pourrai m'approcher pour lancer la bombe. Je dois la lancer quoi qu'il arrive.

— Y a-t-il d'autres modifications ?

— Pour autant que je sache, non, répondit Mahmoud.

Owen prit ses dispositions avec soin. Il répartirait dans la foule quatre hommes triés sur le volet, deux pour surveiller chaque tireur. Ils disposaient de leur description et avaient répété toute la matinée. À présent, ils arpentaient la rue qui menait à la Citadelle pour se familiariser avec les lieux et s'habituer à opérer dans la cohue.

D'autres agents seraient là, mais à l'écart. Owen ne voulait pas qu'ils gênent les opérations. Il les avait prévus au cas où les choses tourneraient mal. Une fois l'arabeya d'Ali Osman passée, ils se déplaceraient tranquillement dans les rues sans les bloquer — Owen n'avait pas envie de voir les tueurs s'affoler et essayer de s'enfuir en tirant dans tous les sens, alors que de simples passants seraient là —, mais seraient prêts à les intercepter en cas de problème dans la rue principale.

Owen les rejoindrait juste avant le moment crucial. Il ne souhaitait pas arriver en avance et courir ainsi le risque qu'on le reconnaisse. Il resta dans son bureau, vérifia calmement les dispositions prises, notamment pour se débarrasser de la bombe. Il ne voulait d'accident à aucun prix.

Il était sur le point de se rendre à la Citadelle quand le téléphone sonna.

La voix était tellement bouleversée qu'il ne comprit pas tout de suite qui l'appelait. Puis il se rendit compte que c'était Helbaoui.

— Ils ont tout découvert !

— Qu'ont-ils découvert ? demanda Owen avec un serrement de cœur.

— Sur Mahmoud.

— Racontez-moi ça.

— Qu'il... qu'il travaille pour vous. Ils vont le tuer.

— Je le préviens immédiatement.

— Il est à la Citadelle.

— En effet.

— C'est là que ça va se passer. Une fois qu'il aura lancé la bombe.

— Il ne va pas la lancer.

— Je m'en doute. Mais il sera là. Ils le trouveront. Et même s'il ne lance pas la bombe, ils le tueront.

— Qui sont ces gens ? Le savez-vous ?

— Les fameux deux hommes.

— Ceux qui vont tuer Ali Osman ?

— Oui. Mais maintenant ils ne vont plus tuer Ali Osman. Ils vont d'abord régler son compte à Mahmoud. Il faut que vous l'empêchiez d'aller là-bas.

— Je ne peux pas. Il est déjà parti.

Il y eut un silence. Puis, tremblante, la voix reprit :

— Les deux hommes. Ils... eux aussi, ils sont déjà partis.

13

Owen ne parvint pas à dénicher Mahmoud.

Là, sur le terre-plein, devant la mosquée de Mohammed Ali, les pachas étaient rassemblés. Le petit groupe bavardait tranquillement et s'interrompait de temps à autre pour regarder la vue merveilleuse qui s'étalait à ses pieds : vieille ville aux cent minarets, large ruban luisant du Nil, pyramides teintées de pourpre royale par un soleil déclinant.

Le groupe était maintenant presque au complet et n'attendait plus qu'Ali Osman. Owen vit Nouri jeter un coup d'œil impatient sur sa montre. L'arabeya était en retard. En cela au moins le plan des terroristes était respecté.

Mahmoud devait se trouver dans le coin. Mais où, bon Dieu ?

Il ne pouvait pas être bien loin, car il lui fallait lancer la bombe. Pointilleux comme il l'était, Mahmoud avait insisté pour jouer son rôle à la lettre. C'était selon lui la seule manière de s'assurer que les choses se dérouleraient comme prévu. Rachid avait sans aucun doute posté un observateur dans la foule et, si Mahmoud n'exécutait pas ses instructions, l'alerte pourrait être donnée et le plan modifié.

Mais bon sang, où était-il? Owen avait vainement

parcouru tout le terre-plein. Il avait tenté sa chance à En-Nasir, mosquée en ruine où une forêt de piliers fournissait de bonnes cachettes, mais Mahmoud restait introuvable.

Owen retourna à Bab el-Azab et demeura un moment à scruter les marches croulantes qui descendaient jusqu'aux habitations, au pied de la colline, puis leva les yeux sur les remparts escarpés qui entouraient la porte.

C'était à Bab el-Azab que la commémoration aurait lieu. C'était là en effet que les troupes de Mohammed Ali avaient attendu l'ordre de tomber sur les beys et de les massacrer. La porte avait été témoin de la fin d'un ancien régime. Les pachas espéraient que leur rassemblement symbolique inaugurerait un nouveau régime.

Owen grimpa sur les remparts pour avoir un meilleur point de vue. À une centaine de mètres, il apercevait Georgiades au milieu des piliers d'En-Nasir. Il repéra d'autres agents à son service. Mais pas Mahmoud.

Il quitta les remparts et rejoignit Georgiades.

— Je descends dans la rue. Prenez les choses en main ici, d'accord ?

— Ils ne vont pas tarder à y aller.

Les pachas n'espéraient plus voir Ali Osman arriver et s'apprêtaient en effet à commencer leur cérémonie.

— Ouvrez l'œil, recommanda Owen.

Il s'engagea dans la rue. Il cherchait à la fois les deux tireurs et Mahmoud. Il essaya de se remémorer les premiers, de raviver leur image aperçue brièvement au début de tous ces événements.

Au bout de la rue, il remarqua Helbaoui. Le teint gris, l'air malheureux, bouleversé, celui-ci s'appuyait contre un mur et, sans mot dire, leva les yeux à son approche.

— Vous l'avez vu ? demanda Owen.

— Oui.

— Vous l'avez prévenu ?

— Non, répondit Helbaoui d'un ton déprimé. Je... je n'ai pas pu.

— Pourquoi, bon sang ?

— Il a tendu la main et a pris la bombe.

— La bombe !

— Je l'avais. Ils me l'ont donnée et j'ai remonté la rue avec. Vous m'aviez dit de faire exactement ce qui avait été prévu.

— D'accord, d'accord. Mais nom de Dieu, pourquoi n'avez-vous pas parlé à Mahmoud ?

— Il est arrivé par-derrière. Il m'a dépassé et pris l'engin des mains. J'ai à peine eu le temps de lever la tête qu'il avait disparu.

— Quand est-ce que ça s'est passé ?

— Il y a un quart d'heure.

— Bon Dieu de bon Dieu !

Owen pivota et se hâta de remonter la rue. Les passants y étaient plus nombreux.

Une idée lui traversa l'esprit. Supposons que Mahmoud ait toujours la bombe quand ils lui tomberaient dessus ? Supposons qu'elle explose dans la foule ?

Il aperçut un de ses tireurs d'élite.

— Qu'est-ce que tu fiches ici ? Tu étais censé rester près du pacha.

L'homme désigna quelque chose.

Un peu plus haut dans la rue, Ali Osman était complètement bloqué par la cohue.

— Tu ne dois pas t'éloigner de lui ! s'écria Owen avec fureur.

— Hassan et Abdul sont près de lui. Mahboub et moi, on est un peu en retrait pour mieux observer.

Son regard ne cessait de scruter la foule. C'était en effet judicieux.

— Bon, d'accord. Continue.

Il s'approcha d'Ali Osman. La petite grappe qui entourait le pacha semblait être à l'arrêt. Des cris retentissaient :

— Faites place au pacha !

Owen se faufila en rasant le mur. Il n'avait pas songé que la rue pût être aussi bondée. Mais il n'y pouvait plus rien et devait s'en remettre à ses tireurs d'élite.

Quant à Ali Osman, il ne lui paraissait plus aussi important.

Lorsqu'il passa devant un porche, quelqu'un le tira par le bras. Il se retourna. C'était Soraya. Elle l'attira à l'intérieur.

— Ce n'est vraiment pas le moment ! lâcha Owen.

Soraya fit la moue.

— Avec toi, ce n'est jamais le moment. Qu'est-ce que tu as ?

— Il faut que je retrouve un homme. Tout de suite !

— Les hommes peuvent attendre.

— Celui-ci va se faire tuer.

— Qui ça ? Le gros pacha ?

— Non. Mon ami.

— Si c'est ton ami anglais, tu n'as pas besoin de t'inquiéter.

— Ce n'est pas l'Anglais, mais l'Égyptien, Mahmoud.

— Celui qui était avec toi hier ? Le gentil ?

— Oui.

Il se dégagea.

— Je l'ai vu.

— Mahmoud ?

— Oui.

— Quand ?

— Il y a dix minutes.

Il l'agrippa.

— Où ? Où est-ce que tu l'as vu ?

— Il grimpait les marches près de Bab el-Azab.

— Il grimpait les marches ?

— Oui.

— Mais j'y étais !

Soraya haussa les épaules.
— N'empêche que je l'ai vu.
— Je venais sûrement de partir.
— Tu veux que je le retrouve ?
— Oui. Dis-lui qu'il est en danger de mort. Ils ont tout découvert.

La petite silhouette disparut aussitôt. Habituée à se faufiler dans la foule, Soraya avançait là où un Owen plus carré n'y serait pas parvenu. Il se fraya difficilement un chemin sans cesser de chercher des yeux les tueurs.

Où était passé Mahmoud, bon sang ? Et pourquoi avait-il pris la bombe, bon sang de bonsoir ?

Une pensée lui vint à l'esprit, une pensée idiote qu'il chassa aussitôt, mais qui ne voulait pas le quitter.

Pourquoi Mahmoud avait-il pris la bombe ? Parce qu'il avait l'intention de s'en servir.

Ridicule ! Stupide ! Mahmoud était son ami, un ami responsable, loyal, qui se trouvait dans le même camp que lui.

Mais il était nationaliste.

Et on lui avait effectivement fait du tort. Ce n'était pas pure comédie. Il s'était bel et bien mis à dos les autorités britanniques, on lui avait retiré une affaire. Les initiés savaient que la situation n'était pas tout à fait ce qu'elle paraissait, mais...

Ridicule. La vie de cet homme était en danger parce qu'il avait pris un risque. Parce qu'il sentait que c'était son devoir.

Ridicule. Imaginer une telle chose était honteux. Owen se morigéna.

Il avait presque atteint le haut des marches à présent. Devant lui, se détachant sur le magnifique ciel assombri, il voyait le petit rassemblement de pachas à Bab el-Azab.

Ils regardaient le bas de la rue. L'un d'eux se mit

soudain à agiter la main. Puis tous firent des signes. Ali Osman ! Ils devaient avoir aperçu Ali Osman.

Un cri retentit derrière lui.

Où diable était passé Mahmoud ? Et où diable étaient passés les deux tueurs ?

Juste devant lui une bousculade se déclencha. L'éventaire d'un vendeur d'oignons avait été renversé par la cohue et sa marchandise s'était éparpillée par terre.

Le vendeur se précipita pour récupérer son bien. Une nuée de gamins des rues s'élança pour chaparder. Les marchands ambulants et les boutiquiers voisins s'élancèrent eux aussi pour les en empêcher. Les passants furent contraints à l'arrêt.

Owen trébucha sur les oignons. Il se baissa et posa la main sur le mur pour retrouver l'équilibre. Une petite brèche s'ouvrit devant lui.

C'est alors qu'il les vit.

Un peu plus loin, deux hommes remontaient la rue d'un pas décidé, l'un à droite, l'autre à gauche. Ils portaient une chemise et un pantalon, et rien ne les distinguait d'innombrables autres passants. Sauf qu'ils n'étaient pas inconnus.

Owen les avait déjà vus, une fois brièvement, quand il s'était retourné dans la rue et avait aperçu ses poursuivants durant une seconde ; la seconde fois beaucoup plus distinctement pendant qu'ils suivaient Jullians.

Il écarta un marchand courbé et se fraya un passage le long du mur, derrière les éventaires, en repoussant fermement leurs propriétaires. Il parvint à dépasser la foule et s'engagea dans la rue derrière les deux individus.

Ils étaient presque en haut de la rue à présent. Là, le sol s'aplanissait pour devenir le plateau de la Citadelle.

C'était à cet endroit que se dressait Bab el-Azab. Le petit groupe de pachas, auquel s'était joint Ali Osman, s'approchait de cette porte.

Et Mahmoud se tenait tranquillement sur un côté, au bord de la croupe rocheuse escarpée, regardant en bas d'un air désœuvré.

Les deux hommes ralentirent légèrement le pas, échangèrent un coup d'œil, puis reprirent leur marche rapide.

Cette fois Owen avait pris son arme. Il la sortit.

Les hommes se mirent soudain à couvert derrière un mur. Owen crut un instant qu'ils l'avaient repéré. Il se glissa dans le renfoncement d'une porte, mais, comme rien ne se passait, il avança prudemment vers l'endroit où ils avaient disparu.

Une marche menait à une bouche d'égout, et une profonde rigole d'écoulement courait le long du mur.

Les deux types avaient sauté dans la rigole et y avançaient. Pendant qu'Owen les observait, ils s'arrêtèrent, se redressèrent et sortirent leur arme.

Owen tira le premier.

L'un des deux tourbillonna et s'écroula contre le rebord de la rigole. L'autre se retourna. Owen distingua un instant son visage affolé.

Puis le visage disparut, tout simplement. On aurait dit qu'une main de géant l'avait arraché de là.

L'homme abattu disparut à son tour. Cette fois, il ne pouvait plus y avoir le moindre doute. Une main s'était bel et bien tendue pour l'attraper !

Owen courut le long de la rigole, posa la main sur le mur et sauta.

Un petit attroupement s'était formé. Il reconnut tout de suite Mahmoud. À côté de lui une silhouette gracile, celle de Soraya. Deux hommes à terre, immobiles. Et au-dessus d'eux, deux curieux individus vaguement familiers, des Berbères du Sud.

L'un tenait quelque chose à la main.

Leur visage s'éclaira quand ils virent Owen.

— Effendi ! Tu as tout gâché !

— Qu'est-ce que j'ai gâché ?

Il les reconnaissait à présent : les gardes du corps de Nouri Pacha, de vraies brutes.

— La bagarre. On les a vus arriver et on se serait battus avec eux. Mais tu as tiré !

— Heureusement que tu ne les as pas tués.

— Alors on l'a fait.

— Qu'est-ce que tu tiens là ?

L'air penaud, l'homme baissa les yeux sur ses mains. Il montra à Owen ce dont il s'agissait. Une tête.

— Elle s'est comme qui dirait détachée, suggéra-t-il.

La bohémienne avait retrouvé et prévenu Mahmoud. Ainsi averti, il avait levé les yeux et vu les deux hommes au moment où ils sortaient leur arme.

— Je me suis plaqué au sol et j'ai manqué la suite des événements, expliqua-t-il. Quand j'ai relevé la tête, il y avait une mêlée au bord de la rigole. Le temps que j'arrive, tout était terminé.

— Ils ont bien travaillé, estima Soraya d'un œil connaisseur. Nouri choisissait ses gardes.

— Je vous ai cherché tout à l'heure, dit Owen à Mahmoud. Où étiez-vous ?

— J'ai pris le paquet des mains de Helbaoui. C'était bien une bombe. Je ne savais pas quoi en faire. Je ne trouvais pas votre agent. Je devais me débarrasser de l'engin, je ne pouvais pas le trimballer comme ça. Pas dans cette foule. À Bab el-Azab, j'ai donc descendu les marches, escaladé le roc et j'ai fourré la bombe dans une crevasse. Ça m'a pris plus longtemps que je ne pensais.

— Et ma récompense ? s'écria Soraya. Je l'ai retrouvé, oui ou non ?

Owen sortit son portefeuille.

— Non, pas ça ! fulmina-t-elle.

Il fallait tout d'abord s'occuper de Rachid.

Il n'était pas venu à la Citadelle, contrairement à ce qu'Owen avait espéré. Un homme fut envoyé à son domicile. L'agent posté devant chez lui précisa qu'il se trouvait à l'intérieur.

— Il n'a pas bougé de la journée, informa-t-il Owen et Mahmoud à leur arrivée. Il n'est pas allé à l'École de droit aujourd'hui.

— Tu es sûr qu'il est là? demanda Owen, qui commençait à avoir des doutes.

— Il y était hier soir, répondit l'agent. Je l'ai vu.

— Il n'y est peut-être plus, dit Owen. Il aurait pu sortir par là.

— À moins qu'il soit sorti par-derrière.

— Ce n'est pas facile de sortir par-derrière. D'ailleurs, pourquoi l'aurait-il fait?

— Nous allons nous en assurer tout de suite.

Owen déploya ses hommes pour parer à toute tentative de fuite. Puis, avec Mahmoud, il entra dans le bâtiment, grimpa au troisième étage et trouva la porte de Rachid.

Mahmoud tenta de l'ouvrir discrètement. Elle était fermée à clé.

Owen appela deux énormes agents de police. Ils reculèrent de quelques pas, prirent leur élan et regardèrent Owen d'un air plein d'espoir.

— Un instant, dit ce dernier.

Il essaya le loquet de l'appartement voisin. La porte s'ouvrit tout de suite et il entra. Un homme surpris leva les yeux sur lui.

— Je suis le mamour zapt, dit Owen.

Il traversa la pièce jusqu'à la fenêtre. Il n'y avait pas de vitres, seulement de lourds volets en bois. Il les ouvrit.

— Reste là, demanda-t-il à un de ses hommes. Voici sa fenêtre. Tâche de voir s'il essaie de s'enfuir.

Il retourna dans le couloir.

— Allez-y, dit-il aux deux robustes agents de police.

Ils se jetèrent contre la porte. Elle résista un moment, puis céda brusquement en les projetant à l'intérieur.

Mahmoud et Owen s'élancèrent.

La première pièce était vide, mais donnait sur une autre. Mahmoud en ouvrit la porte.

Rachid était allongé sur le lit. Il y avait du sang partout.

— Égorgé, constata Mahmoud.

Il regarda la main de Rachid, puis sous le lit.

— Pas d'arme, ajouta-t-il.

— On l'a tué, suggéra Owen.

Les volets furent ouverts. Owen regarda dehors.

— Par le toit, à mon avis, dit-il.

La veste de Rachid était posée sur le dossier d'une chaise. Mahmoud en tâta la poche intérieure.

— Son portefeuille est toujours là.

— Ce n'était donc pas pour de l'argent.

— Non.

Georgiades arriva du palier. Il vit le cadavre et s'immobilisa.

— Coucou ! Qu'avons-nous là ?

Il traversa la pièce et examina le corps d'un air détaché.

— Du boulot de professionnel, je dirais.

Il se retourna et se mit à fouiller méticuleusement la pièce.

— Oui, c'est aussi mon impression, confirma Mahmoud.

Il se planta au milieu, juste devant le lit, et regarda avec soin autour de lui.

— Oui, reprit-il au bout d'un moment. C'est bien ce que je dirais. La gorge tranchée d'une façon nette et précise, de gauche à droite, par-derrière. Le tueur savait s'y prendre. Aucun signe de lutte, tout a été vite expédié, avec habileté. Du boulot de professionnel, comme vous disiez. Et je trouve ça un peu curieux.

— Pourquoi ?

— Aucun signe de lutte, la porte fermée à clé. Rachid a dû le laisser entrer. Pourquoi aurait-il laissé entrer chez lui un type de ce genre ?

— Parce qu'il voulait l'embaucher.

— Un coupeur de gorge ? S'il s'était agi d'un tireur, je ne dis pas non ; un lanceur de bombe en puissance, oui. Mais un coupeur de gorge ? Ce n'est pas la méthode pratiquée pour les assassinats politiques. Du moins, pas au Caire. À mon avis, Rachid ignorait que cet homme était un égorgeur et n'avait aucune intention de l'embaucher. Je pense qu'il l'a laissé entrer parce qu'il était envoyé par quelqu'un qu'il connaissait. Un personnage influent.

— Oui, approuva Owen. J'en étais moi aussi arrivé à cette conclusion.

— Et quand bien même ce serait vrai ? dit Ali Osman. Quelle importance ?

— Une grande importance, répliqua Owen. Vous n'avez pas le droit de faire justice vous-même.

— La justice n'est pas toujours très cohérente en Égypte. Il vaut mieux se débrouiller par ses propres moyens pour régler ce genre de chose.

— Donc, vous avez bien envoyé quelqu'un ?

— Comme je le disais, la justice n'est pas toujours cohérente. Vous ne pouvez pas être sûr qu'elle aura le même point de vue que vous. Les injustices qui peuvent en résulter, mon ami ! Je crois donc que nous devrions laisser le doute planer sur cette affaire. La mort de Rachid devrait vous satisfaire. Quant à moi, eh bien, si un homme tente de me tuer, je...

Ali Osman eut un sourire de loup affamé.

— ... je ne lui donne pas longtemps à vivre.

— Le problème, c'est que, à moins de retrouver

l'assassin et d'obtenir ses aveux, nous ne pouvons pas faire grand-chose, dit Owen.

— Je suppose que le parquet s'en occupe aussi ? demanda Paul.

— Oui. L'affaire a été confiée à un certain Mohammed Bishari. Mahmoud dit que l'instruction prendra assez longtemps.

— C'est là un simple hasard, à ton avis ?

— J'ai l'impression qu'une partie de l'argent qu'Ali Osman a retiré du trafic d'armes a réussi à parvenir jusqu'au parquet.

— Bon, ce n'est plus à strictement parler à toi de t'en occuper, n'est-ce pas ? Les attentats ont cessé, l'armée circule en toute sécurité dans les rues, Dieu est au ciel, et tout est pour le mieux en ce bas monde.

— Je n'irais pas jusque-là. Le khédive n'a toujours pas été fichu de se décider, et Ali Osman croit encore qu'il va être Premier ministre.

— Ce sera soit lui soit Saad.

— Dans ce cas, Ali Osman a plus de chances. À moins qu'on puisse l'en empêcher. Ne pourrais-tu pas obtenir du gouvernement qu'il intervienne sur la question du commerce des armes ?

— Non. Il faudrait quelqu'un de plus influent que moi. De plus influent à Whitehall.

— Ah bon ? fit Owen d'un air songeur.

— Nom de Dieu ! s'écria l'armée. Du trafic d'armes !

— Je le crains. Des caravanes à intervalles réguliers. Des expéditions en nombre.

— Bon sang de bonsoir !

— Et le tout arrive dans le Sud, pour autant que nous le sachions.

— Au Soudan ? Hum ! c'est dangereux. Nous pourrions nous retrouver avec une nouvelle guerre sur les bras.

— C'est ce que j'ai pensé.

— Le calife est mort, bien entendu, mais il se trouvera sûrement quelqu'un pour rallier ses partisans.

— La situation est plutôt délicate par là-bas.

— Une vraie poudrière, mon vieux. Il suffirait d'une étincelle.

— Sans parler des fusils.

— Seigneur, oui. Des fusils, il ne manquait plus que ça !

— J'ai préféré vous mettre au courant.

— Vous avez eu parfaitement raison, mon vieux. Parfaitement raison.

— Le problème, c'est que je ne peux pas m'attaquer à lui. Il est trop puissant. Il a trop d'amis influents...

Owen baissa la voix.

— ... chez nous, en Angleterre. Nous avons besoin que quelqu'un prenne notre parti, parle en notre nom. Avec autorité. À Whitehall.

— Vous pouvez compter sur nous. On va s'en occuper tout de suite. À propos, Owen... bravo ! Vous avez fait du sacré bon boulot !

Ali Osman n'obtint donc pas le pouvoir. La machine efficace de l'armée — efficace au moins sur le plan politique — s'était mise en marche, murmurant dans les clubs, argumentant dans les couloirs, posant des questions à la Chambre.

Était-il vrai que le khédive se proposait de confier la charge de Premier ministre à un trafiquant d'esclaves notoire ? Dans les rangs du gouvernement, les âmes non conformistes[1] laissèrent éclater leur courroux.

Et un trafiquant d'armes, par-dessus le marché ! Certains non-conformistes pinçaient les lèvres et marmonnaient : « Les affaires sont les affaires. » La conscience

1. Dissidents de l'Église anglicane. *(N.d.T.)*

pacifiste du parti, écœurée, avait un mouvement de recul.

Armer le Sud ? Voilà qui signifiait la guerre. Les têtes sensées des conservateurs s'agitaient. Nos valeureux militaires avaient-ils donc conquis en vain ? Le mahdi allait-il de nouveau affronter notre armée ? Il fallait extirper le mal.

La délégation repartit à Londres plus tôt que prévu. Son rapport mit un temps incroyable à être publié et, lorsqu'il parut enfin, ses recommandations se révélèrent anodines. Il y avait, hélas, moins de possibilités de profits commerciaux qu'on l'avait supposé.

Roper se retrouva quelque temps plus tard en Afrique du Sud.

Le ministre envoya un télégramme au consul général. Le consul général glissa un mot à l'oreille du khédive. Ali Osman se retira à la hâte sur ses terres, et cette fois il y resterait longtemps, sinon définitivement. Le mamour zapt fit en sorte que ces années ne soient pas troublées par des considérations d'ordre commercial.

Le pacha acceptait mal son bannissement. « C'est tellement peu civilisé ici, *mon cher**, et si inconfortable, se plaignit-il dans une lettre à Owen. Ne pouvez-vous plaider en ma faveur ? Vous savez que j'ai toujours soutenu le khédive, et les Britanniques, bien sûr. Après tout, ne vous ai-je pas rendu service ? »

Un jour, Soraya vint exiger sa récompense.

Elle s'approcha d'Owen alors qu'il attendait devant l'hôtel *Continental*.

Par malheur, Zeinab descendit les marches à ce moment précis.

Impression réalisée sur Presse Offset par

BRODARD & TAUPIN

GROUPE CPI

La Flèche (Sarthe), 22354
N° d'édition : 3560
Dépôt légal : février 2004

Imprimé en France